张昌华 著

书人书事

图书在版编目（CIP）数据

书人书事 / 张昌华著 . — 北京：中国书籍出版社，2018.10
ISBN 978-7-5068-7022-1

Ⅰ．①书… Ⅱ．①张… Ⅲ．①随笔—作品集—中国—当代 Ⅳ．① I267.1

中国版本图书馆 CIP 数据核字 (2018) 第 223425 号

书人书事

张昌华　著

图书策划	牛　超　崔付建
责任编辑	武　斌
责任印制	孙马飞　马　芝
出版发行	中国书籍出版社
地　　址	北京市丰台区三路居路 97 号（邮编：100073）
电　　话	（010）52257143（总编室）（010）52257140（发行部）
电子邮箱	eo@chinabp.com.cn
经　　销	全国新华书店
印　　刷	三河市华东印刷有限公司
开　　本	650 毫米 × 940 毫米　1/16
字　　数	243 千字
印　　张	18.25
版　　次	2019 年 1 月第 1 版　2019 年 1 月第 1 次印刷
书　　号	ISBN 978-7-5068-7022-1
定　　价	52.00 元

版权所有　翻印必究

自　序

我与书打了一辈子交道。早年读书，继而教书、编书，晚岁写书。与书为伍，总不算输。

我之编书，大多不入主流，乏善可陈；然借江苏文艺出版社平台，得缘结识了诸多文坛前贤、时彦俊杰，与其或密或疏过从中，略知他们其人其文一二，加之本人业编席三十年遭遇种种，感慨良多，遂将这些前贤的零珠碎玉和我的残砖砾瓦植于方格垄亩中，编成这本小册子，聊充当代文坛的一个脚注。为光增篇幅和资料积累计，本书辑录了文坛前贤萧乾、黄裳、董桥三位先生为拙著《书香人和》等所作的序，以及张颐武等先生对拙著《曾经风雅》所作的评介。显然，这种掠美是俗举。奈何，吾本凡夫俗子，祈读者见谅。

人书俱老是一种境界。余已垂老，而书（文字）仍旧稚拙，一副憨态。是耶，非耶，我不介意，只知惭愧。就像年末岁梢农贸市场一隅盘坐地上卖花生的老头,论堆,只想早点兜售出去拍拍屁股回家过年。对这本质朴、原始、粗砺如陶的小书,我希望得者能翻它三五页、扫视七八行;倘能在主人的书架上站立短暂时光,再与破书烂报一道被送到废品收购站,足矣。

是为序。

张昌华
丙申清明于三壶斋

目录

书香人和

为顾毓琇编书 / 002

向巴金先生组稿 / 007

刘文典藏书今安在 / 010

刘绍唐构建"民国史长城"的人 / 015

"香港文坛教父"刘以鬯 / 018

范用：坐拥书城 / 022

我所知道的海婴先生 / 028

书籍装帧大佬张守义 / 035

"文坛刀客"韩石山 / 038

夏祖丽为母林海音立传 / 041

叶兆言，格子外的故事 / 049

苏童，自在人生浅淡写 / 061

书籍装帧新秀朱赢椿 / 072

高秉涵的《回家》之歌　/ 077

书前书后

为己作嫁记　/ 086
洗手作羹汤　/ 089
拼接历史　/ 091
我的书事　/ 093
《曾经风雅——文化名人的背影之一》自序　/ 096
《民国风景——文化名人的背影之二》自序　/ 099
《故人风清——文化名人的背影之三》自序　/ 102
《百年风度——文化名人的背影之四》自序　/ 105
风韵犹存　/ 111
雪泥鸿爪　/ 113

书里书外

现代文学馆散记　/ 118
鲁迅故居随笔　/ 122
《铁流》手校本的流传　/ 126
怀念手稿　/ 129
我集题签　/ 132
我的签名本　/ 136
"无错不成书"的反思　/ 141
我的文缘　/ 144
请余光中签名　/ 148

问舒婷 / 150
我的编辑生活 / 159

荐书品书

民国，民国 / 170
"今我不述，后生何闻" / 174
留在人间都是爱 / 178
百年人生，一坛陈酿 / 183
人生是一朵浪花 / 185
周有光，一生有光 / 189
张允和的《昆曲日记》 / 193
一支凄美哀婉的青春恋歌 / 199
历史的见证 / 203
历史的脚注 / 210
水流云在云散"水"在 / 215
此曲只应天上有 / 220
《双叶丛书》琐谭 / 224
墨香纸润尽风流 / 230
苏版《红楼梦》谈屑 / 232
刘心武"续红"的题外话 / 235
季羡林的《清华园日记》 / 238
广而告之 / 245
融人文情怀与自然风光于一炉 / 249
店小风景多 / 251

亦文亦艺亦史宜读宜赏宜藏　／ 255

书界和声

风雨二十世纪的背影　／ 260
风云变换人不变　／ 264

附

序《书香人和》　／ 274
序《走近大家》　／ 277
题《名家翰墨》　／ 279

书香人和

为顾毓琇编书

拜识顾毓琇先生纯属偶然。

三年前,我初识顾老,他已是九十七岁高龄的老寿星了。那时,我正在编赵元任、杨步伟伉俪的散文合集《浪漫人生》,该书系"双叶丛书"之一种,按丛书惯例,书名应请作者本人或亲友题签。赵、杨先生久居美国,早已过世,又不知后人在何处,正在犯愁之际,一个偶然,我在图书馆查阅资料时,发现台湾20世纪60年代出版的《传记文学》杂志中,有一幅赵元任夫妇与顾毓琇、萨本栋诸先生在南京梅花山踏雪赏梅时的合影,如获至宝。实在汗颜,此前,关于顾毓琇先生的生平我所知甚少,唯见过南京大学出版社出过一本《顾毓琇诗词选》,也没有读过,只知道他仍健在。我想,如能请顾老为此书题签不仅顺理成章,而且会为本书添彩。于是,我从南大出版社友人处打听到该书出版联系人李飞教授,他与顾老是老中大诗社的诗友。从李飞教授处获悉顾老一些基本概况和美国信址，我便试着给顾老写信，请他与夫人画家王婉靖女士双双为《浪漫人生》题签。他们都年届期颐，能否如愿，我本抱着试一试的心理。心诚则灵。半个月后，我收到顾老夫妇的题签。字写得相当漂亮，又有力度，但未附信。编辑的职业敏感，使我对顾老的生平发生浓厚的兴趣，查阅相关资料后始知，顾毓琇先生本就是位大名人，是国际电机界的泰斗，"顾氏变数"的发明者。又从台湾《传记文学》上他的《九二自述》中获悉，他不仅是物理大师，而且是文学家、诗人、剧作家和音乐家。早年在清华大学就读时参加过五四运动，与冰心夫妇、梁实秋、许地山等同一条船赴美留学的。后历任过清华大学工学院长、中央大学校长和国立音乐学院首任院长，乃至教育部次长（以非国民党员身份），还参加过接受日本投降仪式。20世纪70年代后，他多次返国内探亲、讲学，先后受到周恩来、邓小平、江泽民等党和国家领导人的亲切接见，足见他的人生阅历十分丰富多彩。顾先生富有远见卓识，在20世纪80年代末便建议中国应实行"三开"政策，即文化开发、经济开放和政治开明。

本来，我还想请他与夫人作为海外作家加盟"双叶丛书"。顾老坚辞，认为"不当"。后来，我便萌发想为他出一本传记的念头。我将这个想法函告顾老。他说他没有现成的中文自传，倒有一本英文本自传《一个家庭，两个世界》。我搜罗到他的著述全目和部分自传性的散文，遂正式提出为他编一部"准自传"。顾老犹豫，他说早年著作都散失。我说我可代觅。他说"鄙人意不致劳神"。在我的恳求下，他首肯了，并提供了《行云流水》《水木清华》等，但关键的一本20世纪40年代出版的《我的父亲》，我找遍南京大小图书馆都无着落。后，在沈建中先生帮助下，于上海图书馆藏书中查到，复制了一份。

《我的父亲》由胡适题签，潘光旦作序，印刷粗糙，手民误植以至缺漏较多，多方求教，后还其原貌。《九二自述》顾老只写到1990年，我又请他补写后十年。其间20世纪70年代后他的生活情况过于简略，为弥补这一段"空白"，先生寄来他的英文自传《One Family-Two World》供参考。我遂请人将其《引退杏坛》《大陆之旅》和《重返大陆》三章译成中文，填补断档。然后以《九二自述》为母本，将不同时期生活的纪实文字，分类以时序排列，编成一卷。纵览全书，线条略粗，但绝对可见顾老多姿的人生轨迹，特别是他与萧伯纳、吴有训等数十位中外名人的交往、诗词唱和，极大地丰富了本书的内容，增加了可读性和史料性。

在编辑的过程中，我先列出目录，请先生认可。顾老以科学家的严谨风格，事必躬亲，坚持自己校对一遍。特别是对译文三章的中的人名、地名、事件等一一审校。当时译者每翻一章，由我寄往美国，他校后退回，除在文稿上订正外，每章都另附一页誊清的勘误表。注明某页、某行、某字的正误，清清楚楚，严谨得让我辈做编辑的都脸红。为了该书，先后三年他写给我的信达59封之多！因他年事太高，写字有时发抖，他还再三说明字迹潦草些"请原谅"。书稿完成后，我请他拟书名，他嘱我代劳。我说就叫《百龄自述》吧，他欣然同意；当我提出由他出面请江泽民主席为本书题签时，他婉拒了，说主席"日理万机，不便打扰"。是年，适逢夫人王婉靖百龄华诞，我提议让夫人题签，有"双璧"之韵味。他先婉辞，谦虚地说夫人已百岁，手抖，怕题不好。当然，最后还是题了。在付印前，他突然匆匆来信，提出要在扉页上加句话："谨以此书，祝婉靖期颐寿。"他说要以此书作为礼品送给夫人。仅此聊见两位世纪老人的鲽鹣之情了。

《百龄自述》出版了，顾老接到样书后，"甚为满意"，又不厌其烦地将全书通读一遍，发现一些错误，列表寄我"供参考"，嘱他日再版时更正。大概是往事不堪回首吧，他在信中说，重温"《我的父亲》《祖母之死》和《慰慧》不忍卒读"。

顾老已届百龄，廉颇虽老，爱国之心尤为激烈。他给我写信，每每谈完书稿后，总要论一番国际国内大事。中国进入WTO谈判、两岸关系、美国总统选举、诺贝尔奖评选等等都是他的话题。他总爱说：对中国的未来"本人充满信心"。很有趣的是，他给我的那么多封信，信纸都是清一色的A4大白纸，繁体竖写，中国风格。他给我来信，也不全是谈书稿，有时当他生活中遇到一件高兴的事，诸如新书出版啦、获奖啦、××大学赠他教授衔啦，他喜欢马上写信来，有时还把相关资料一并附上让我也分享他的快乐；有时兴之所至录诗词旧作或写新诗寄来请我"指正"，或寄一些大小不一的书法作品，给我"把玩"。凡他认为重要的信函，署名处都要钤上印章。一个充满着童趣的百岁老人。某周一，我同时收到他三封信，打开一看，内容都是大同小异，有两封竟"一字不差"。年龄会创作喜剧。更好玩的是，我手中有张陈小滢提供的老照片，是1946年顾毓琇与陈西滢、熊式一共同拜访萧伯纳时照的，因他写过《访九一翁萧伯纳》，我便请他辨认"谁是谁"，他是第一次见到这张照片，惊喜之余，有点怪罪陈西滢怎么将它秘不示人。他嘱我，将来他的《百龄自述》再印的话，把这张照片加进去。有趣的是，我问他萧伯纳右边站着的一位是谁，他两次坚认是熊式一，还说"不会错"；而陈小滢夫妇一直认为那位是他们的父亲陈西滢，"百分之二百的不是熊式一"。

1992年，顾老已向世人宣布"封笔"。但1998年他禁不住重新握管，专门回忆自蔡元培始，教育、影响过他，与他共同奋斗过的六十位师友。他对我说，"他们是20世纪中国的重要人物，值得后人敬仰"，"今逢两千年开始，上一世纪的成就，即为21世纪的基础，吾人应加以珍视"。

在顾毓琇百龄华诞志喜日子里，凝聚着他毕生心血的十六卷《顾毓琇全集》出版了。这真是双喜临门，值得庆贺。

（写于1999年）

书人书事

向巴金先生组稿

校完《探索人生》的付印样,我长长地吁了口气,那种惬意和快感是他人无法体会的。

"双叶丛书"出版了十二对作家夫妇的合集,但巴金和萧珊伉俪没有入盟。读者困惑,编者苦恼。现在终于无憾可遗了,幸有巴老加盟,不仅壮大了丛书的阵容,更使丛书辉彩倍增,亦大大加强了丛书的权威性。

1994年,最初策划这套丛书时,编者即把巴老作为领衔人物列入计划。当时拟定的宗旨是,遴选在中国现当代文坛(和艺术界)享有重要一席的夫妇,为其出版散文合集,内容为以反映家庭、亲情为中心的作品,以展示作者夫妇相濡以沫所走过的人生历程。此前,我与巴老及其亲属素无交往,遂请萧乾先生向巴老及其亲属转致我们的请求。巴老是位德高望重的严谨的作家,他觉得萧珊生前此类散文作品不多,与其勉强凑数,不如不出,遂通过小林十分委婉地谢绝了。

丛书第一辑问世后,她以内容选材的独特和装帧形式的新颖,引起了各层面读者的兴趣,特别是博得圈内人士的好评。伴之而来的是读者的探询或质问:为什么不出巴金萧珊的?显然,那是巴老在读者心目中的地位太重要了。他的血泪之作《怀念萧珊》,打动了多少读者!巴老本人不大想出,萧乾先生出马也没有成功,我们只能作罢了。但罢而不休。经验告诉我:任何一部好作品,绝非轻易而得;而既作为一名编辑,总应有所追求才好。于是,我在等待。

机遇终于来了。

去年秋天,我进京组稿顺道拜访舒乙先生。舒先生说要抓我的差。我问什么事,他说中国作协在"内联升"(百年老店)鞋店为巴老定做了一双麂皮软底布鞋,刚刚拿到,想请我捎去。真是踏破铁鞋无觅处,我当然珍惜这一拜访巴老的机会。时巴老在杭州休养,我回到南京后,次日一早便乘长途汽车赶往杭州。在我送鞋的当儿,我又向小林同志提出为巴老、萧珊出合集一事。好在那时巴老和萧珊的书简已整理出来。小林同志善解人意,大概也为我的诚挚和执着所感动,答应帮忙试试。她带我去见巴老,那天巴老的精神挺好。我将随身备好的"双叶丛书"老舍卷翻给老人看。小林同志适时地转述出版社的请求,巴老看了说"可以。"一锤定音,真是让我乐得忘乎所以,在讨论萧珊作品入选细节时,我建议选一篇译作。巴老马上说《阿霞》(屠格涅夫),足见巴老对萧珊作品的熟悉和对《阿霞》的欣赏了。是时,他们正准备返沪,巴老说"等回上海再说吧"。本书拟请小林选编,小林谦虚说她对巴老的作品不太熟悉。我知道她身兼《收获》重任,又要照顾老人,无法分身。

后由她推荐彭新琪同志选编。

巴老、小林最初是不愿出这本合集的,后被我逼得没法而听之,但不任之。巴老同意后,一直关心这本书的选编工作,亲自审订了第一次选目,提出中肯的建议,选编者遵其意对篇目又作了增删,变成现在这个样子;关于书名,是巴老在选编者送审备选的几个中亲自圈定的,并抱病题签。巴老为人的宽容大度,处事严谨认真的精神实在令人感佩,亦显示了他的人格魅力。

编者的余墨吐完了,还要代表出版社和读者说上一句:"谢谢您,巴老!"

(写于 1999 年)

刘文典藏书今安在

民国文人都很牛,他们学问深、脾气大。黄侃声言"八部书外皆狗屁"。(《毛诗》《左传》《周礼》《史记》《汉书》《广韵》《说文解字》和《昭明文选》);而刘文典则"说大人则藐之",1928年在安徽大学校长任上,因学潮事与老蒋对垒,寸土不让。刘文典不仅以校勘、考据学誉世,且以典藏孤本、善本古籍名闻学界,周作人、钱穆、张中行和张充和的忆往文字均有所记。

卢沟桥事变,北京沦陷,清华、北大等校南迁,刘文典因故未及时离开,日寇多次差人劝说其到伪北大任教,刘坚拒;日寇遂接二连三派宪兵入宅搜查,利诱威逼双管齐下。刘文典尊民族气节崇文人风骨,只身一人借道天津秘密乘船南下,途香港、经越南,转而昆明,到西南联大执教。离京匆匆,珍贵藏书无法带出。次年夫人张秋华携四岁的幼子刘平章颠簸辗转,吃尽千辛万苦终抵昆明,全家团聚。

刘夫人携四箱藏书经香港时,刘文典旧时学生、时任香港大学教授马鉴接待,见师母带四箱藏书实在沉重又不安全,建议将书暂藏相对安全的香港大学。刘夫人同意了。到昆明后,刘文典见夫人未将藏书带来,失声长叹,说:"宁可不要行李,怎不把书带来,我如何工作。"1941年岁末,太平洋战争爆发,日寇占领香港,疯狂劫掠,刘氏藏书亦在其中。当刘文典获知藏书悉数为日人抢走,痛心不已。抗战胜利后第二年,喜从天降,国民政府通知刘文典,他的藏书在日本东京上野图书馆被发现,希他办理相关手续,以便追索。刘文典高兴得不得了,逢人便说"半生心血没有白费。"可是,个人命运总悬国家之一发。局势变幻又导致线索中断,追索藏书成了泡影。

1958年7月,刘文典弥留之际还耿耿于怀,再三叮嘱儿子刘平章要继续寻访那批藏书的下落。平章将先父遗训铭五内,数十年来特别是退休之后,全身心投入,寻访父亲的藏书。

笔者十多年前曾写《还有一个刘文典》一文,从而结识刘平章先生,他两次来南京(一次路过)访我。他据已获这批藏书的蛛丝马迹,希望我能关注、帮助。一度时间,我常出没南京第二档案馆(民国旧档),查阅《国民政府教育部档案》。某日在档案大海中,终捞到一纸"中华民国驻日本代表团日本赔偿及归还物资接收委员会"给教育部的公文(代电),电文明确写着:"刘文典君之书籍六四六册分装三箱"(此时已失一箱,笔者)与岭南大学藏书若干"业经妥觅储藏室存放,俟有便船来日时拟即交由该船运沪"。我将此件复印告知平章,他十分高兴,坚信这批藏书是运回来了,但归根何处不知。后来平章查阅浩繁的相关档案、文献、中外资料,他从日本《历史学研究》(2004.7)中获悉,这批藏书去向的更改与变化：最初拟运上海，因国内战局变化，1949年上半年改运广州，后转运到台湾去了。面对石沉大海，刘平章坚持大海捞针，死马当作活马医。他从台北科技大学郑丽玲副教授的台北科技大学所藏的《日本归还书籍介绍》一文中，惊现"还有一部分是合肥刘文典所有"字样，得到确认。刘平章2009年3月致函台北科技大学校长李祖添先生和郑丽玲女士，询其先父藏书保存、管理现状。李校长回复十分简略，只附现有"清单"，未言其他。2011年，刘平章又从该校行政会议记录中获知"有民国初国学大师刘文典亲笔圈点批校的藏书"的消息，白纸黑字。此时，适大陆《刘文典全集》拟再版，正是亟须这批刘圈点的《淮南鸿烈集解》等古籍充实、完善。刘平章据此力追，于2011年7月再致函台北科技大，在礼貌地对校方精心保护这批藏书表示感谢的同时，提出"探访"的要求。两个月无回复。刘平章再修书强烈表示"寻访"意愿。（在此期间安徽媒体参与其间。无果。）这次他得到李校长二十七字的回复，云他已退休，嘱与新校长联系。刘平章从网上获新校长姚立德先生大名，再度恳求。姚校长即复，并详细告知这批书设特藏室妥藏情况并附十余幅照片。刘平章为姚校长诚信、宽容、直率、大度和剑及履及作风而感激涕零，立即告诉我，让我分享他的快乐。2012年3月，平章携兄弟一行四人，随旅游团赴台，放弃观光机会到"科大"亲睹并抚摸先父这批珍贵藏书。平章由台回昆明后致我长函云："先父在天之灵若有感悟，定会含笑九泉，终可瞑目了！""先父藏书自香港劫掠至今整整七十一年，两代人苦苦追寻数十载，如今藏书终大白天下，七十年的悬案终可了结了。"

日前，平章与我通话，说他的夙愿已偿，然而还有点小小的遗憾或不解。我问是什么。他说，去年七月他与《刘文典全集》主编诸伟奇再次赴台北科技大清理父亲藏书，发现父亲20世纪30年代拟出版的《论衡校注》工作底本，八卷二十四册。当时已与商务王云五先生谈定出版事宜，因抗战爆发而被搁浅。目下，《刘文典全集》再版在即，我们以口头和书面两种形式向台北科技大请求借用，甚至连影印也遭拒，我们感到很失望。平章又说他不懂法，这批父亲的藏书今日找到，算是"流转有据"，物权究竟归谁呢？我说我也是法盲，不知道。他怕我误解，忙说他不是要想把这批藏书追回归自己所有，说他尊重现实。我说，如果校方大度一点，先"物归原主"，再办个捐赠仪式"就地收藏"，那岂不功德圆满，又为两岸收藏界增添一则佳话。平章说他正是这个意思，可校方没有丝毫表示，"我也难以张口了"。平章大概是为了证明他的真实思想是为了"捐"，特地寄来一纸1935年版《学风》第五卷中《刘文典致安徽图书馆陈东原馆长函》影印本，摘录如下：

东原先生如晤：
　　……
　　弟在北平近二十年，所得修金，半以购书，虽无力收藏珍贵刊本，然性好校勘考订，所校古籍颇多，唯恨学历太浅，于经史绝少订正。仅致力于选学，诸子与集部耳。现与内子商定，在弟生存时，既须作教书之参考，又赖此销忧养生，一旦先犬马，填沟壑，定当以其较难得者，曾详加订正者捐贵馆。……
　　专此寸简，敬请
　　　　　　　　　　　　　　俪安不一
　　　　　　　　　　　　　　弟文典再拜

据笔者所知，刘平章遵其父遗愿，已将家中先父藏书、手稿、字画等，包括章太炎书赠其对联，分批悉数捐赠安徽博物馆和安徽大学了。有理由相信这批古籍珍本，平章一定会捐出的，岂介意台湾或大陆呢？

（写于2012年）

书人书事

刘绍唐 构建"民国史长城"的人

斗胆用了这么个标题,写了这么一篇小文章,不怕前辈和同道笑我的愚妄和浅薄,纯缘于有感而发,出自感动和怀念。

20世纪80年代,我由教育界跻身于出版业,不久受命襄理总编辑蔡玉洗创办一本纪实性杂志《东方纪事》。那时我是地道的门外汉,对办刊一点经验也没有,遂潜心研究海内外相关刊物办刊的思路。一次在总社图书馆港台室初见《传记文学》,颇觉新鲜。所幸馆内藏有自创刊号起的《传记文学》合订本,满满一书橱。我尤为关注"发刊词"。刘绍唐(1921—2000)先生说"传记文学为传记领域的一种文学","唯有真挚才可以感人,也唯有真实才富有历史价值"。《传记文学》是记人的,而我要办的刊物是记事的。人与事本属一炉,他们都必须以真实为生命。因此我对绍唐先生的"对历史负责,对读者负责"的观点认同并欣赏。绍唐先生本是以此"自勉",却也"勉"了后学的我。特别是他对编辑出版上的"三不"主义，其严肃认真、不为金钱所左右，坚持刊物的风格和品位我尤为敬佩。这些都或多或少地影响了我。我襄理的那本《东方纪事》杂志正适文化大环境宽松之时，确实也红火了一阵子。后来，我调离杂志，专事图书编辑工作，但没有中断对《传记文学》的兴趣，常到图书馆借阅，遂对"野史馆长"绍唐先生的编辑理念、作风有进一步了解。刘绍唐毕生致力于民国史的研究，积累民国史料，为人作嫁"给史家找材料，为文学开生路"，四十年如一日，构筑"民国史长城"。唐德刚先生誉他"以一人敌一国"并非虚言。

上世纪90年代初，我个人的编辑兴趣由文学类转向文史、人物传记。那时江苏文艺出版社正在编一套颇具规模的《名人自传》丛书。由于历史的原因，海峡两岸暌隔了四十年，文化没有交流，资料也特别匮乏。随着历史老人的脚步，一时被珠埋的人物，相继成为"出土文物"，为扩充自己的视野，获取有价值的资料，我把《传记文学》作为一个窗口。这一时期我策划、编选的《浪漫人生》（赵元任、杨步伟），《双佳楼梦影》（陈源、凌叔华），《岁月留痕》（郁达夫、王映霞），《双城集》（林海音、何凡），《我们的和弦》（柏杨、张香华），《苏雪林自传》以及顾毓琇的《百龄自述》都是从《传记文学》上发表的相关文章得到启发或得来的线索而成书的。且说顾毓琇先生，20世纪二三十年代他已在文坛成名，而我竟闻所未闻。直至在某年《传记文学》上读到他的《九一自述》，他丰富多彩的人生引起我莫大的兴趣，多方打听他的信址与其联系，终在他百龄华诞时为他选编了《百龄自述》，组织翻译了其英文自传 One Family-Two Worlds。说也有趣，在编《浪漫人生》一书时，为找不到赵元任、杨步伟的老照片而苦恼，后来还是翻阅了逐年的《传记文学》，从中找到他们结婚时胡适题赠的打油诗和他们夫妇与梅贻琦、萨本栋、顾毓琇在南京中山陵踏雪赏梅的照片，我也就堂而皇之地"偷"了下来……

由于我致力编名人类书稿，遍访了中国文坛现当代名家，凡五六十位之多，多为耄耋之年的"民国人物"，在与他们的交往过从中，加深了对他们作品人品的了解，积累了不少一手资料。90年代后期，我已淡出编席。受绍唐先生"私藏等于销毁，发表才是保存"观点的影响，我着手整理这些材料，并陆续成为文字，冒昧地投寄给绍唐先生。蒙绍唐先生垂青连续发表了好几篇，并予热情鼓励。绍唐先生病后，王爱生师母一直殷殷垂注，不仅勖勉，又把读者对我作品的意见反馈给我，长函短简二十余通。还为我提供《叶公超其人其事》等若干民国人物传记资料，支持我的写作，数年如一日绝非一个"谢"字而了得。

历史是过去了的事，永远也不会过去的是传记文学；生命是燃烧着的火，一直在心中燃烧的是师友风义。

（写于 2012 年）

紫金文库

"香港文坛教父"刘以鬯

癸巳初冬，我们赴港参加一个文学研讨会，会见相识了不少旧雨新朋。离港时，九龙的东瑞先生执意要为我们饯行，问还想邀请哪位来聚晤。我们不约而同信口说"刘老，刘以鬯！"本是戏言，东瑞、瑞芬夫妇认真，果然将九五高龄的刘以鬯及其夫人罗佩云邀来，算是一次邂逅。

刘以鬯，内地读者或许陌生，一提电影《花样年华》和《二〇四六》谅大多熟悉，这两部由王家卫执导的风靡华人界的影片，其蓝本的灵感均取自他的名篇《对倒》和《酒徒》。刘老听说我们来自故土江浙，显得异常亲切。我们你一言我一语地提问，他不假思索即席应答，谈笑十分随意。九十五岁的刘以鬯先生身体健朗，与老伴两人坐地铁、搭轮渡由港岛太古城到九龙赴宴。他思维敏捷，谈锋甚健，记忆力惊人。鉴于他对香港文学的卓越贡献，特区政府授予他香港荣誉勋章和铜紫荆星章。香港文坛尊称他为"香港文坛的教父"。当我们提及这一殊荣时,刘老摆摆手说,"对于得到什么和失去什么,我认为都不重要,重要的是我走过了一条长长的崎岖的路,我还得往前走。我在上海、香港和南洋编过报,还办过出版社。"又自谦说"我是个写字匠",说罢自己也笑了。接着,他断断续续向我们讲述他的往事:我是1948年由上海到香港游历的,后因社会局势发生巨大变化,钱也用完了,回不去了,全靠一支笔在香港谋生、立足。既编报纸,又是作者。每天至少要写七八千字,多达一万二千字。高峰时同时为十一家报刊写专栏。每天傍晚有的报馆来人取稿,有的是我雇人送稿,太太帮我打理这些琐事,我们忙得很。说到编辑报纸时,他说香港报纸副刊版面是固定的,约稿、编辑、审稿、发排,直到看大样划版面,一人全包。在言及选稿标准时,他一脸严肃,"我是认稿不认人",唯稿为是,当年有个女作家叫十三妹,言论大胆,文风泼辣,别人看不上,我就喜欢,请她写专栏。

我们问,听说你有两个外号叫"汇丰作家"和"严肃作家"?刘老点点头,说我是汇丰作家,讲我作品多,一生写了大概有六七千万字。说我是严肃作家,是我出的书不多,许多文字被我当"垃圾"淘汰掉了。我写了一生,只出版两个长篇《酒徒》和《陶瓷》,四个中短篇集子和三部评论集、翻译作品。在侧的东瑞先生补充说,刘老的创作态度太严肃了,《对倒》本是长篇,后删成中篇出版,《珍品》本是中篇,结果删成短篇收入集子。最具代表性的是《鸟与半岛》,原作六十多万字,出书时删去五十万字,仅留六分之一。我们听罢,不禁咋舌。刘以鬯谈自己的创作理念时说,他写小说主张"探求内在和真实",不要过时的写实主义,主张在手法上要创新(他的《对倒》有人称为中国最早的意识流小说,极短篇《打错了》分两大段，文字基本重复，仅几百个字不同，有两种截然不同的结尾）。我们请教他对纯文学与通俗文学的看法时，他说平等的，没有尊贵高低之分，纯粹是个人所爱不同，他以自己的创作为例："我写小说分两大类，一类是娱乐他人，一是娱乐自己。娱人的作品，是为稻粱谋，求生存，不避俗；写娱己的，要有新追求，有创造性。"刘老还告诫我们说"不要写了就要出书，出书不能滥"。难怪有人曾评论他，在香港这方流金淌银的土地上，刘以鬯坚守一方净土，"一辈子耕耘他那一亩纯文学的地"。

在两个多小时的交谈中，刘以鬯谈论最多的是上海，流露出浓得化不开的"上海情结"。他说："我祖籍浙江宁波，但是上海人，土生土长。1941年毕业于上海圣约翰大学哲学系。我不仅能文，还会武，我武是会打篮球，是校队的后卫，拿过冠军，不过也付出代价。"刘老幽默，说时伸出因打球而留残疾的无名指、小拇指给我看，至今不能伸直。上海给他留下太多的不可磨灭的记忆。他说上海是他文学之路"发迹"的地方，十六岁读高二时，他发表的小说处女作《流浪的安娜·芙洛斯基》，写的是上海霞飞路妓女的故事，"为我配图的是大同中学高我二届的大师兄华君武，那是我俩唯一的一次合作，刊在《人生画报》上。"1946年，他在大西路（今延安路）家中，创办怀正出版社，出版了徐訏的《风萧萧》，还为施蛰存、戴望舒出过书。他说他最怀念的是提携过、奖掖过他的柯灵先生。柯灵那时在办杂志，欣赏他，常采用他的作品。有一次，柯灵还亲自送稿费到他胶州路的家中，令他感动得不得了。20世纪80年代，他们恢复通信，刘以鬯在他的纯文学出版社为柯灵出了"选集"。刘以鬯还特别提"陆大姐"（陆晶清），说他们是抗战时的同事，对他帮助很多，他想组名家的稿子不得门，陆晶清把孙伏园、焦菊隐介绍给他；后来陆晶清赴英，又向社长推荐让他接班主编某报副刊。刘以鬯亦不无自豪地说，他曾帮助过姚雪垠。他说 40 年代中期某一天，生活困窘的姚雪垠带着书稿向他求教，刘以鬯见他写得不错，接纳了。又问他在上海住在哪儿，生活如何。姚说住在一亭子间，穷得有时饿肚皮。刘以鬯请他住到自己的出版社，让他住在库房里安心写作，跟出版社同人一块吃饭……言语中看得出，暮年的刘以鬯是位情感丰富、怀旧念旧的人。

岁月无情。刘以鬯说，当年上海作家扎根香港的老朋友有叶灵凤、曹聚仁、马国亮、徐訏等，一个个都走了，现在只有他一人了。说到此，感慨颇深。我问他的生活现状。他说不错，有太太精心照顾，身体好，基本上已没有笔耕，旧作都由太太整理，他很想写一部题为《香港电车》的作品。我们期待他的新作早日面世。

（写于 2014 年）

范用：坐拥书城

有两年多没见到范用先生了，今夏进京，专程拜访了他。

叩门而入，出现在我眼前的范用，一身"短打"，白汗背心，黑中装短裤（已相当破旧），老圆口布鞋，手中摇着大蒲扇。我的第一眼是他瘦了，本就"小尺码"（先生自谑）的他，似乎更"小"了一圈，但仙风道骨的遗韵不减当年。早些年，我曾赠范用一个雅号"三多先生"：友多、酒多、书多。时至今日，望八高龄的范用友者仍众，但自然的铁律，把他的师友们浸染成梧桐枝头的黄叶，肃杀的秋风一掠，没准又被卷走一枚，叶浅予、萧乾、柯灵、戈宝权、汪曾祺和新凤霞等渐次凋零；特别是去岁，他老伴遽归道山，令他欲哭无泪，那是他结缡六十载相濡以沫的亲人。言此，范用默默不语，他从一摞书中抽出一册《启功韵语》，翻开用小纸条夹好的一页，指着那《痛心篇二十首》示我，他圈出的四句是："今日你先死，此事坏亦好。免得我死时，把你急坏了。"透出他的感伤,也彰显他的豁达。我垂询他新近还与老朋友走动否?他说,想走动,实在不便,大家都老了。他很喜欢听张允和先生唱昆曲《惊梦》,现在听说张先生六个月都不下楼了……又说,每年都还有一两次聚会。说着,他起身到书架上找出一帧照片给我看,那是"二流堂"堂主唐瑜先生从美国回来探亲,他与祖光、苗子郁风、丁聪夫妇、黄宗江等聚会的合影。他们的雅兴和逸致,即令在名流荟萃的京华,恐也难觅其二。"聚一次算一次",话语中多少流露出点伤感。客厅内书架上的酒瓶方阵,列队如仪,大者状若炮弹,小者形似手雷,高矮不一、方圆不整。黄永玉题字"范用酒家一赏"的那只古色古香的酒瓶,潇洒地鹤立于众,赫然入目。"还喝酒吗?"我问。"喝得少了,常咳嗽,喘。"话中有点"廉颇老矣"的苍凉。环顾四壁书城,我问他最近在忙些什么,范用的眼睛霎时光彩灼人:"编书!"声音也洪亮得多,显出一种不减当年勇的自豪。他还半真半假地说笑话:要是申请办出版社像办公司那样容易,他还想"过把瘾"。说着,他又欲站起来找什么,我知道他平坐着时很安然,一走动便咳嗽,便要喷消喘剂。我劝他坐着,他不听,兴致勃勃地从书房中取出《战斗在白区》的校样,摊在茶几上给我看。这是珍贵的史料,三十多位读书出版社(三联书店前身之一)的老人回忆当年在白区征战的往事。我油然想起三年前我来拜访他时,他正在忙乎着编撰三联书店五十年的影集纪念册,他发函、写说明文字,给一千多张照片编号排序……虽杂琐不堪,但他忙得津津有味。他有一双"闲不住的手",即在今日,我们一谈到出书他便神采飞扬。他那种敬业精神,真令我们出版同道的晚辈望其项背。且说改革开放以来,他策划创办的《读书》《新华文摘》杂志,他拍板出版的《宽容》和《干校六记》等等,饱了多少读者的眼福。令人不解的是，十四岁便到出版社当练习生的他，为人作嫁一辈子而自己仅出过一本薄薄的六十四开的小册子《我爱穆源》（还是香港朋友帮的忙），殊不知那还是他写给母校镇江市穆源小学少先队员的十几封信，勉励孩子们好好学习，上进。在这世风不振的今天，"近水楼台不得月"能有几人乎？我想铸个"大尺码"的廉政大奖章授给这个"小尺码"的范用，谅谁也说不出半个"不"字来吧。

"秋风昨夜过园林"，范用的老朋友少了；"岁岁年年人不同"，范用的酒量小了；"春风又绿江南岸"，范用的藏书（买的、人送的），多到书架已无法立身，摞到方凳上、圆桌上，以至码在地板上，一摞又一摞。板桥先生是"宁可食无肉，不可居无竹"，范用先生是"宁可三餐不进食，不可一日无书读"的雅士。

"且共欢此饮，时还读我书。"苗子先生集陶渊明句书联赠之，真谓点睛之笔。范用说，老伴过世后，儿女晚间轮流来侍奉陪伴，白天他一人独守三房一厅，编书读书之余，背背唐诗宋词、"古文观止"名篇自娱，陶心养性，颐享天年。他自订报刊杂志十多份，每月还到三联书店的小朋友处"拣漏"，拾他们的旧书报背回家读。我说他是享有盛誉的老出版家，应该写点回忆录什么的，他摇头，只说案上几十封信都没有力气回，家里许多重要的资料、藏书也没力气整理。不过，有时兴之所致，也写点"豆腐干"，他幽默地说这是"骗点钱，好买书"。片刻，他复又穿行于厅室，从抽屉中翻出一本大约是70年代印的学生用的蓝色练习簿，封皮上写着"卖文"两个字，翻开一看，是他某月某日写小文章得稿费若干购书若干的流水账。好一个老天真！

范用告退编席后，老友黄永玉赠巨幅画作，画上题字为："除却借书沽酒外，更无一事扰公卿。"活画出书痴酒痴范用。

书人书事

说到"惜书",他是有名在外的。朋友说笑话,借范用的钱可以不还,借书他是必索的。我就有被"追"过的经历,某年我借读他藏的《志摩日记》,用毕准备还他,他还不让寄,怕有个"万一",嘱我进京时带给他。印象中,他早年的藏书中都贴有自制的藏书票,"御笔"亲书"愿此书亦如倦鸟归巢",让你不忍赖账。珍贵的书有破损处,他还自行修补。至于藏书,那更是名闻遐迩了。他藏有一本《大堰河》初版本,当时艾青先生自己手中都没有。70年代老诗人见之,喜不自胜,以此为题作诗,题于书首,并写道:"题赠藏书的范用先生,以志感激。"某年,中国革命博物馆因展览之需,要展出斯诺的《西行漫记》和《续西行漫记》,因图书馆的书都统一另做了封皮,没有原汁原味的红封面的初版本,不得不向范用"征借"。说到这儿,他又踅回书房搬出《西行漫记》及续篇,让我大开眼界,我见封页上有竖写"叶琛,一九四〇年"字样,遂问叶琛是谁。他笑了,"是我,那是入党时起'党名',党员那时不公开,组织上给起的。"我正惊叹时,他又指着扉页上方两行外文字说,这是斯诺夫人的签名。书中还夹有两张发黄的斯诺老照片,那上面有斯诺自己的签名,弥足珍贵。这两本书称得上是海内的孤本。茶几上摊着他收藏的一批精品藏书,他越说越高兴,连咳喘也不顾。压抑不住兴奋,他说他还有"宝贝",我当即表示欲一饱眼福。他咚咚咚又转到书房中捧出一个纸包,打开纸包,是李恩绩先生《爱俪园梦影录》手稿,竖写的蝇头小楷,两厚本,字迹隽秀遒劲。范用夸他的字形迹近鲁迅。我问他此宝从何而得。他说,此稿本一直藏在柯灵先生手中,70年代,柯灵推荐"三联"出版,书出后,他要把原稿还柯灵,柯灵说不要了,说"你留着作纪念吧"。他又从大牛皮信封中魔术般地掏出两册印花宣纸原稿，蓝色封皮已破损，粘贴上的书名已残缺，只有"联语"两个字。我请教书名。他说这书叫《素月楼联语》，是张伯驹先生的手稿。他戏称张先生的字是"蚯蚓体"。我知道张伯驹先生曾以万金收藏两晋陆机《平复帖》等一大批国宝，解放后全捐给国家，是令人崇敬的大名士。没等我问他此珍贵稿本的来历，范用便说："我是小字辈，能帮张老先生做什么？只是陪他喝喝茶，聊聊天。伯驹先生就把这个赠我了。"范用说得简单，此书后来出版，全得益于范用。张伯驹先生八十一岁时曾亲撰嵌名联语赠给范用：

范画自成宽有劲　用行亦复舍能藏

此联出典太深，我辈无从读懂，张先生写有两行小注："宋范正中性缓，世人称之曰范宽，但其画笔则苍老有劲。论语子谓颜渊曰用之则行，舍之则藏，唯我与尔有是夫。"

言谈中，我发现范用十分想念故土，尽管他身体欠佳，他仍表示秋凉后，有机会坐火车，睡一觉，天亮到镇江，赶到宴春茶楼去喝茶。我问他镇江还有些什么亲人。他说一个也没有了。他要去看的是母校穆源，看看小朋友和老师们。范用唯一的一本书就是《我爱穆源》。他捐赠图书字画给穆源，为"穆源"恢复校歌，凭回忆自制了七十年前老穆源校舍模型……

时过午时，范用谈兴不减。我请他到楼下餐馆便餐，边吃边聊。他坚决不肯。十分较真地从冰箱中端出一碗女儿为他备好的"饭菜合一"的中餐，说，不吃掉，女儿回来要骂的。活脱脱一个老小孩。告别时，他坚持把我送到电梯口。电梯将要关门时，他忽又叮嘱我一句:"拜托,让陈红(陈白尘之女)把《牛棚日记》早点寄来。"陈白尘是范用的恩师,感情至深。

(写于 2004 年)

紫金文库

我所知道的海婴先生

《鲁迅与我七十年》样书一出，海婴便寄我一册。书还没收到，他便急火火地打长途来，要我谈谈读后的感觉。9月28日，在南通师院举办的纪念鲁迅诞辰一百二十周年活动上我们见面了。他见我的第一句话便要我谈"感觉"。我也直言不讳地说："你的勇气和坦率让我佩服，但对书名和装帧我不敢恭维，它不是最好的。"他笑而不语。我问书名是谁起的。他说是他儿子周令飞和出版社商量的。夫人马新云打趣地说："早知道请你提提意见。"我说："你们对我保密，怕我不给好价钱。"说到这儿，三个人都哈哈大笑起来。

因为我们相互比较熟悉了解，说话也很随便。这主要基于我有海婴"从谏"的历史经验。我曾私下问过海婴，做为名人的后代，你感到骄傲的和社会压力的两方面，哪个大一些。海婴的表现似乎很痛苦："苦比乐多。大家对名人后代期望值太高，喜欢把他们装在一个固定的框子里，在当代社会背景下，框子里的生活多难受！"

晚年的海婴活得确实比较累。早些年为儿子周令飞的婚事，累得喘不过气来，后来是"维权"论争，"官司败诉，我的'臭名'也远播四海。"（海婴自语，片断）就累上加累了。人言可畏，众口铄金。因时有微词入耳，它或多或少也影响了我。但论人必须持平。王元化先生在该书序中说"海婴为鲁迅版税继承权问题打官司，有些人不能理解，认为海婴不该这么做。我却不这么看。"因为"如果我们承认他也是一个公民，也有合法的权利，那么就应该依法办事了。"更况"事出有因"。打官司"要钱"是众所周知的海婴的一面，下面我想从我与海婴私人交往中，谈谈他鲜为人知的"另一面"。

我认识海婴始于1996年。我为供职的出版社策划选编了一本鲁迅、许广平散文合集《爱的呐喊》（"双叶丛书"之一），函请他授权，他欣然同意。表示接受"愿意按国家规定支付稿酬"，并提供了另一家出版社付酬方式和较低的付酬标准，供参考。该书出版以后，本社除按合约只付许广平部分的稿酬外，另付了一帧照片的稿费，象征性的而已。海婴在复信时特别提及"收到这部分（指照片）使我十分感动，因为多少年来，不论在什么书籍上，照片似乎已经在几十年前进入了'流通领域'，当然，我也似乎'清高'而不去追索。"说了一番致谢的话。

次年春，我进京公干，顺道拜访了他。我问许著《遭难前后》一书解放后出版过没有。他说国内没有出过。柯灵先生于1980年推荐给香港刘以鬯先生在香港文学出版社出了一次。当我了解许广平的几部著作已多年未再版，市场断货，又虑及许广平先生百年诞辰在即，于是萌发欲编《许广平文集》的创意。海婴听了，十分高兴。选题在社里顺利通过,很快进入操作阶段。海婴在北京鲁迅博物馆及鲁迅研究界朋友的帮助下,陆续将稿件分批寄来。事先说好合同条款由我方初拟,再请他提意见、相商。当时社里考虑为保护本社创意策划作品的权益,提出本社委派一同志任副主编,写在了合约上。海婴1月13日复信寄回合同,没作实质性的修改,只说希望出版日期提前半年,作为许广平诞辰一百周年的纪念礼品。因书稿工程较大,文稿搜集要完备也很琐碎、麻烦,出版日期如此之短,当时我只答复:"争取如期"出版,他表示理解,只说"他的话只是代表家属的建议和希望而已"。文稿在较短时间内备齐,海婴附信说"目前奉寄的各类稿子可以说是全部的99.999%(以拟收考虑的供选稿)"。我请他先编目、分类,他没有做,说怕我们会为难,"我是有意不分类编目,目的是使你们主动,便于取舍"。这也是真话,他的主导意见一定,可能会左右我们既定的编辑方案。我把另一责编孙金荣同志拟的"编目"奉上,请他"指正"。他复信说"文集的分卷方法甚好。就这样编排好了,替我谢谢孙先生。"但他将出版前言的第一段改了一下,附言说"这是不作数的",由我们定夺。他既如此"大度",对他的意见,我们也就实事求是地有取有舍。事后,他未表示异议。我们相互间的沟通比较顺利,双方都很满意。

因为这是由他主持为母亲出版的"文集",无论从哪个角度,他都该写点纪念文字。经我之邀后,他答应写"后记",有点调侃地说:"有些感情性质的话以及牢骚之类,放在后面为宜。"一周后,我收到海婴的"后记"。应该说,海婴是比较好激动的,也爱发点牢骚。他的"后记"原稿中有一段是写许广平去世后,她本人及亲属受到一些不公正的待遇。读了这些"牢骚",我颇为难。此前，我已略知海婴有点执拗、喜欢较真，怕碰钉子；但我还是鼓足勇气给他写了一封长函，大意说这是许广平先生的文集，含纪念性质，"后记"中的"牢骚"话放在里面不大妥当，如果照现在这样写法，广平先生在九泉下心也不安的。如实在有话要说，可另写专文，不一定非要放在这儿。大概我言词恳切，或许他意识到我的话不无道理，他来电话爽快同意删去。并说"我把'大权'交给你。"随之，我将自以为不妥的一刀砍去，又将个别情感色彩偏激的措词做了修正，力求平实一些。

《许广平文集》在编选者署名时，我们曾一度"纠缠"了一番。前文已说过，最初与海婴签约时，海婴"打官司"的消息，已见诸媒体。社长考虑该书是本社一手策划的，为保证本社享有该书的专有出版权和对其他编者的制约权，社里提出本社应有一位同志（让我）充当副主编。后来在与海婴一年多的交往中，看出他对我们出版社的权益十分尊重。例如在此期间，他拒绝了另一家出版社要重印《许广平回忆鲁迅》的要求，以保证本社的"文集"能有正常的发行量。所以我与社长商量，还是单署海婴一人名为宜，更显"正宗"。因此付印前，我于1997年8月15日致函海婴说："人与人之间，应是相互尊重与爱护的，真诚是最可贵的。""我们原先的考虑（署一副主编名）似已没有必要。"9月1日他复长函："关于先生副主编的具名，我以为很合宜的，这本'文集'没有先生的创意、策划、奔波以及向社领导疏通，是不可能问世的。这点，我们家属铭记在心，你的辛苦，应当体现在'文集'上，不应该当'无名英雄'。"又说这样做"是不公的，事实上，我的'主编'是'充数'的……"跟着，9月5日又来信，坚持他的意见："关于署名，请再一次和社领导解释一下，这本文集，工作是你做的，我只为了某种咱们商议的原因、因素而'堂皇'地摆在那（指便于宣传、发行。作者注）。谁都知道，这是吹不响的滥竽，否则无地自容。若此，新书发布等等活动，我只好回避，躲起来了。"我打电话对他说，为感谢他的美意，我接受他在"后记"中鸣谢我的话。他旋即又打来电话，坚持要我署名。付印在即，9月10日我再次坚辞，并说明理由，责任编辑栏内我已署了名，这"本身就是对我这部书稿工作的肯定……关于署名问题的讨论，我们就此画个句号"。并声明书已付梓，木已成舟。事实上，也绝非如海婴自谦的那样"是一种摆设"。他为《许广平文集》的出版付出了大量的心血。搜集、复印资料、大致分类，为初次发表的大量的历史函件中的人物和事件作注；征求老照片，以及恭请雷洁琼、赵朴初先生题词等等。而这些工作，远非一个责编所能力及的。

如果说当初签约，作为出版社一方还心存疑虑的话（参于署名，可制约其他署名者专权），那么在该书的运作过程中，海婴在文稿的处理对出版社的尊重上和拒绝他人重印《许广平回忆鲁迅》维护本社权益上，已表现了真诚合作的意愿。因此，我们才主动提出放弃署名。

从出版社的角度来说，在出版《许广平文集》的尽心尽力上，也令周海婴深深感动。为使该书能赶在许广平百年诞辰纪念活动时出版，出版社督请承印厂加班加点，2月10日装订出第一批书。可是厂家在淮阴，交火车快运已来不及。偏偏此时天降大雪，到处冰天雪地。出版社出资请运输公司派专车，日夜兼程终于在11日晚间平安抵京，为次日首都各界纪念许广平大会献上珍贵的礼品。海婴说他"实在太感动了，感动得要流泪了"。

这次出版社与海婴的合作十分愉快。由此我想，这恐怕源于双方的相互支持和理解。"尊重是双行道",此言不谬。

　　一年后,我社出版了长篇纪实小说《鲁迅》,我给海婴寄了一本。海婴初阅后,觉得文中对鲁迅逝世下葬时的在场人及当时他的悲痛状的描写,"感到有点出入",致函于我。我复印转交给作者。后来,此信中的内容被媒体公开引用,海婴遭到了非议。海婴对此深感委屈,他后来对我说:"我无意否定作者的大作,只是感到有些不舒服罢了"(作品中的那一段,把他写得太不懂事了。作者注)。对媒体,海婴后来大概有些怕了,再致信于我时,特别叮嘱"请勿有任何举动"。这回他理智的以平和的态度,淡化了这件事,没再引起纠纷。

　　9月28日在南通,我大胆地与海婴探讨了鲁迅先生的为人为文。海婴很坦诚,他说金无全赤,人无完人。鲁迅也是可以批评的,但必须读通他的作品,研究他所处的社会背景和恶劣环境。他的文风不得不犀利,语言不能不苛刻。在谈到有人觉得鲁迅生性"多疑"、出语尖刻时,他说有些是现代人对鲁迅的误解。鲁迅一般针砭的是对社会弊病并不对具体的人。当然,他不是圣人,有时也会误伤人;当他发现自己批评错了的时候,也会自责。当年写文章批评一位青年作家,事后知道那人确实是精神失常,便写专文更正、说明,消除影响。海婴说,评价鲁迅绝对不能脱离当时历史大环境,不能用现代人的思维来要求他,应采取历史的唯物主义的态度。这一天海婴在接受南通电视台记者采访时,笔者在侧,亲耳听到他说:父亲早已过世,他不能对死后的事负责。"文革"期间有人利用了父亲,或者是父亲对某人某事一时说话欠当,致使他当年的老朋友或亲属遭到一些伤害的话,我非常理解、同情他们。(上述为大意)在摄像机前,海婴对因此而受到伤害过的人代表鲁迅表示歉意。

　　那日私下里，我还和海婴悄悄地探讨周氏家族握手言和的重要性和可行性。他也感觉到上一代的恩怨不应该影响下一代的关系。他希望双方家属共同努力。

（写于 2006 年）

书籍装帧大佬张守义

秋风萧瑟。一枚落叶静静地卧在树根下,酒仙张守义却飘然云天外,时在戊子秋暮。

张守义(1930~2008)先生毕生供职于人民文学出版社,主要从事外国文学书籍的装帧设计和插图的创作。

他的作品以鲜明的个性与风格,得到业界和社会的一致认可,成为书籍装帧界的领军人物,享有"中国第一封面"之雅号。

我与张守义先生曾有浅浅的过从。20世纪90年代初,我向霍达组长篇小说《未穿的红嫁衣》的稿子时,霍达提出一个先决条件,即该书封面希望能由她请张守义设计。能有"中国第一封面"亲手操刀本是可遇不可求的,我一口应允。

不久,守义先生将《未穿的红嫁衣》封面设计稿寄来。画面简洁、朴素,以跳跃的色块取胜,同时采用凹凸新工艺,又富现代感。他还在信中说，如果我有什么好的意见，欢迎提出来，他可修改。一个月后，他又寄来听从多方意见修改后的精、平两个版本全部制版图稿和版式，对用料等若干要求或注意事项都一一写在版式纸上。一个图书封面设计权威的谦逊和认真，令我敬佩。那是一次愉快的合作。霍达后来告诉我：那是她把张守义请到家中，她的爱人王为政与张守义整整喝了一箱啤酒，熬了一夜完成的。

张守义的人品与作品同样具有魅力，可那时我们只有神交，没有面缘。

1994年全国书展在北京举行，张守义是布展的艺术总监。那天，我正在本出版社的展台上忙着，同事速泰熙对我说，张守义在，要不要见见他。我说当然。谈说之间，速泰熙突然说："来了！来了！"我问在哪。他说："那个拎啤酒瓶的！"我顺眼看去，只见一个头发蓬松、瘦高个子，耸着肩，手拎啤酒瓶的小老头向我们展区走来。我们刚寒暄了几句，他的助手赶来找他说有急事。守义先生送我一张名片，与我们展团的几位出版同仁合影后，就匆匆走了。

1998年岁暮，守义先生应南京出版界友人之邀，来宁主持南京大学出版社一套重点图书装帧设计。我知悉后，尽地主之谊为他饯行。席间，我俩并坐。我发现守义先生真"怪"，那天从开宴到离席，他的手一直没有摸筷子。既不吃菜，也不吃饭，任凭大家央劝，他只抱着啤酒喝个不停。记得那天喝的是扎啤，一只状似企鹅的啤酒壶引起他的兴趣。他信手抓起一页纸画了起来，在画的壶上写了"酒仙"两个字，还配了一只高脚杯。我开玩笑地说："你是酒不离口，画不离手。"他笑了笑，说那就送给您作纪念吧。

落款是"酒仙丁丑冬于金陵"。我不禁油然想起了他的另一个雅号："画痴"。他在进入创作构思时，往往如醉如痴，因此被同行们戏称为"画痴"。人们常说："吃饭不理公事。"然而，即使是在吃饭时，而且是在与朋友一道欢宴之时，他想到了什么就不觉技痒，非画点什么不行。不是对绘画痴迷到骨髓里去的人会达到这样的无人无我的境界么？

特别有趣味的是他随身带了一个手挖的葫芦形的纸版。他用手指蘸蘸印泥，在画右上方按了一个"葫芦印"，幽默地说"这可不是赝品！"接画时，我说谢谢酒仙。他对我耳语："我是酒仙，不是酒鬼。"又说因为他年少时便患胃病，吃饭不消化，每天只吃少量的鸡蛋和饼干。医嘱每天可喝三瓶啤酒果腹。原来如此！

2004年在桂林全国书市上，我们又不期而遇。是时，他在云南人民出版社展台上签售他的新作《张守义的笑》。

出于对先生的仰慕，我当场买了一本，默默地排队请他签名。当他为我签名时发现了我，马上站起来与我握手，"谢谢您来捧场"，又说："这本书应该由我送您。"说着便从口袋中掏钱，被我止住。他又说："那好，下次您到北京来，我请您喝酒！"没想到那竟是最后的握手。

（写于2008年）

"文坛刀客"韩石山

"文坛刀客"韩石山,喜欢文学批评和传记文学的读者,谅无人不知;我本一介草民,写此文傍上韩石山大名作标题,似乎有点拉大旗作虎皮之嫌,然亦非空穴来风,还真有点过从小故事。

我与韩石山是有三十三年历史的老哥们,而迄今只有羊城初识的一面之雅。那时我俩都尚未"出道",乡村学校教书匠也。相识后,前十数年不通信息。后来的音问也是三年打鱼,两年晒网。倒是大家都回家抱孙子前后,联系多起来。坦白交代,我与其续缘是为了投稿走后门。

20世纪90年代,石山已腾达为文坛的闻人。家父过世后,我写了一篇追忆文字,因他是地主,此稿屡投屡退。当获知韩石山在《山西文学》当主编,便投他碰碰运气。文章的标题叫《流水三章》,取父亲被戴帽、摘帽、十年河东、十年河西之意。石山阅后即复：可用，但标题要改。还说："什么流水三章、四章，干脆就叫《我那地主老爸》，如同意就用，否，退还。"言词叮当，刀客风格。他改后的标题贴切、到位，然有"标题党"之嫌；但我实在太想发那篇稿子。心想，他韩石山都不怕惹火烧身，我还怕个鸟。稿子发了，平安无事。我外甥曹寇那时是文学青年，我扛着"内举不避亲"的牌子，将其小说处女作推荐给他。石山觉得文字尚稚嫩，然"孺子可造"，发了，还说了几句鼓励的话。这对曹寇后来致力于文学创作鼓舞颇大。打那之后我们的音问多了起来，也多为礼节性的问候，无太多实质内容。

新千年，我的第一本书《书香人和》出版，奉上一册，请石山批评。书中写的都是当代文坛的人和事，批评家的石山有兴趣，读罢表示得闲要写篇书评。我自然高兴。可始终只听楼梯响，不见人下来。我知道他有双"套不住的手"，除了忙公家大田的活，少不了也忙自留地，哪有"闲"时？久而久之，我早已忘却。孰料十三年后的甲午之春，他突然为我写了一篇捧场文字。君子一言，十三年追得，当然更是君子了。

君子之交淡如水。我翻出 1981 年笔会合影，照片传过去，他已经认不出我是其中哪一个了。我与石山三十三年的友谊，除当初的一面之交，近年的三四次电话，乏趣可言，唯信札二十余通，尚可一说。石山本是骚人墨客，写信喜用毛笔，我亦好附庸风雅，一拍即合。新千年后我俩的通信都用毛笔写就。石山戏说这在当代文坛恐怕是凤毛麟角，我说那就让我俩做个传统文化的传承者吧。检点石山的华翰，翻起来有股墨香夹杂着山西老陈醋味呢。

文学圈子里对"刀客韩石山"评说不一。褒者说他是"我手写我心",直面作者与作品,有一说一,白刀子进红刀子出,富批评家的风范;贬者云:他有时不按理出牌,言辞苛刻,太不讲情面,还会"胡来"。在我看来,"小刀手"韩石山,心灵深处不乏柔软的地方。他自语"混迹文坛三十年",笔墨官司一大堆。记得他有一篇《黄裳先生,这样的东西你也敢卖吗?》在引用文字中涉及董桥与我。黄裳先生毕竟是我们的前辈。读石山的文章后,我在致董桥信中有意无意谈及此事。董桥宅心仁厚,对我说:黄先生年纪大了,我们就不惹他生气吧。我有同感,遂认认真真写信致石山,转述董桥的话,并真诚地希望他"和为贵"。当时我挺忧心,不知石山这块"又臭又硬"的石头反应如何。不久石山回复,表示欣然接受我的建议,"刀枪入库",恩怨就此了结。记得我将这信息转告董桥,董桥听了也很高兴。殊不知"刀客"石山,也有"水"的一面。

韩石山,本名韩安远,他何曾安过?他山之石,可以攻玉也。

(写于 2014 年)

夏祖丽为母林海音立传

"五岳寻仙不辞远,一生好入名山游。"这是唐代大诗人李白的名句,抒发了诗人热爱自然、不辞辛劳,游历名山大川的胸怀。我将其篡改为"五岳寻根不辞艰",以彰显夏祖丽女士历时三年,追寻母亲的足迹寻根溯源为其立传的精神。从某种角度来说,拥有丰富人生的林海音,倒真有点飘飘若"仙",重温母亲八十三年留下的脚印,大大小小、深深浅浅、远远近近,对夏祖丽而言,岂不胜似游历名山?

出于偶然,循于必然

胡适常鼓动他身边的朋友们写自传,然应者寥寥。而他自己的一本口述实录《胡适自述》,还是假唐德刚之手完成。传者,难也。本为垂之史册,稍不慎反成笑柄。盖作者必须褒贬得当,对笔下的每个标点都要负责，遑论其他了。终身眷恋城南旧事的小英子（林海音）倒很想一试"我的童玩，我的游伴，我的小油鸡，土地庙的小吃摊，破洋车上老头子塞在我脚下的破棉袄……"她都想付诸文字入传。岁月无情，晚年的林海音健康每况愈下，不得不作罢；而这粒悬于一念的种子，不经意吹落在女儿夏祖丽的心田，雨润芽发，结出一部图文并茂 20 万言的《从城南走来——林海音传》的硕果。

事出偶然。1998 年，台湾天下远见出版公司发行人王力行女士，富有"远见"。她想林太乙女士能为父亲幽默大师林语堂写事略，夏祖丽亦能为母亲文坛常青树林海音立传。林海音，被誉为"台湾文学的一道阳光"，她是有资格作传主的。她的众多子女中除祖丽外，长子夏烈、大女婿庄因、二女婿张至璋都是握管的好手。相较而言，要数祖丽条件最优。夏祖丽已出版过十五本书，1968 年她在《妇女杂志》供职时，集记者、编辑于一身，先后采访过三十多位台湾文坛的作家，出版过《握笔的人》《她们的世界》两部传记专辑；同时，作为总编辑她与母亲同窗共桌，联手经营纯文学出版社十年之久，成绩斐然。她对母亲的了解最多、感受最深。鉴此由她执笔，循于必然。

当王力行把这个创意，电话告知远在澳洲定居的夏祖丽时，祖丽喜忧参半。"父兮生我，母兮鞠我！拊我畜我，生我育我"此举正是"寸草心"回报"三春晖"的良机，她不忍错过。"很少人有机会为母亲作传，对此我心中充满感恩，深觉自己非常幸运和幸福，也愿与大家分享林海音女士丰富、无憾的一生。"忧的是写作难度大，关键是评说的尺度难以把握。为尊者隐、为长者讳是中国的古训，脐带绾缠的血缘关系，作为女儿对母亲难避"偏私"。溢美多了，读者会认为这是为母"贴金"；写得不到位，又愧对母亲多姿多彩的一生。母亲林海音觉得这是件挺有意义、蛮好玩的一件事。父亲何凡（夏承楹）支持，但他告诫女儿："称赞的话要减少一些才好，反正你妈妈也不竞选了。"

夏祖丽几度权衡之后，答应"试一试"。

卧薪尝胆，文体实验

"我像重活一次母亲，也像重活一次自己。"当夏祖丽为《从城南走来——林海音传》画上最后一个句号时，忘情地说出这番话来，大有"脱胎换骨"之慨。

为林海音立传，谈何容易！

林海音，台湾苗栗人。生于日本，幼时居台，5岁到北平（北京），30岁时返回台北，度过她人生的精华岁月。一生数度迁徙，历经社会动荡，如飘萍浪迹天涯。所幸者，多元文化融汇成她丰富、自由、胸襟开阔的生命特质。作为女人，她为人女、为人妻、为人母，恪守尽责；作为社会人，她集写作、编辑、出版人于一身，毕生以不同的角色经营文学事业，兢兢业业。但这给夏祖丽的写传带来极大的难度，犹如一部廿四史，不知从何说起。

夏祖丽是1986年随夫君张至璋到澳洲发展的，一家四口定居墨尔本。接受出版社的邀请后，翌年初，她回台北过春节，承欢父母膝下，尽儿女之孝。是时，林海音已数度中风，又患糖尿病，健康很不如人意。夏祖丽在母亲精神状态稍好时，与母亲同坐在冬日的阳光下，打开尘封的相册，抚摸发黄的老照片，沉浸在历史的烟云中，重温那八千里路云和月。那时的林海音已难用言语详尽表述前尘往事中那精彩的瞬间或黯淡的永恒了。此时，夏祖丽行色匆匆，重访重庆南路三段早年故居，寻觅纯文学书屋旧址，听长辈讲述母亲早年的故事，叩访亲朋和母亲的同人，将他们的长篇大论、只言片语，一个惊叹一声唏嘘，或录音或笔记；同时广泛征集信函、日记……仅止还远远不够。夏祖丽又循着脐带泳向血脉的源头，飞往北京，历数母亲每一只脚印。她从（北平）城南走来——那是小英子文学梦的发源地。夏祖丽在城南老城砖缝中去觅寻母亲童年的花瓣，她只身出没西交民巷、南柳巷、永光寺街、南长街的巷陌深处，去捕捉那杳然的喧嚣叫卖调的咏叹和夕阳下远去的驼铃声；她从健在夏氏家族的长辈们记忆的枯井里，打捞每一滴甘霖，哪怕是一斑水迹。尔后是南京、上海。在上海，她拜谒电影《城南旧事》导演吴贻弓，访问当年饰演英子的沈洁。又跑到虹桥机场，凝视那长长的跑道，她追忆幻想五十年前，肩着大包小包的母亲是怎样扶老携幼，张皇爬上飞往台湾飞机舷梯的背影……

就这样，夏祖丽背着五六十本相册，一百盒录音磁带，数十本母亲的日记与书信，返回墨尔本，她把自己关在家中开始动笔。墨尔本寓所的书柜中、茶几上、沙发间、床头，乃至卫生间满坑满谷地堆放着这些资料。先生张至璋说："家中俨然是座林海音博物馆。"她埋头其中剔罗扒抉，日不出而作，日已入而不息，每天工作十至十二个小时。把那一百盘录音磁带变成文字就忙了她好几个月。为避日晒，她上午在朝西的房间里伏案，下午移师到朝东的房间爬格子。以最简单的方式打发一日三餐，忙乱得就差把手表当作鸡蛋丢入牛奶中了。笔耕一天下来，精疲力竭，晚上倒在床上便呼呼入睡了。天一亮马上起床，再赶进度……她对笔者说"这才尝到卧薪尝胆的滋味"。

为力求传文的准确、公允，她最初选用第三人称的叙述方式。初稿杀青后，她不满意，"写母亲童年时要做旁观者轻而易举，但到后来，有些事，我不仅是目击者，更是参与者""我没有办法抽离地做无动于衷的第三者而极力地隐蔽自己的主观感情"。她借鉴于《日瓦戈医生》的写法，决定大幅度地推倒重来，用第三人称叙事外，辅以第一人称的感触（在书中用仿字体排出，以示区别），隐隐然有后设小说的况味。她冀图要把格局变大，用林海音小我生命的轨迹缩影大环境历史走向与时代氛围，夏祖丽认为，这像诗的破格，打破立传的行规，自由挥洒。有评论家说，此举作为一种文体实验尝试，可圈可点。

　　在为母亲写传的过程中，夏祖丽真实地感受到"我的童年，我的回忆，都交错在母亲丰厚的一生里。"同时她再一次地为母亲的人格力量所感染：林海音担任《联合报》副刊主编的十年里，她把"联副"经营为台湾文学的重镇。她支持了钟理和钟肇政等台湾本土作家，提携了七等生、郑清文、黄春明、林怀民等新秀。特别是黄春明寓批判于诙谐、嘲讽于一体的文章，在那政治高压下的岁月，林海音出于爱才，斗胆将稿子发排了。回家后仍提心吊胆"睡不着觉"。然而不幸还是发生了。1963 年 4 月 23 日她签发了一首名为《故事》的诗，描述一个船长漂流到一个小岛上，被美女吸引而流连忘返。此诗被当局判为"影射总统愚昧无知"，作者风迟被判狱三年。为避免累及他人，林海音独自承受巨大的压力，她被迫离开《联合报》社，随后，自己创办了《纯文学月刊》和纯文学出版社，在纯文学这方净土上惨淡经营了二十七年，广结文友。诚正如此，朋友们才说"林海音家的客厅是台湾的半个文坛"。

　　夏祖丽对母亲敢想敢说敢干的大丈夫性格，以欣赏的笔触，微妙地写道:"大家都以林海音为中心,那是我妈霸惯了,她一手拉拔的弟妹们都很'怕'她","这种'怕'出于敬畏"。夏祖丽幽默地说在他们家中"母亲是太阳,父亲是月亮"。至于他们子女这群星星,唯只有众星拱月的份了。母亲的这种性格正好是对个性较温柔的夏祖丽做了"互补",相得益彰。

圆满完成,夙愿以偿

2000年岁暮,《从城南走来——林海音传》终于如期出版了。书封面上印有林海音大幅照片,她潇洒地托着腮,以一派和蔼醇美的微笑面对着读者。出版社为此召开盛大的新书发布会。

夏祖丽面对沉甸甸的收获,却"百感杂陈"。本来,她是想将此书绾缠上最美丽的花蝴蝶结,置在林家客厅里,邀文坛好友欢聚一堂,把它当作一份厚礼献给母亲的,遗憾的是,此书出版时林海音已神志不清了,她只能看看书上的大照片,没有笑语和朗声了。有的只是一种"廉颇老矣"的悲哀。夏祖丽说这是她的第十六部书,最在意的一本。"如果为父母立传是第二十五孝的话,我如果写不好就是不孝了。"

对《林海音传》,社会的反响是出奇地好。林海音的知交齐邦媛教授说:"《林海音传》绝对不是个人的Story,她的一生不但受时代影响,也影响了时代。"作家痖弦说:"传记是历史的工作,也是文学创作,好的传记文学必须具备史料丰富、史识正确、史观独特、史德高尚、史情饱满五个条件。《林海音传》具备了。《联合报》等媒体作了大量的选载并发表评论,称誉夏祖丽的《林海音传》是"女儿写母亲,作家写作家,最贴心的距离,最精确的观察",并认为她的这种写法(第三人称加第一人称)是一种"文体实验","让读者注目传主与传主外的新发现。"

席慕蓉特地吟诗《迴回的拥抱——给祖丽》,深情地写道:

> 你是怎样开始的呢怎样
> 提起笔来写下
> 那第一章第一行的文字
>
> 为母亲立传
> 应该像是一种迴回的拥抱吧
> 就如海浪一次又一次扑向
> 光明温暖洁净的沙岸
> ……
> 从童年到青春和
> 之后如锦绣般华美的文学岁月
> 永远的英子永远的林海音
> 其实早就走进了我们的心中
> 只是在你的笔下
> 她的光华更加从容
> ……

稍后,大陆文学界为纪念《城南旧事》出版四十年,亦举办"林海音作品研讨会",使林海音其人其文在读者心中留下永恒的印象。

天下没有不散的宴席。

2001年12月1日,"妈妈的花儿落了"(夏祖丽语),从城南走来的林海音,牵着最后一抹夕阳的余晖,步着叮当作响的驼铃声,缓缓地缓缓地远去……

（写于2005年）

书人书事

叶兆言，格子外的故事

> 叶兆言自嘲是"爬格子的"。他爬的格子，读者早已欣赏过了，无须我置喙。我就写点他格子外的故事，但愿能引起叶迷们的兴趣。
>
> ——题记

名中藏趣

秦淮河是南京的一道亮丽的风景。是十里秦淮的水面悬浮着六朝金粉，还是汩汩桨声晃荡着她"蔷薇色的历史"的影子？是夫子庙、魁光阁、乌衣巷、文德桥和贡院街的青砖灰瓦深处藏着典雅的往事，还是媚香楼艳巢旮旯匿着李香君、董小宛、陈圆圆之辈哀婉的悲歌？如果说20世纪20年代朱自清、俞平伯先生《桨声灯影里的秦淮河》，把秦淮河的雅韵推到了极致，那么半个世纪后叶兆言的秦淮系列小说，也算得上为秦淮风景带上一个景点了。

叶兆言何许人也？

还是先谈其父叶至诚吧。叶至诚本一介"布衣"，同道称他是"弥勒佛"，（面慈心善，外加形酷似）五十年代他与陆文夫、高晓声是不可一世的"探求者"。旋即靠"右"站，60年代复被打倒，70年代再次出山，官至《雨花》杂志主编。80年代，他忽然"没了姓名"，被友人称为"叶圣陶的儿子，叶兆言的老子"。至诚先生对此颇为悲哀，更多的当是骄傲和自豪！叶兆言是父母爱情的产物。其母姚澄是戏剧界名耆。叶至诚学得拆字先生的技法给儿子起名字，娶妻姓"姚"和己名"诚"各半，糅合为叶兆言。泱泱大中华十数亿子民，而名叶兆言者，恐只一个。真可谓"别树一名"了。

有其父必有其子。

叶兆言给自己起笔名饶有趣味。少年时做文学梦想做个像爷爷叶圣陶那样的大作家。当大作家，作品的风格理应多变，一个笔名显然不够用。他最初发表的三篇小说，就用了三个名字。处女作，开笔大吉，向世人亮相，署的是叶兆言；其二，用的是邓林，取"夸父追日"之典；其三签的是孟尼，梦里两字谐音。稍后，在攻读研究生时已为人夫、为人父了。尽管家中经济条件甚好，但叶兆言贵却背靠大树不乘凉。有一种"做人不可有傲气，但不可无傲骨"的男子汉味，坚持用自己双手支撑门户。谈何容易，靠月收入难以对付柴米油盐酱醋茶，于是不得不卖文贴补家用。因此这一时期的笔名大多与孔方兄沾亲带故。不妨枚举一二：他时署刘克，本欲用德国货币单位马克，怕编辑嫌他俗气，又不想改变初衷，故把"马"变成"牛"，再借牛的谐音刘；时用梅元，梅元者，美元也；

偶用萧非，萧非者，小费也。更有趣的是，他还常借父亲的笔名谈风。大概他与其父前世有不解之缘，又是道友，多年父子如兄弟，打个招呼，便信手借用。他在《春笋报》发表一组反映三四十年代中学生生活的散文，用的就是谈风，"装作很有学问的样子"，还真的蒙了不少中学生读者，来信恭称他"谈风老先生"。叶兆言自己看了都捧腹大笑。据悉，他用的笔名还有叶言、舒书等。一长串笔名均名出有典，揣摩一下作者不同时期的处境、心态，可资叶氏研究者写一篇《叶兆言笔名考》了。

古云，名正言顺。

叶兆言认为，人名是重要的，谁都希望起得完美、熨帖，而有内涵，像百年老店的招牌一样。不过他更认为，名字又实在算不得什么，只不过是一种汉字符号。关公卖豆腐，货色硬就行。

别树一叶

"别树一叶"一词是我生造的。读来晦涩，通俗一下，"有别于其他树上的叶子"。

1988年，兆言这片叶子由南京大学这棵树上，飘落到江苏文艺出版社这方土地上，故敝人有缘以文会友。我说兆言，言之凿凿。不只我是他的读者，更因我们曾是出版工作上的搭档。何况出版社同仁中他的学长、同窗不下五六个，还数不清他身上的汗毛？

叶兆言是我们出版社历史上第一位文学硕士，又是名门之后。他的出现当令人刮目相看。实话实说，当时我是没有看出什么异样。最初的感觉是，其人长相一般，淡泊随和，言语不多，语速极快，让人"刮目"的是他的"目"，他左目童年受创，见风流泪，印象最深的是冬令时节,他身着件蓝色对襟棉袄,头戴黑色猴头帽,手捧着一只青瓷筒状茶杯,喝口茶,还常常有滋有味地"啊"一声,然后用手去抹眼泪,在办公室里摇来晃去。闲时打开砚台,倒上茶水研磨,随手抓张报纸,一笔一画临柳公权的《玄秘塔》。活像旧社会村塾里的先生。他临帖临得不赖,一旦脱帖把字放单飞另行组阁,我就不敢恭维了。我认为,他写得最帅的三个字是叶兆言,大概是为日后替读者签名而预谋。他边写边抱怨自己的字写得"活丑"。那时,他上下班经常"踩电铃",好像不大准点,因此有同仁包括我在内,觉得他有点儿"那个"——这个年轻人,不像我们这把年纪人干活那么卖力,似有用公家时间种"自留地"之嫌。改变我这一陈见的是在他编辑的《二十世纪文史哲精义》出版后,那块凝聚着20世纪文哲精英经典的"砖头",显示着他的博学多才。他原来是个藏锋不露的家伙。不久,他调到我们编辑室,"同室操刊"——《东方纪事》创刊了。他真有牛皮,创刊号上周而复、宗璞、邵燕祥、郑逸梅等一大批京沪名流的稿子全是他拉来的。仅此而言,叫我不得小看。继之,社里讨论出一套当代纯文学作家丛书,他提议叫"八月丛书"。我问八月的含义,他说:"摘桃子"。他认为,八月是收获的季节,我们把文坛已成名的作家掳进来,即讨好又讨巧,赚名又赚钱。他是个"巧取豪夺"的家伙。慧眼识珠,他与同仁合谋,终把张承志、王安忆、史铁生、张炜、刘恒、朱苏进这些文坛珠子全搜罗来,点缀"八月丛书",撑出版社的台面。丛书一问世,文学界喝彩——那也许是20世纪80年代出版界推出的第一套纯文学丛书。又有他提议出张爱玲《十八春》《小艾》。还要出李宗吾的《厚黑学》(此书及作者,敝人当时从未听说过。三年后,市面才重版《厚黑学》,红得起火)。真人不说假话,此时我不得不刮目相看了。大概在这一时期，他积蓄的中篇《悬挂的绿苹果》《夜泊秦淮》《状元境》和《枣树的故事》连珠炮般放了出来，每方即响，响彻文坛，获奖领赏，满面红光。

无奈，出版社池小水浅，养不了他这条大鱼。更因出版社的机制和人事上的复杂，制约了他在文学上的发展。叶落归根，90年代初，他伺机跳槽到作协，栖在文学树头，筑巢衍生了。

叶兆言与出版社的缘已尽，但情未了。他的七卷本文集就是由他的同窗沈瑞编辑在本社出版的。出版社养育过他，他为出版社扛过旗子。出版社是他的娘家。一度时日，出版社同仁为打发午休的寂寞喜欢打牌，来"跑得快"的游戏。四人"唱戏"，围观者有八个，看的比玩的还多。叶兆言是最忠实的"观众"，早到不早退，迟到还要请假。哪一天他未到，大家都觉得奇怪。再来时，总得问他某天为什么缺勤？我们的"赌"瘾大，他看瘾更大。但邀他上场，他是死活不肯。他说，他爱看但不干。（赌资是以根计算的"红塔山"）有时，他手痒了，实在憋不住，就对某输家说："你去撒泡尿，让我替你摸两牌，换换手气。"你得承认在诱惑面前他是一个有毅力的家伙。

叶兆言爱玩黑色幽默，会给人起外号。他叫我"二婶"（二审，我曾是他的室主任），竟让他喊开了，大家都喊时，他又叫我"张二"。但每每送我新书时，仍做出正经八百样子署"张翁"什么的。一次大家逗乐，说某某人有"小秘"什么的。有人说："说谁都会有，老张不会有。"兆言语惊四座："老张怎么啦，他没长那个家伙？"兆言就是这样一个文时文得像泛黄的毛边纸上的古画，"武"起来也能耍枪。有一次，我替他从上海王安忆那里带来台湾捎来的版税。第二日，他在我抽屉里塞了两包大中华。1996年我拟编《舒婷文集》，但不认识舒婷，兆言听说，主动给我介绍。舒婷是个有个性的作家，那会儿有几家出版社都在争出她的文集，舒婷正在犹豫中。考虑再三后才对我说："既然是叶兆言推荐你，我信得过。"叶兆言确实是个充满人情味让人信得过的家伙。

为了调节身心，他爱散步；为了锻炼身体，他练太极拳；为广读天下书，他四处寻觅借书证。少时还干过不少蠢事，学赌，学抽烟，喝醉酒，干"非法"买卖，一度还想当和尚。他智慧过人，又迂腐之极，他从不想讨人便宜，也不愿自己吃亏；他老实巴交，又大大的狡猾……他就是这么一个家伙——别树一叶。

一叶知秋

叶兆言的人生经历和文学之旅，真像落叶，随风飘零，一番风雨化作泥土碾作尘后"更护花"。佛家说是因果，我看是传奇，或曰："嚼得菜根，做得大事。"

飘零的叶子，本是个没娘的孩子。叶兆言有着常人非可比的悲哀而又幸福的童年。早晨上学的路上还跟小朋友们踢着石子，唱着自编胡诌的顺口溜："吴晗邓拓廖沫沙，屁股上面一个疤"，放学回来，"父母已经成牛郎，门上打了个大叉叉"。戴红袖箍的把他和保姆关在厨房里，然后翻箱倒柜。他们翻出的明明是奶奶送给母亲的一根项链，非说是抄出了金条，并扬言要挖地三尺撬地板。让兆言不明白的是，干这些事的竟是母亲的得意弟子们，当年抱过他、给他糖吃的人。他们还搜他的身，企图从这个九岁的小孩身上得到他们想得到的东西。叶兆言先是捂着口袋不肯，后索性撩开衣襟给他们看，里面别着一排亮闪闪、叮当作响的毛主席像章。最最残忍的是，这伙人向他讲了一个他最不愿听到的遗憾终身的"故事"，他们要他与父母划清界限。兆言像只被打懵了头的小鸟，茫然地流浪街头。他成了一个无家可归的孩子，忍冻挨饿到深夜也不敢回家。他在一条巷口遇到一帮比他大一点、操安徽口音的红小兵，说要带他到北京去看毛主席。兆言乐了。他被命令跟他们一道睡在一张大水泥平台上。一觉醒来，兆言发现睡在身边的小战友一个也没有了。他们不带他去见毛主席也就罢了，竟把他身穿的一双新凉鞋也拐跑了。这是兆言没齿不忘的人生哲学第一课。

一叶知秋。萧杀的秋天，掠走他的一切。他像路边的一棵草。

一阵风，这片没根的叶子，飘到了江南乡下外婆家。叶兆言在村上小学借读。小学校是家族的祠堂。全校三个年级，统共三十个学生，集中在一个大教室上课。最高班次是三年级，兆言已读过，迫不得已"而今迈步从头越"。留一级也罢，烦人的是学校成立红小兵组织要填表，家庭出身一栏不知怎么填。懂事又不懂事的他填了个"小资产阶级"。红小兵名单批下来了，全班一片红，只他一个人没拿到红袖箍。小朋友们像看猴似的朝他看。他难过死了。班上的红小兵就送他一个诨号："小资产阶级"。尔后，父母托人，好不容易把他折腾回南京上学。高中毕业了。待业一年后，他被分配到一家百把人的小厂当钳工。兆言这个自称"不十分老实，也不调皮捣蛋"的孩子，离开了学校，"突然想读书，想得要命"。那时，全国风行"七二一"工人大学，厂里也办了一个，半脱产，又不需考试。上学的事由工会负责。兆言兴冲冲地把工大教材都买到手，静等上课了。尽管他一生怕求人，最反感溜须拍马，他还是去拍工会负责人的马屁，一拍再一拍，为那个头头搞了一批又一批他急需的贵重药品。没办法，在人屋檐下呀。发榜了，想不到他仍是名落

"深山"。兆言不服气，头昂昂地找头头说理。那头头说："你的眼睛不大好，就用不着占公家时间读书了。"他气得想哭，恨不能搬石头砸天。

天有不测风云。1978年大学公开招生了。兆言三更灯火五更鸡，不吃馒头争（蒸）口气，他不屑那个阿猫阿狗都能进的"七二一"，一举考上了名牌南京大学中文系。大学毕业后，他到另一家大学教了一年书，心中老不踏实，总觉得腹中空空，还想读书，想得要命。他决心考研，再次悬梁刺股，在那场90：4的残酷角逐中，拔了头筹。人家都说，书香门第的后代，不一样就是不一样。

一样的。叶兆言绝对像他父亲叶至诚先生一样：不安分，富有求索精神。粉碎"四人帮"不久，他与属于父亲"探求者小集团"的方之的儿子李潮，伙同顾尔镡儿子顾小虎、青年画家朱新建等一拨文学青年，创办了民间刊物《人间》，大过文学瘾，大做作家梦。买蜡纸、刻钢板、油印、装订，忙得像陀螺。但那毕竟是个没有户口的或曰黑户的"地下刊物"，命中注定短命。创刊号即终刊号。不惑之年的叶兆言十分怀念那逝去的文学青年时代，"那是一个躁动不安分的时代"。《人间》发表了他的处女作《傅浩之死》。一篇《傅浩之死》孕育着一个文学新秀叶兆言的诞生。叶兆言的小说印成铅字，是1980年发在《雨花》上的《无题》。连他自己也莫名其妙，他发了五篇小说后，一连五年一篇作品也发不出，积稿一抽屉。父执高晓声也不给他推荐，还一个劲的催他写、写，"多多益善"。他不甘心，天真地翻黄历，选个吉祥的日子，把抽屉里困着的"小鸟"呼啦啦放一批出去。不多时，那些纸片又像小白鸽一个又一个、一个不漏地飞了回来。他不信邪，写，不停地写。中篇发不了，索性写长篇《死水》！"为有源头活水来"，死水终于变活泉。中篇小说《悬挂的绿苹果》，《钟山》帮忙推销，读者吃了"苹果"，都觉得味道还不错。文坛刮目了。令叶兆言感奋的是当时已大红大紫的王安忆、阿城给他热情的赞扬和鼓励，刊物也似一觉睡醒了，争相约稿。叶兆言这个文学的流浪汉、探索者，终于找到了他的绿洲。自此，他精心构建"秦淮系列小说"工程。

秋是萧瑟的时令，又是丰收的季节。

根深叶茂

叶兆言刚届不惑之年，已有四百余万言刊世。各种不同类型编就的单行本达四十本之多。他的作品不仅量多，质地也上乘。有位评论家说兆言的作品好就好在通篇看完了什么也没有。就这"什么也没有"的作品，赢得了那么多的读者，秘诀何在？"功夫在诗外"，叶兆言是靠他广博的知识，厚实的文化底蕴和丰富的人生阅历进行创作的。一言以蔽之，他的根粗壮且扎得深。

读书。兆言是个书虫，其父叶至诚是南京有名的藏书状元。兆言自幼就是坐在"由书砌成的墙"面对书的世界成长的。他有位百世难遇的好父亲。三四岁时，父亲便作识字卡片，把牛、马、羊、人写在白纸板上教他识字，连做游戏也不忘识字。父亲在卡片上写一个"大"字，要小兆言到满架书的书脊上把印有"大"字的书找出来，类似马戏团的演员教小狗识字。有的书在架的上端，够不到，兆言就搬只凳子爬上去拿。一次，大概是发烧，一下从凳子上跌下来，口吐白沫，把在一旁伏案讨论剧本的父亲和方之吓得够呛。八九岁时已能"啃书"了。初中时代，别人充其量在读四大古典名著，而他已经和巴尔扎克、雨果、勃兰兑斯、纪德、海明威、萨洛扬、雷马克交上朋友了。叶兆言最崇拜雨果，他把雨果的《九三年》中大段大段地描写抄在本子上，别人中午休息打扑克、聊天，他夹着本书溜到废品仓库中去"充电"。当编辑时，我与他出差，总见他带着本英文原版小说"消遣"。他家中藏书逾万，但他还不断地买书。"买书可以不读，借书不得不看"，有时他用借书这种形式强迫自己多读书。他认为"一本书放在那里不看是罪过"。言必孔孟、动辄秦汉；抑或萨特、拉美文学。他报的书名，有时使我们这些自称为读书人、编书人都脸红。我没有听过兆言吹自己，即使在他成名之后，唯一一次是在谈读书时他"狂妄"地吹过："在同一年龄段上，没人看书比我多。"一个活书呆子。宁可一日无鱼，不可一日无书。

叶至诚是经公证处公证的南京市的藏书状元。叶兆言是同道公认的读书状元。不，确切地说，叶兆言是从古书堆里爬出来的中国最后一个"旧文人"，一个站在书架上的学者型作家。

生活，"生活是创作的源泉"，叶兆言对此感受极深。读书，是生活的一种；实践是另一种。叶兆言的年龄不算大，但生活阅历奇特而丰富。"文革"、抄家、下乡、进工厂、读大学、当教师、干编辑、做作家……好事、蠢事、坏事都干过。"文革"时流浪到乡下的日子，学赌。农民推牌九，他看热闹。站在赢家旁边拍马屁，赢家把一堆角票、分币掳面前时，一分角币滚到桌肚里，他赶忙撅着屁股帮着捡回来，主人一高兴就赏给他，这就成了赌资。与小朋友们打兔子草，用瓦片磨成骰子，抓一把草就赌起来。赌输了到公社的麦地割几把麦苗，挖两棵野菜盖在篮子上面回家交差。学抽烟，没钱买，抽丝瓜藤子。中学时下乡支农，同学睡地铺，雨天没事干买烟抽,火星常把被单烧个洞。他偷了一摞小酒杯,分给烟友当烟缸。大学时醉酒,在课堂上与老师比嗓门,吐了一地,出尽洋相。十来岁,他目睹父母戴高帽子游街;他帮父亲买造反派的油印小报,他帮父亲推板车到郊外送垃圾……他是位"在清水里洗三次,在血水里泡三次,在碱水里煮三次"成长起来的作家。

毋庸置疑,渊源的家学,书香的氛围,是他成名的基石。叶兆言毫不掩饰地表白:"我能够在文坛上成名,多多少少沾了我祖父和父亲的光。"

叶圣陶先生是位旧学大师,是集作家、教育家和编辑家于一身的大家。"文革"期间,兆言上初中的时候,有幸在爷爷身边生活一段时间。爷爷寄信他当邮差,爷爷散步他陪伴,爷爷洗澡他擦背。他成了爷爷的拐杖。一次,叶圣老偶然发现兆言会背一大段辛弃疾词,十分惊喜,教他做对子。从平平仄仄,仄仄平平起家,老人报一个字,他答一个。云对雪,雪对风,晚照对晴空,杨柳绿对杏花红。对得熨帖、得体,深得老人喜欢。爷爷特别欣赏他爱动脑子、动手的习惯。可是兆言的兴趣在阅读19世纪欧美小说上。厚厚的四大本三岛由纪夫的《丰饶的海》,他三天就翻完了。老人不以为然,要他细读,为他开书目,要他读托尔斯泰、读巴尔扎克。在父执辈中,大伯叶至善与姑姑叶至美,虽然不是专攻文学,但都写得一手好文章。叶氏三兄妹,十五六岁便出版散文集《花萼》。还有堂哥诗人三午在诗歌和音乐上对他的强烈感染,以及高晓声、方之的鼓励和教诲。

对他影响最大最深的当然是父亲,是父亲叶至诚"把他热爱写作的激情传给了我"。比较起来,叶兆言受惠于父亲的在做人上要比作文上多得多。父亲的人生哲学从来是"宁愿天下人负我,我不负天下人"。父亲过世后，兆言写专文《纪念》追怀他。他说："我的祖父和父亲不仅文章写得好，更重要的是他们有非常好的人品。他们的人格力量在我被读者接受前，扫清了不少障碍。""父亲为我树立了一个没有必要争名夺利的楷模，父亲让我学会了如何面对寂寞，让我如何在作品中有'自己'，让我如何坚强有力地克服干扰。"

没有那么多密集的根须，叶兆言汲取不到这么多丰富的营养；没有那么深的跟，叶兆言的文学之树就没有今天的繁茂和常青。

叶兆言有位漂亮的小公主。小公主有着诗意的名字：叶子。欣闻这枚嫩碧的叶子也在做作家梦，立志要成为叶氏第四代作家。再过十年二十年，但愿叶兆言也"没了姓名"，当友人介绍他时，会说："这是叶子的父亲！"

（写于 2000 年）

苏童，自在人生浅淡写

苏童不姓苏

作家的笔名有学问，就像茅盾不姓茅，胡风不姓胡一样，苏童也不姓苏。我曾向苏童垂询其笔名的典故，他淡淡地说：姓童，生在苏州。如此简洁、单纯，一眼见底。苏童，本名童忠贵，属虎，1962年的"饿虎"。他脸模子方方正正，棱角分明，与那两道吊额的浓眉搭配在一起，硬是有点虎相，还真有点像马尔克斯。性格虽然内向，不过作为道友，即便你与他初次见面，只要茶一泡、烟一烧，马尔克斯、海明威、福克纳一吹，他的虎威顿失，"羊像毕出"了。他是一个智慧过人又淡泊平和、善解人意的家伙，此时若向他组个稿，或者请他帮忙撑个台面什么的不会成大问题。

苏童十分欣赏自己这个笔名。他甚而有点迷信"命与名随"，起的好孬，往往与人的命运有所关联。那抑或是他早期的作品频遭厄运，某日更名改姓，启用苏童这个名字后，即一炮打响，继之百发百中；再以后苏童两个字简直成了"绿派司"，周游列国（编辑部、出版社）一路绿灯。自他的《妻妾成群》被张艺谋策划改编成《大红灯笼高高挂》挂上银幕后，如日中天，顷刻被老的、少的、男的、女的所熟知。特别是有的年轻女士、小姐对其崇拜程度，堪可与大岛茂、高仓健和郑少秋媲美。

　　往事不堪回首。

　　苏童童稚时代的天空有点灰暗。他出生在一个普通人的家庭。其父是一机关小职员，日出蹬着除车铃不响浑身叮当的自行车而出，日入拖着浑身烦闷疲惫而入。母亲在一家水泥厂当工人。在某个阴历的小年夜，已临盆的母亲，为挣得节日加班的双份工资，正准备腆肚去加班，一阵腹痛，仓促之间在家中的小木盆生下了他。时苏童父母以八十元的薪俸要支撑一个六口之家，那份艰辛是不难想象的。苏童的童年记忆中没有糖果、玩具和童话，有的是潮漉漉的砖地、简陋发霉的家具，一盏十五支灯光下，四个姐弟围着一锅两筷子就可跳出全部精华的大白菜肉丝汤。苏童清楚地记得上学的那天，父母领着他拍了一张全家福。他穿着黄布仿制的黄军装，手捧着"红宝书"咧嘴傻笑。街头大标语上的"打倒"和"万岁"是他学会的第一个词组；他写下的第一个完整的句子是"革命委员会好"。那时他最大的兴趣莫过是与小伙伴们偶尔在操场上打弹子，在马路上拍烟壳，在铁路旁滚铁环了。

　　小学二年级九岁的那年，他得到父亲送的第一件礼物：一块心仪已久状态逼真的蜜橘形的软糖。心酸的是，这是他躺在病床上唯一的慰问品。他患了肾炎，母亲每日以泪洗面，父亲每隔三日用自行车驮他去看中医。成包成包的中药摆在床头，父母上班去了，他自己在火炉上煎中药，瓦罐煎坏了好几只。小朋友们来慰问他，他躲在门后怯怯地不愿出来。一颗失落、自卑的种子与中药一道喝下肚中。庆幸的是，为打发无聊的病榻时光，他生吞活剥地读姐姐带回的小说，使他受到最初的文学启蒙。

歪歪斜斜的树

天才与白痴、科学与迷信双双都是孪生兄弟。

文坛同道一度盛行相互看手相吹老牛。一日，苏童说他的两只手都是"通关手"。有人马上说，通关手不是天才，就是白痴。更有好事者问他是属哪一类。苏童说不知道。有人建议扔一枚硬币试一试，正面是天才，反面是白痴，三次定性。苏童果真孩子般地掏出一枚硬币抛上空中。连扔三次，都是白痴。他有点恼火，说他不信邪，再来一次，说着把硬币狠劲掼在地下，结果掼出一个天才。"哈，天才！"他乐了，继而自我解嘲地说："三'白'一'天！'"他的拙朴与童稚活脱脱地毕现在这场游戏中。

苏童的灵性与智慧是朋友们公认的。他的言行中无不闪烁着慧黠的灵光。一位朋友告诉苏童，她受一家报纸的委托要介绍介绍他。她征求他的意见："写点什么呢？"苏童眨眨眼："写我的优点。"说时一本正经，令你捧腹，而他自己不笑。"你说你有什么优点呢？"苏童爽答："人类所有的优点我都有，人类所有的缺点我都没有。"这时他忍俊不禁了。幽默得够水平，大圣人。一家刊物邀请他写篇叶兆言印象。这是件吃力不讨好的差事，碍于情面，他又不能不写。于是在文章开头第一句就单刀直入："我不太愿意替叶兆言写文章，是因为叶兆言绝对不会替我写。"然后郑重声明，写好写坏都不关他的事，他是为他人"固执己见"所迫。在言及叶兆言是叶圣陶孙子一段时，花头做足了。正话反说，反话正说，真中有假，假中有真。叫你不得不叹服他的天才，不，大大的狡猾！有时，他会着意把尾巴露出来，让你赏玩，与你逗乐。他刚出道不久，评家蜂起，他一面对朋友说，我才不看评论家的东西，"他评他的，我写我的"，实际上他十分关注，认真分析汲取中肯的批评，提高自己。苏州人的精明不输给上海人。

苏童走上文坛，是上苍的赐予，家庭并没有给他什么熏陶。令他感奋的是他因病得福，病榻上读了二姐带回来的古典名著，先是囫囵吞枣，后是越嚼越有味，最后成瘾。他说上初中时读《红与黑》《复活》，书是借的，人家要得急，一个下午看一本。看多了，手痒。中学时写诗，进而练写小说，模仿当时写农村生活的小说。先列一张人物关系表，党支书、民兵队长、妇联主任、地主和富农。还煞费心机给每个人物起个与身份相称的名字，现在想想，真是好笑。写好了，便像放飞鸽一样投给某报纸，然后天天翻阅那张报纸。煎熬半个月，不见影子。再然后，恭候那放出去的"鸽子"再飞回来。广种不收。

1980年，苏童考取北师大中文系，在那里他受到了正统的语言训练与文学熏陶。他把对付功课外的全部时间，用在泡图书馆上，不停地练笔。是时，他很想当个诗人，对自己约法三章，每天写一首诗，在吟诵一番后再进教室，心里才感到充实。班上想当诗人、作家的同窗很多，一日，他读一位同学的一句话三行的一首小诗：

书人书事

产房
在
太平间的底下

他感到震惊,自愧有点觉得自己不是写诗的料子,故专攻写小说。倒霉的是,每稿必退。羞于尴尬,怕同学笑话,他借用一女同学家的地址,稿件由那位同学转。即便如此,他仍矢志不渝,不信上苍不感动。到1983年,青果终于熟了。《星星》开始发他的诗作,《青春》发他的小说《第八个是铜像》且获了奖。这发表大大地鼓舞了他继续前进的勇气。有一年暑假,为锻炼自己的意志,他决心回避父母的宠爱,不回家,在宿舍里闷头写小说,每日以温开水泡方便面充饥。不多时,深感方便面实在敌不过母亲做的红烧肉的诱惑,霎时间想回家,就拎了包,买了一张站票站回苏州,腿都站肿了。他自嘲,说自己在北京上学期间像一棵歪歪斜斜的树。

树长大了。二十二岁那年,他被分配到南京一所高校当老师。他比该校一半以上的同学年龄还小,在一个系当辅导员,任务是帮学生领助学金、召集同学打扫卫生之类,无聊得很。他便在晚上开夜车闷头写小说,睡得迟,起得晚,第二天上班迟到时,他居然也潇洒地趿着拖鞋,手里还夹着根烟,一副懒散样子。他对当老师没兴趣,学校对他这样的老师也无法欣赏。此时,苏童在南京文学界的朋友越来越多,且受到道友的关爱。随之,顺理成章地跳槽到《钟山》编辑部。一到《钟山》,他犹如饿虎归山,虎威大发,在为人作嫁的同时不忘自我武装。很快,《桑园留念》《妻妾成群》等一批小说相继发表。一夜间,逢稿必退的童忠贵变成了洛阳纸贵的苏童。此时他兴奋地看到希望之门已容他侧身而过,遂大踏步地登上了文坛。

慈母贤妻和爱女

　　苏童拥有一个温馨的家。他与妻子魏红共同为女儿天米营造了一方乐土。

　　天米十岁了，活泼可爱，是个品学兼优的小学生。若论对女儿的爱，苏童恐怕要甚于对妻子。大概是他儿时的天空太灰暗，想在孩子身上做点弥补吧。他承认，女儿是生活在"过剩的幸福之中"。他娇惯女儿。女儿偏爱红色，她的衣服是红的，玩具是红的，家里成了红海洋。天米有点任性，他多次发誓要对女儿上规矩，声称原则问题上决不让步。一次，他发现女儿对某位亲戚吐唾沫，十分恼火，训了她一顿。女儿申辩，说那亲戚对她挠痒痒，她叫他别挠，她还挠。她受不了的才吐的。苏童听罢，觉得"事出有因"，又原谅了她。他感慨自己的父爱似有陷入愚蠢的无以清明的境地，有点无奈。

　　当他见到女儿五个嫩嫩的小手指，搂着她母亲熟睡时的样子他就心醉。家庭战争的祸端往往又发生在女儿的身上。妻子要女儿练小提琴，天米漫不经心，妻子呵责，女儿啜泣。听到女儿的哭声，苏童如坐针毡，像是有件东西在扎他的心。他对妻子说，他受不了。他认为那是女儿受苦受难的一天，是妻子铁石心肠的一天。当女儿流畅地拉完一曲后，他马上要带女儿上街买玩具奖赏她。他感慨女儿的书包太沉，学习的负担太重。曾有黑灯瞎火乐为女儿扒垃圾堆的故事。一天，女儿放晚学回来，说老师明天要求每人带一块塑料泡沫板做实验，来得突然，上街也买不着，正逢刚搬家,邻居又不熟,借又借不到。看着女儿哭丧的脸,苏童不得不跑到巷尾垃圾堆去扒找,硬是从臭烘烘的杂物堆中找到一块泡沫板向女儿交差。女儿天米也是爱他爱得可以。她知道吸烟有害健康,而苏童抽烟不止,便画了幅漫画,下了戒严令贴在爸爸的门上。苏童感激女儿的爱,但他苦于烟瘾太大,没有办法戒掉。

苏童的爱人魏红,是他儿时同学、邻居。他们天生有缘,他们的父母在同一单位上班,咿呀学语时就"相识"了。中学时代,他们又同在苏州三十九中。两人都是校内名人,各自有一手。苏童的作文,时时作范文张榜于众,常常代表学校赴省城参加作文竞赛,又是学生会主席;魏红是文艺骨干,能歌善舞,有时学生会搞活动,她爱拉主席联袂同台献艺。之后,苏童进北师大,魏红进电视机厂。他们只在假期里偶尔重逢。本来两家人就有交往,双方又都有那么一点意思,但谁也没把那层窗户纸捅破,是精明的苏童二姐洞察内情,充当月老。才子佳人,天作之合。1986年11月,他们结为秦晋。婚后,他们成了牛郎织女。苏童在南京仍当他快乐的单身汉,魏红是个自勉性强的女性,又去读电大,学业繁重。苏童是个自己还没玩够的大孩子,对妻子关爱不周。魏红怀孕七个月时,适苏童探亲,夜半时分,魏红突然不知何因咯一大摊血。她不忍叫醒苏童。朦胧中苏童只问了一句便蒙头大睡。天亮去看医生,医生警告再拖延一会怕大人小孩都危险啦。苏童听了吓一身冷汗,严厉自责自己是"畜生"。

女儿天米的诞生,给他们带来了更大的快乐。

苏童是个懒散惯了的人,生活没有规律。好在苏童分得一间小房子,魏红便主动"下岗",到南京苏童的小阁楼上班,充当他的秘书、保姆、管家、佣人——有时苏童能叫上十个八个朋友来喝茶、吹牛、谈稿子、打麻将,魏红泡茶斟酒,侍奉诸多骚客,热情周详,博得"贤内助"美名。

人们说家庭是所学校,那么母亲就是人生第一位老师。苏童刻骨铭心地怀念他的母亲。是母亲的勤劳、善良的品德,塑造了他日后健全的人格。儿时,苏童家境不好,生活清苦,是母亲茹苦含辛操持着这个家。"文化大革命"时,苏童对武斗的印象是枪声。一天夜里,后窗水泥厂大窑上有人放枪,一枪打在他家门上,母亲的第一反应是用被子包紧苏童,把他转移到另一个相对安全的房间。苏童长大了,记忆中的母亲每天上班都拎着一只篮子,篮子里一边放着饭盒,饭盒中都是上顿的剩菜,有时只有两根萝卜条,另一边放着布纳鞋底。他们一家人的棉鞋都靠母亲工间休息时一双手。九岁那年,苏童患肾炎,捏鼻子喝中药喝怕了。有一回,他趁母亲倒药的空隙,拎着书包偷偷跑了。母亲端着药碗追他,呼他。他回头一见母亲那满脸的愁容,乖乖地回来了。他感慨没有母亲精心的调养,他的病还不知会怎么样。一次,母亲上街买盐掉了五块钱,房前屋后找了一天没找到,伤心地哭了。苏童安慰母亲别哭,说长大挣一百元给你用。可是,当苏童挣了成千上万元给母亲用时,劳累一生的母亲走了,只活了五十六岁。母亲患病的日子,正是他《妻妾成群》大红大紫的时候。他害怕一种因果说,由他的得志给母亲带来厄运。他想,如果冥冥之中真有什么因果的话,他绝不要创作上的什么好运气。他太爱他的母亲了。

书人书事

自然人生

在江苏中青年作家中，大家公认人缘最好的有两位：苏童和叶兆言。

苏童在创作上是只虎，在生活中是只羊。他淡泊、宁静，不争利于市，不争名于朝。用他的话说，"蜗居在自己的小楼里，读书、写作、会客，与朋友搓麻将，没有任何野心，没有任何贪欲，没有任何艳遇。生活平静、心态平静，作品也变得平静"。某年，我见到台湾一家刊物的封面上印了一群中国近现代文坛诸多大家的头像，其中大陆年轻者唯有苏童在内。我问他看到没有，他说看到了。我问他有何感想，他淡淡地说"那是广告"，即把话题岔开不屑一谈。尽管他自愧"我从来不具备叛逆性格和男性性格"，但善良谦和也是一种美德。在许多朋友眼中，苏童虽年近不惑，但仍是个听话的大孩子。儿时听父母的，病时听医生的，在校听老师的，单位听领导的，与朋友相处听朋友的。一次，朋友向他推荐微波炉的好处后，当即花一千多元抱了一台，用了两天，说"烧出来的菜不好吃"，赔了两百元再让人。他是一个不好为人师，谨言慎语的人。他像欧也妮·葛朗台清点匣子里的金币一样，清点自己的语言。他的信条是："情愿不说话，绝不乱说话，情愿少说话，也不愿说错话。"他十分珍惜友情、崇敬师长。一位忘了姓名的小学老师过世了，他因为不知道而怅然不已；为儿时在动乱年代写过一张小字报而深深自责，心痛了二十年，认为那是一首凄凉的教育诗。他觉得儿时的启蒙老师在混乱岁月中是他心中一盏美好的路灯。在为人方面，他还说："要理解那些对你摇头或不屑一顾的人。"

苏童的兴趣广泛。他说他浅薄，不能免俗。他嗜茶、吸烟、迷球，还爱打麻将。在阅读上，他崇尚福克纳、海明威、马尔克斯、博尔赫斯和塞林格，拒绝金庸和琼瑶，但偏爱福尔摩斯之类的侦探小说。他不否认，他的阅读带有某种功利色彩，向大师们学习语言，激发自己的丰富想象，促进自己的创作。他反对目前图书市场的炒作行为，指出那也是泡沫经济。他固执地认为作家读者群的多少，是作家自己"写"出来的。一个作家只能为自己的读者群而写，而不是为所有的读者。因此他的创作思路绝不为读者的兴趣而牵着鼻子走。他说自己不是公众人物，绝不靠一时的所谓人气来博取声名。他不愿在媒体特别是电视上露面。有时迫不得已搞点签名售书抛头露面一下，那是人的社会属性使然，不是本意。

苏童是只羊，殊不知羊也有喜欢抵角对峙倔强的个性。他嗜烟，小时候为父亲的身体他力劝父亲戒烟。上大学时，为排遣孤独与苦闷，自己偷偷抽上了。一上瘾，戒也难。妻子反对过，无效；女儿下过"戒严令"，仍然无效。她们只好听之任之。苏童说："这是拿健康为代价，对科学翻白眼，我就是这种人，我拿自己也没有办法。"

苏童热爱生活，他说，他是属于喜欢东张西望的一类人。喜欢一个人逛街，无所目的，满身轻松，像一个国家元首检阅仪仗队，让货架上所有的物品向你敬礼。他喜欢乱买东西，多不实用，今天买了，明天就扔。他爱足球，系铁杆球迷。稿子可以不写，球赛不可不看，壶水开了，壶底可以烧穿，比赛必须看完。他说看球是一种享受，做了球迷，宠辱皆忘，无苦恼，无迷惘，还堂而皇之地说，在这个世界越来越纤弱越来越苍白的时候，球赛会给你最后的冲撞的力量。一度，他沉湎于麻将。他不大抱怨自己的手气，老自责自己打麻将缺少风度，一输就急，越急越输，输了则搔首弄耳，大口吸烟大口喝茶，如坐针毡。他欣赏一位输得越多言语越轻松而且妙语连珠的牌友，是一绝。有的牌友打趣说：想看苏童的洋相，找他打麻将去！

（写于2001年）

紫金文库

书籍装帧新秀朱赢椿

"云想衣裳,书想容"也好,"书卖一张皮"也罢,大家都想图书有个雅致可人的壳,或养眼,或卖钱。

"书衣坊",顾名思义是专为书们装扮的小作坊。坊主朱赢椿先后在此剪裁了十八个春秋,时下已成为享誉国内外的书籍装帧高手。

1995年,朱赢椿从南师大美术系毕业,专为教辅读物设计封面。十年后的某日,当他偶一检视自己设计的书衣不胜惊愕:花花绿绿千人一面俗气袭人。他反思:"都说书比人长寿,此书寿几何?"为放飞自己的梦想,他创建了"书衣坊"工作室,扩大业务范围,承揽社科、文学、艺术各类图书设计,锻造自己的品牌。

不懈地努力,不断地创新,朱赢椿终于脱颖而出。截至2011年,他已有《私想着》《信封》等十一本图书获选"中国最美的书",其中《不裁》获2007年度德国莱比锡书展"世界最美的书"

和2008年联合国科教文组织和德国图书艺术基金会"世界最美的书特别奖",声噪业界。当代书籍装帧界尊前辈有"钱封面"(君匋)、"曹封面"(辛之)"张封面"(守义)、"吕封面"(敬仁)之谓,当有人戏称他是"朱封面"时,为人低调的朱赢椿连连摇手:"我只不过是小作坊里的手艺人罢了,"并坦言他的《不裁》获奖是"偶然所得"。

朱赢椿说"偶然所得"并非矫情,确有故事。一次他在网上浏览古十九的博客,发现他的文字很有特色,便鼓励她出书。那本后来名为《不裁》的小书最初带有自费印刷性质,由一家濒临倒闭的小印刷厂印刷。厂长找朱赢椿诉苦,说他的厂设备陈旧简陋,切出来书的边角有点参差不齐。无奈中,朱赢椿灵机一动,索性来个"就汤下面",调整切刀故意制造瑕疵,以达切口不齐的效果。他又适时调整了设计方案,除了封面和环衬,书芯由三种不同颜色、不同质地的纸混合印装,又设计了一柄木制的裁纸刀,附在环衬上,撕开来既可作刀用,又可兼作书签。读者阅读需要边裁边看,当书页全部裁开就成了一本毛边书……鉴此别具一格的设计,莱比锡书展"世界最美的书"的颁奖词赫然写道:"这本书比较质朴,边看边裁的设计理念和读者产生互动关系。"日本平面设计大师杉浦康平说:"现在中国的图书设计有了自己的表达语汇,具有一种传统艺术方面的中国特色。"

朱赢椿说的"偶然",实则是"必然"。西哲云:"成功的机遇历来只降临给有准备者。"

朱赢椿是个充满睿智和灵性的书籍装帧家。他受过系统的、良好的美术教育。他善于把国画的"留白"等美学观点运用到书籍设计中。他感到为人作嫁毕竟是件不容易的事,自己的设计理念有时不为出版者、文字作者认同，不时地要"将就"主人、委屈自己。他喻此为"戴着铁镣跳舞"，取悦了别人，失去了自我。因此他想某一天以自己的作品做平台，"随心所欲"地作次心灵放飞。

机会终于来了。朱赢椿喜欢亲近自然，爱写生，还喜随身携带摄像机在校园内、市井间拍摄创作素材。他爱小动物，视小猫小狗为小朋友，也关注昆虫生活。他为蜘蛛的织网、补网，勤劳执着或曰守旧而震惊；他对蚂蚁的生活习性产生特别浓厚的兴趣，费时半年多，他拍摄了 2000 多幅不同时令状态下蚂蚁图片。蚂蚁的群居、负重、勤劳以及生命弱小引起他的思考。他的夫人哦哦哦是生物学博士，他们伉俪合作写了本名为《蚁呓》的小书，其创意显然带有前卫实验性的。书呈正方形，24 开本，大白纸上记录着五只蚂蚁的生命历程。全书 100 页，2000 字。作为图义书，朱赢椿大胆"颠倒黑白"，页面留白空间达到百分之八十。为了突显视角重点，洁白封面上只设计几只蠕动的蚂蚁（手绘）。他的本意是，蚂蚁虽小，也是生命，与人同享生命权，故用特大留白的手法，传达对生命尊重与敬畏的理念——哪怕是一个微不足道的小生灵。同时他有另一种想法，大量留白处可供读者书写自己的读后感，做人蚁交流，读者与作者的互动。成书后，社会反响不一，誉者谓"匠心独运"，毁者斥其"恶意注水""没有出版良心，卖纸钱"。朱赢椿坦承：他写此书纯是一种情感的寄托，当时没有考虑市场及其他因素，甚而想，如没有出版社接受，他宁肯自费出版也要做次有意义的尝试。他还固执地认为："在这个阅读出版功利化的时代，想表达一种理念：一本书的文字多少与读者获益无直接关系；如果一本书中有那么几句甚而三两句真话、有意义的话，要比众口一词、千篇一律的粗制滥造的出版物强得多。"故有评家说：《蚁呓》的创作，是对传统图书的意境悠远，功夫在诗外的一种回归。"这本备受争议的图书，于2008年一举获"世界最美的图书特别制作奖"。

"酒好不怕巷子深"。

"书衣坊"本在南师大校园一座破旧老楼上，因坊（芳）名远传，五岳寻仙者络绎。天南海北的出版单位都找上门来。可朱赢椿"挑食"，他不是捡到篮中就是菜的角色。他除了喜欢做"经典"图书（以利传承）外，爱做概念、实验性的书。他觉得那些新概念读物可激发他的思维灵感、淘洗匠气。朱赢椿对接手的书稿坚持先通读文本，将身心融进去，吃透内涵，继而再跳出来注入创意灵魂。他幽默地说这叫度身定做。说这是"量体"，是手段，目的是裁好衣。

朱赢椿做书讲究品位、讲究书卷气，讲究用心去做书。有则佳话：一作者花了五年时间写了部纪实文学《不哭》，记录18个孤残儿童的生存境遇。作者先后找了八家出版社均遭拒。朱赢椿不得不扛着自己的"牌子"请一家出版社帮忙。（书作者和朱赢椿捐出全部稿费，出版社的编辑们也纷纷赞助）终促成了出版。他对本书的设计也独特，为体现传主卑微的身份，他利用印刷厂内九种不同颜色的废纸（大块边角）印刷，既彰显了灵性，又节约了成本。那是一种沉重的美。那是一本用"最粗糙质朴的纸张，表现悲怆人生"的书。他希望用这种设计手法，让社会关注这本书，关爱社会的弱势群体。

面对图书市场花花绿绿匠气袭人的设计，朱赢椿认为讲究视觉冲击力固然有必要，但色彩不宜太强烈，版面不宜太满。在封面设计上要做"减法"。在谈到设计之于书的意义时，朱赢椿说，那是一座桥梁,一艘船。把文字变成书,是用自己的语言对书籍进行表达,让读者以最自然的方式渡过一条河,消除之间的障碍,创造一种惬意。

(写于 2012 年)

高秉涵的《回家》之歌

壬辰岁末，我收到一位陌生女士的来信，她叫曾庆瑜，台湾"点灯文化基金会"企划兼主持人。邮件是从台湾快件寄达，并附一张光碟《老哥我们回家——高秉涵义薄云天》和一本解放军文艺出版社出版的《回家》。信曰：

昌华先生：

我是张香华女士的好朋友，香华姐看过这片子，建议我一定得与您分享，故专程寄上，敬请拨冗观赏赐教，一起为一言九鼎的高秉涵律师鼓掌。

敬祝

新春如意、平安、健康

曾庆瑜二〇一三、一、二十七

我怀着神秘、崇敬的心情，观赏完碟片，继而立即搜罗、通览了纪实小说《回家》等相关资料，嗣后忍不住又将碟片看了两遍，感动之余，写下这篇文字。一是为高先生的善行义举鼓掌，二是感谢高先生点亮了我心头那盏"感恩"的灯，他教会我们如何处世做人。愿将高秉涵先生的义薄云天的美德，与朋友们分享。

知恩：九死一生

　　菏泽籍的高秉涵出生于诗书之家，父母致力于乡村教育，十三岁的高秉涵刚刚接到菏泽简易师范的入学通知书，教书的父亲高金锡刹那间死于战乱，姐姐也失踪了（投奔延安）。时为"三青团员"的高秉涵迫于无奈，在母亲的严逼下避祸他乡，投奔国民党设在南京的流亡学校。国民党节节败退，流亡学校顷作鸟兽散。少年高秉涵汇入国民党一支溃逃大军，由流亡走上逃亡的天涯路。逃亡路上，九死一生。在江苏，一场意外的肾炎，他差点命丧九泉；在安徽，他目睹刚刚搭乘的军用卡车葬身谷底；在闽南的小山村，一位慈祥的老奶奶拦住四条要杀他的汉子，救他一命。一个流亡学生混杂在溃逃的败兵群中，为求生，他乞讨士兵们的残羹。碗筷没有了，揪一片芭蕉叶当盛饭的器皿；鞋子破了，赤足奔走。一次开饭，滚烫的稀粥刚刚捧上手，突然有人大喊："追上来了！"大家慌不择路，捧着碗狂奔。一个士兵刚盛到碗滚烫的稀饭泼洒到高秉涵的腿上。"当时只顾逃命，肿得像冬瓜一样的两条腿坚持走了五天，并不觉得多疼，歇下来撩起裤管一看，呆了，伤口溃烂，生满了蠕动的蛆虫！"绝望之际，一个"包上画着红十字"的人，热情地为他清理创口、敷药、包扎，使他得以追随部队继续逃亡。最终,他用了六个月的时间,穿越六个省,足足走了两千里,于1949年10月16日抵达厦门,赶上最后一班逃台的轮船。当时积聚海滩的逃亡者足有二十万人,只有两条能供运一万人的船。大家拼命地挤,都想抓住这最后一根救命稻草。高秉涵拄着根棍子,瘸着腿,挤到船舷边,突然觉得肩膀一沉,身后的一个士兵用枪托死命地压住他的肩膀,想踩着他上船逃命。眼看他就要掉进大海,刹那间一个军官一枪托将那士兵撂倒,把他托了上去。电动船舱门关闭时,门缝中还夹着许多人,有的头部被切掉,有的一条腿被轧断,哭喊一片。没上得了船的士兵,架起机枪向船上狂扫,加之一颗炮弹飞上船,甲板上死人一片,血流成河。高秉涵命大福大,他成了逃亡大军中的幸存者。

弹丸之地的台岛,日据时代本就民生凋敝,一下子涌入二百万溃逃大军,盗贼蜂起,饿殍遍地。举目无亲的十三岁的他没地方住就露宿火车站,没有吃的,就去垃圾场找。"最大的敌人是狗。与狗争食,有时吃狗都不吃的东西。"……然而,任何时候,好心人总是有的。后来,经一位孔姓伯伯介绍,高秉涵考上了火车站小贩,挣了一点钱,第一件事去医院治腿。医生说再迟一点就要截肢了,经过三年的治疗,伤口才愈合,烙下了终生的印记。后来在车站高秉涵遇到当年的恩师李学光,在他的鼓励下,在同乡又兼师生之谊李泽民夫妇一家的资助、关怀下,高秉涵考上了夜校初中部,经过六年的半工半读,他考上了台湾国防管理学院法律系,终成为台岛著名的律师。更有艰难岁月,离别时给他一条破棉被、一只熟鸡蛋的老同学管玉成,教他没齿难忘。

笔者见到一份资料,那是高秉涵的"特别感谢为我的生命旅程点灯的人",他分类将求学路上、事业路上、法学路上以及助他返乡活动支持的单位等一一列名致谢。当然在他的心中也永远铭记那些曾呵护、帮助过他的多位无名好人：闽南救他一命的老奶奶、逃亡路上为他清创包扎伤口"包上画着红十字"者、一枪托撂倒挤压他的士兵的军官……九死一生的高秉涵读过孔孟，他透悟人性之善。一句话，他"知恩"，始有日后的"善报"。

善报：一言九鼎

如果说人生坐标的确立或改变，得自某事件的感悟的话，那么高秉涵当律师接手审判的第一件案子当为他人生的"拐点"。1963年一位金门执岗的郑姓士兵，冒险抱一只轮胎想穿越金门海峡回厦门的家。次日晨登岸，面对持枪的士兵疾呼："不要杀我，我是回来看我妈的。"天晓得泅了一夜，海水回流，他又被冲回金门。他本是厦门的渔民，出门给半身不遂的老妈抓药，被国军强抓入伍的。叛逃，按当时的台湾法律，他被判处死刑。审判时那逃兵要求高秉涵速判，早点枪毙他。他说那样灵魂可以早点见到他妈了。临刑前，这个逃兵把当年为妈买的药交给高秉涵，恳求他，将来有一天能带给他母亲；如不能，把药装在瓶子里，写上"郑贺氏"扔到大海。高秉涵把药带回家，痛哭一场："我变成一个杀死一个回家探望老妈妈的刽子手！"1991年高秉涵第一次回大陆探亲，即往厦门，试图寻找那逃兵的家和他的母亲，未能如愿，岁月大潮已将那个夙愿冲进了历史。震撼高秉涵的另一件事是菏泽同乡分土的悲喜剧。他的学姐、同乡卞永兰20世纪60年代取得阿根廷护照，1982年返乡探亲，应同乡请求，带回三公斤家乡菏泽的泥土。高秉涵是分土人，在册的菏泽籍人氏一户一汤勺。他得天独厚，分得两汤勺，高秉涵将一勺泥土锁进保险柜，一勺冲了一壶水，"每次只敢喝一小口，整整用了一星期才喝完。"高秉涵在向记者叙说这一段往事时，哭着说："流出的泪比喝进去的水要多得多！"

"三十年河东，三十年河西。"1987年终于"河西"了。台湾当局迫于民声，正式实施《台湾地区民众赴大陆探亲办法》，禁锢两岸四十年的铁幕被撬开一角。1991年高秉涵第一次踏回故土探亲，可他日夜思念的老母已于一年前病逝，"子欲养而亲不待"是何等的悲哀。1995年高秉涵挑头，创立菏泽旅台同乡会，被公推为会长。当年逃到台岛的菏泽老乡、老兵，大都没有文化，生活在社会底层。更有不少人直到终老，孑然一身。高秉涵是名律师，经济条件较好，更有一副热心肠，他的律师办公室成了同乡联谊会会所。一些年迈、多病、孤寡的老乡，就把日后"回家"的希望托付给他这位会长："老弟啊，我是没有希望回去了，你还年轻，有机会。如果我死了，你有朝一日能回家，一定要把我的骨灰带回去……"面对老哥们凄凉的嘱托，高秉涵含泪以一言九鼎气概承诺："一定！一定！"就这样，为践当年的君子一诺，十多年来，高秉涵频繁地穿梭两岸之间。截至2012年底，他已把一百位老哥背回老家，了却了生者、死者们的心愿。必须说明的是，高秉涵此举完全是义务行为。而其中的艰辛鲜有人知晓！高秉涵已年入耄耋，体弱多病，体重只有四十四公斤，而每坛骨灰重达十公斤，一次只能带两个。他极讲究礼数，尊重老哥们，每每领取骨灰坛，上楼、下楼，他都双手亲捧，贴身呵护，还照家乡的传统，不时地向坛中的老哥们说几句热络话。老哥骨灰星散在台各地，领取手续又十分严格和繁琐。一次为领宜兰的两位老乡遗骸，他往返五次！1997年护送定陶籍已故同乡骨灰那次，他从台北乘机到花莲，转乘公交到山区军人公墓。时近黄昏，突然风狂雨骤，暴雨冲断通往花莲的桥梁，前不着村后不着店。高秉涵忍饥挨饿抱着骨灰坛与守墓老人在小凉亭里过了一夜，最后还是有关方面派来直升机救援，才安全归来。

苦也罢，累也罢，费时费金也罢，有时还得与家人淘点小气。高秉涵最初想把接回的骨灰坛寄放在居室中，家人虽理解他对老乡的感情，但终究忌讳。老高就把骨灰坛安置在负楼，与他仅存的母亲遗物为伴。自己在一侧放张小床和写字台，在那儿写写字、画画画，不时还与老哥们叨唠几句。

携骨灰坛过海关时还闹过笑话，他频繁携此物入境，验关人员一度怀疑他在走私毒品，遭遇过尴尬。当海关得知他的义举后，自然通行无阻了。高秉涵的事迹通过媒体传播后，影响甚大。一个北京籍老兵的女儿鲁励平女士，知道父亲去世，想赴台去接回骨灰，但手续太繁杂，而且她还要照顾卧病在床的老母亲。正犯愁时，她从《北京晚报》上看到根据高秉涵事迹写的纪实小说《回家》后，通过责任编辑与高秉涵取得联系并获承诺。在迎接父亲骨灰时，她一见到高秉涵便跪地而拜，激动地说："我永远也不会忘记高先生对我们家的恩情，还送了一面"侠义风骨世人楷模"锦旗。当鲁励平拿出厚厚一叠人民币表示谢意时，高秉涵坚不肯收。实在推辞不过，他只象征性收下一点。

如此这般为何？一言九鼎也。

家国：九九归一

"葬我于高山之上兮，望我大陆；大陆不可见兮，只有痛哭。葬我于高山之上兮，望我故乡；故乡不可见兮，永不能忘。天苍苍，野茫茫，山之上，国有殇。"于右任的这首《望大陆》之所以流传久远，影响巨大，或正贴切了游子的心，是一种家国情怀的抒发。

　　天涯游子谁不恋故土？"泥土何其多，唯有故乡贵。"高秉涵如是说。定陶籍的一位老兵，嘱高秉涵一定要把他的骨灰撒在"村西头一华里处的一个槐树下"。岁月变迁，老槐树没有了，高秉涵只好将其骨灰撒在邻近的玉米地中，以不负同乡之托。游子是落叶，家国才是根。高秉涵本人对母亲的怀念和故乡的爱感人肺腑。六十多年前离家时，母亲在他小包袱里放了二十块大洋。母亲、外婆送他到东关外上车，时值九月，外婆摘了一颗石榴塞在他手中，他见那绽开晶亮鲜红的榴籽，忍不住吃了一口，此时车动了，同学推他："你妈喊你。"他一扭头，车已拐弯，他没有见到慈母诀别的面容。七十七岁的高秉涵每忆及此悔恨无比，说"我这一辈子再也不吃石榴了。"在两千里逃亡路上，每当绝望时，他自励："我不能死，要见娘，为娘也要活下去。"1980年他的第一封家书，辗转三个国家，数月后寄达家中，母亲已在一年前已成一抔黄土。弟弟告诉他，每年过年，餐桌上母亲总为他放一副碗筷。母亲去世时，枕头下压着的是高秉涵的一张小照片和一件小棉袄。后来高秉涵回家，总爱吟唱："冷风兮兮，冷雨凄凄，流浪的人儿需寒衣"，怀念慈母。他把母亲的一些遗物带回台北收藏，将母亲一件湖蓝绸褂挂在墙上，闲时总爱用头到褂襟边蹭几下，他说有种儿时依偎在母亲怀中撒娇的温暖感。大概这种恋母情结，才致使他当年审判金门逃兵时，觉得自己是刽子手的愧疚吧。对故乡情物，高秉涵萦绕心间，什么芝麻、绿豆、小花狗，儿时玩伴"大粪叉"，如刀般刻在脑海。到台后，他写有厚厚的十五册日记，记录着童年那难忘的一切；为使这种家国情怀让子孙永不忘却，他给长孙命名为佑萱（佑母之意)、小孙女取名佑菏（菏泽），如果还有孙辈出世，他说叫佑华。高秉涵说"金窝银窝不如自家的草窝。家国，就是一个人的窝。"对故土的眷恋，他在《天涯感悟》一书中有动人的描述："游子是树，故乡是泥土，泥土是落叶的归宿，故乡则是游子生命的源头、情感的皈依。"

高秉涵有遗憾，也有满足。早在1984年，他冒险赴港，秘密会见了姨妈和姐弟。扼腕的是他没能为母亲尽孝，"哪怕端杯茶水。"为修复家之殇，国之殇。高秉涵后来有一系列善举，除背回一百多个老哥的骨灰坛外，他为家乡修桥、铺路和教育事业捐出百万元之巨。"九九归一"。归家，归国，是一切天涯断肠人的最佳归属。

高秉涵的家国情怀，他的心路历程通过各种媒体的传播，感动了世人，感动了中国，点亮了许多人爱的心灯。他被中央电视台评为"2012感动中国年度人物"。他得到的颁奖词是：

"海峡浅浅，明月弯弯。一封家书，一张船票，一生相会。相煎倍觉离乱苦，近乡更知故乡甜。少小离家，如今你回来了。双手颤抖，你捧着的不是老兵的遗骨，一坛又一坛，却是满满的乡愁。"

为义薄云天的高秉涵先生点赞！为高秉涵的《回家》鼓掌！

（写于2013年）

书前书后

为己作嫁记
——《书香人和》编后

儿时读古旧小说,常见书中形容时间过得快为"日月如梭"或"白驹过隙",当时不理解,也不在意。于知天命之年后的某一天,一觉醒罢,发现白发鹤立鸡群般地探出头来,心中陡增人生如白驹过隙之惶恐。

青山遮不住,毕竟东流去。

前半生当教师,后半生做编辑,"蜡烛"者半,"人梯"者半,两半合一,"为人作嫁"一辈子;但绝对地终生不悔,特别是后半生,缘书识荆,幸与不少文坛前贤师友有或深或浅的过从,他们的懿德风范,教我做人处世立身之道,获益良深。近年,断断续续将这些零珠散玉记了下来,聚集一册,展开一瞥,满纸都是人和书香,顾将书名冠之《书香人和》。

一位美编朋友,费一番心血为我作嫁,设计了一帧封面,新颖别致,遗憾的是内涵欠丰,割爱了。我想起范用先生常自制书衣,味趣盎然，其乐无穷，遂萌过把瘾为己作嫁当缝工之念。我设定的宗旨是：封面设计力求贴近书的内容，展示人和气，体现书香味。因我对美术一窍不通，不得不避短，用文字为载体，创点新意，尽可能把书的内涵营造出来。原设计书名采用美术体，缺乏特色和个性，窃思不如改用手写的。思路及此，第一个想到的是鲁迅，非他莫属。因我曾编过鲁迅、许广平的散文合集《爱的呐喊》和《许广平文集》，亦写点有关文字，从道理上讲集他的文字为书名还凑合着说得过去。费时许久，终从《两地书》真迹中拣出"书香人和"四个字，拼图示之，效果不错。几乎在瞬间，联想到胡适，鲁迅与胡适同是20世纪中国文坛唯一可比肩相匹的大家，且，这本集子中亦收我写胡适往事的小文，集他的字作书名，勉强点也算不太牵强，反正我又未注明，人家也不会笑话我扯虎皮作大旗。鲁迅、胡适，舍谁为宜？颇甚为难。进而思之，鲁迅与胡适，初系一个营垒，后来分手、相悖。倘将他俩的字"团"在一起，令其合璧集成书名，岂不妙哉！神来之笔天作之合，我信手从书架上翻出胡适1925年作的《瓶花诗》手迹，短短八行，"书香人和"四个字尽囊其中。思路一开，点子骤来。于是乎，"书香"二字取鲁迅，"人和"二字选胡适（在封四此书名作装饰时，我将它们又颠倒过来用）。且"人和"两个字用反阴，底面框红色，跳跃其间，既浑然一体，又自然地形成"红与黑"的格局，衬出一种美感。稍有阅历的读者，不难分辨出这两种不同风格的字姓甚名谁。其内涵也就是仁者悟仁，智者觉智了，一任想象。为构建一种整体效果和书卷气，整个封面敷以淡雅的米黄色。为增饰一种"人和"的氛围，加强美学观念，友人建议再加点什么。加什么？经他这么一提醒，我立即想到，为陈源、凌叔华编《双佳楼梦影》时，其女陈小滢曾赠我一幅凌叔华早年画的兰花。翻箱倒柜找了出来,缀于封面下端,如此一番,整体感、韵味得到提升。兰花素淡、馨雅,与笔力遒劲、潇洒的"书香人和"四个字相辉映,既有扑鼻的书香气,又有祥瑞的人和境。再把玩鲁迅、胡适和陈源、凌叔华之间那种复杂微妙的人际关系,不难悟出一种谐趣。

　　扉页是书封与正文之间的一过渡性质的插页,装饰实用功能并重,理应前后风格统一。我采用古代线装的样式,在隐格的竖行间,用我所编辑的十六部"双叶丛书"书名和我收入集内文章的传主名,依出版先后为序排列。整个扉页用绿色,将苗子先生题写的"墨池飞出北溟鱼"用来衬底。扉页左右两侧的书眉,"书香人和"四个字,我让鲁迅、胡适平分秋色,各用一款。总之,打开扉页,全是书名与人名。较好地体现了书香人和的本旨,既有装饰之效,又有内容简介之功。

(《书香人和》上海人民出版社 2002 年版)

洗手作羹汤
——《走近大家》序

《书香人和》是我的第一本书。萧乾先生离世前三个月作的序，令人感伤的是他未及闻到"书香"，便匆匆远去，却把"人和"的温馨贻我享用终身；每念及此，不禁潸然。

《走近大家》是《书香人和》的续编，写前书未及写的新人新故事和未写竟的老人轶闻。

"大家"，通常理解为芸芸众生中你我他之辈，也可称之为在某个领域卓有建树自成风景的骚客名流；因此，把它解读为读者走近名人或名人回归大众，均无不可。

该书纳"大家垂范""名流写意""时贤拾贝""文坛祭酒"和"书林散叶"五个栏目，旨在把我与"大家"们过从时获得对其的印象、感受绍介给"大家"，让大家走近大家。至于《傅斯年写真》《叶公超其人》两篇，把他们作为史海钩沉的两位"人物"，一并收纳。出于偏爱，保留了《书香人和》中写钱锺书、王映霞、季羡林等三篇文字，唯想强调说明是"书林散叶"，这簇由编辑之树上萌发的叶子清香又苦涩。"书香人和"是一种理想的境界，在物欲横流的今天书香人不和倒是活的现实。笔者的经历是：为觅佳作，风里雨里上叩下访，摇唇鼓舌与同行争夺稿源；为书稿的增删，与作者各执一端，难避脸红；为完善书稿，一时疏忽酿成侵权，被推上法庭；为推销图书，年老无知被骗两万元……这些散叶像一家百味斋，向读者诉说编辑人酸辛的故事。

走笔至此，忽然想起唐·王建的那首新嫁娘词来，编辑有时真像小媳妇（非今之媳），婆婆的脸色要看，小姑子的门槛要过，还有老公公及老老公公之类，要调适众口，谈何容易？

"洗手作羹汤，未谙姑食性，先遣小姑尝"。笔者兼作者编辑一身，权把读者视同"小姑"，期待大家的批评。

此文充作《走近大家》序。

（《走近大家》人民文学出版社 2003 年版）

拼接历史
——《青瓷碎片》序

《青瓷碎片》是一部人文随笔集。

从题材上说，她是《书香人和》《走近大家》的续编，并有所拓展。其内容比较庞杂，甚而琐屑，名副其实的"碎片"；又因书中所写的部分人物早已作古，成为类属青瓷的历史化石，故将书名冠为《青瓷碎片》。

全书共分八个部分。

"钩沉残月"，写的都是古人，他们的身影、形迹都沉埋在世人记忆的井底，犹如月色的残片，时而折射着星光。尽管岁月无情地将其淘洗，但他们毕竟是群曾活跃在中国近现代史上的人物，在各自的领域留下了雪泥鸿爪，重温他们的人生之旅，对今人不无意义。

"品味风景"，写的是一群正鲜活在我们周遭的一代风流，有皤然白发的长者，也有生龙活虎的后生；他们又有着不同的文化背景或印着新旧时代的烙痕。尽管建树有大有小，知名度有高有低，但都是浇灌自己门前领地的辛勤耕耘卓有收获者，正受到世人的关注。

"枯季思絮"和"书人茶话"，都是以文坛艺事为话题，或从思辨的视角进行反思，或由轶闻为切口，描摹人物，或对人文景观文化现象进行独家的审视……但始终以人为本，比较侧重趣味与可读性。

"收藏落叶"和"夕拾朝花"，是笔者的私家花园。前者抒写人生之旅的喜怒哀乐，后者是个人文学活动的纪录。

"九州片羽"和"四海鳞爪"，是履痕足迹的背影。作者在在国内外旅行中所见所闻所感所思。美国的现代，法国的历史，德国的凝重，荷兰的情调，以及日本的生存现状，都可从中聊见一二，尤富人文色彩。

由于作者笔力不逮，对山川，历史，人物描摹很难到位，故辅以140余幅图片，力求图文并茂；并非一意趋赶阅读时尚，旨在让读者浏览时尽可能轻松些，愉快些。

作者期冀用人文这根红线，将书中所写林林总总碎片珠串起来，使文字与图片璧合一体。此举倘能给读者于品味书香、欣赏自然和感悟人生有所裨益，则幸莫大焉。

(《青瓷碎片》中国文联出版公司2005年版)

我的书事
——《书窗读月》序

我心依旧,我身老矣。

时下发白齿豁,仍不胜慨叹:这辈子书读得太少,一纸中师学历文凭,竟然费时七个春秋,遑论享受高等教育了。天不时、地不利、人也不和也。

然而,有幸的是此生与书结缘,前半辈子当孩儿王教书;后半辈子做编辑匠编书,退休后业"坐家"写书。以"墙头芦苇"之实,滥于书人于外,惶恐之甚。

编这本小书的目的是怡自留痕,倘能悦人那真幸莫大焉。月上柳梢后,书窗读月是"雅",读月中读人、读历史是"趣",坐看云起云落。《书窗读月》以书为旨,分七个章节。"往事""本色",是我近年来读名人传记写的小文章,多为我感兴趣的现当代文化名人的人生断片。人物杂驳,各有个性,喜怒哀乐,各自不同,但都不失书生本色,不乏真善美的追求。"人和",大多是写我与人与书的故事。其中《我的编辑生活》一篇，当算是对我一生编辑生涯的总结。甘苦寸心知。为编《一百个人的十年》，因两幅照片"侵权"，我当被告，一场官司缠了五年，苦不堪言。写了一篇纪实文字，想编入此书，因涉及诸多当事人，怕再自找麻烦，忍痛舍去。多事之秋，只求平安是福。二十多年缝工岁月，有幸结识了一批文化名人，日积月累，藏有他们一大批手札，有千封之多，此处选了十位港台及海外华人作家的部分来信，编了一辑"书简"。各篇后作了笺注，谈的都是书人书事，百态纷呈，各有异趣。为尊重历史，原文照录，未作删节。

岁月不居，不知始于何年，每岁秋风乍起，文坛书林枝头便有落叶凋零。"落叶"是一组缅怀先贤文字，凝目他们渐行渐远的背影，回忆他们往日的音容笑貌，历历在怀；怆然、感伤之外，更多的是崇敬与怀念。

我从不讳言，我是个俗人，好附庸风雅。喜欢八行书，爱自己设计贺卡，有收藏题签的雅兴。为给自己的人生之旅留点印痕吧，曾请有过从的师友在我的册页上留了不少墨宝，很想让读者分享我的快乐，于是编了辑"风景"。

今生不能忘怀三位前辈：浩然、范用和萧乾。一个偶遇结识了浩然，是他把我引领到文学的门槛，改变了我的人生轨迹。我推崇他的"清心乐道，自然人生"的生活态度。范用携我步入编辑的殿堂，他的敬业精神，他对出书品位的追求，对我影响至深；我努力践行他对我的勉语："甘当泥土，留在先行者的脚印里。"再一个就是萧乾，我信奉他的"中庸之道"："尽量说真话，坚决不说假话。"他助我广结天下文友，教我做人、写文。我到出版社后十多年里，不写一字，后因萧乾再三叮嘱我"要写，要多写。"始握管作文；

没有他的勉励督促,是绝对没有这本小书的。

　　这本小书的问世,受惠于湖北人民出版社的错爱,得益于吴超、罗少强两位小老弟的鼓励,张凤梅小姐帮忙录入,谨在此一并致谢;同时颇感抱愧的是因成书篇幅之需,复用了辑在他书中的若干篇旧文,请读者诸君宽宥。

(《书窗读月》湖北人民出版社 2007 年版)

《曾经风雅——文化名人的背影之一》自序

这是我的第四本文化随笔录,是我花精力最多的一本,也是最钟情的一本。此前的两本书中,收录了一些"急就章",不免给人一种内容庞杂、力度与厚度不足之憾。手边的这一册体例一致,清一色的人物随笔,所写者都是中国现当代史上色彩斑斓的文人雅士。窃以为比较厚重、可读。

写这部书亦属"偶然"。从写第一篇《"化外之民"苏雪林》始,到最末一篇《蒋梦麟二题》止,前后十年。当初写苏雪林,纯为《苏雪林自传》作宣传。此后若干年中我写的王映霞、吴祖光、梁漱溟和张中行等人也是配合出版宣传之需而作的"职务作品"。在写这些文学前辈时,我在查阅相关背景资料时,发现他们的社会关系盘根错节,不时出现我感兴趣的人和事。随之渐渐地萌生要把他们写成一个文化名人系列的想法,把人选扩大到民初。但当时我没有时间,直至 2004 年退休,时间裕富,便"续写"了近二十篇文章，形成现在的规模。

　　本书三十三篇文章，写了三十八位人物（涉及五对伉俪），以文坛为主，兼及政治、教育、科技和艺术领域，名流雅集。除现龄一〇二岁"仍然风雅"的周有光先生外，余皆作古矣。尽管"风流总被雨打风吹去"，往事的"朱颜"已退，但当年的"雕栏玉砌应犹在"！我将这些碎了的"青瓷"重新拼接，试图还原历史底稿上这些雅士的本色。

　　全书以齿德为序，由辜鸿铭领衔。苏雪林以降（叶公超、赵元任等几人除外），其他十九位都是笔者忝列编席时结识的文学前辈，曾有过或浅或深过从，因此行文中介绍他们的业绩、描摹他们的行状时，糅杂着我对他们的直观印象；掺和着传主本人或至亲挚友提供的轶趣，颇有点"独家新闻"的味道。至于张君劢、王世杰、罗家伦、邵洵美等人，当代出版物中少有述及，我是作为"钩沉"的尝试而纳入的，旨在展示历史的天空是如此绚丽多姿。

　　文稿杀青后，书名倒折腾了一番，冠《纸背旧月》涩了点，拟《故纸风雪》雅了点，叫《那年那人那事》又俗了点，名《温故·一九一二》大而空了点。我请克力兄援手，他说何不叫《曾经风雅》，听罢，我击掌叫好。且回眸他们：提倡男人拖辫子、纳妾而女人缠足的"怪杰"辜鸿铭；敢向洋人叫板、创造"弱国也有外交"神话的外交家顾维钧；疾声"蒋介石一介武夫，其奈我何"的狂人刘文典；残目膑足、慈眉傲骨的大学者陈寅恪；"五四宣言"的拟草人罗家伦；向宋子文、孔祥熙开炮的傅斯年；以及世界"核物理女皇"吴健雄……哪一位不风采卓然？哪一位不是风流倜傥？哪一位没有"曾经风雅"的历史？于是，我欣然采纳。再缀以副题"文化名人的背影"作呼应，自觉雅而当。

紫金文库

我非史学工作者，缺少史学家的识见、严谨和科学。我只单纯地凭我所感兴趣的一些纷杂的史事，用文学语言将那年那人那事客观地叙述出来，与读者共同分享传主的风雅而已，绝没有"演义"。所征引的史料倘若有误，以致以讹传讹，责当在我，真诚地希望读者、方家指正。

《曾经风雅》的出版，得益于天时地利人和。在写作过程中，得到传主及其家属的大力支持，包括已过世的袁家骝先生。台湾传记文学社刘绍唐、王爱生伉俪，邱庆麟先生；台湾成功大学唐亦男教授，以及"中研院"的戴连璋先生都为我提供了丰富的史料。广西师大出版社曹凌志，以及冯克力先生提出了许多中肯的意见和建议，在此一并鸣谢。

2007年1月1日于南京成贤街寓所
（《曾经风雅》广西师大出版社2007年版）

《民国风景——文化名人的背影之二》自序

《民国风景——文化名人的背影之二》是《曾经风雅》的姊妹篇，读者只要一看书名，便知他们同姓同宗。我希望并相信喜欢姐姐的人，也会喜欢妹妹。

记得"风雅"出版后，一位不肯明示身份的年轻读者打电话给我，说我的书是扫盲课本，说我是扫盲教师。我听之一愣，问此话怎么说。他说你写的人物我们年轻人都觉得陌生，以前我们只知道五四运动，哪知道罗家伦、傅斯年……褒乎？贬乎？我不介意，只觉得这个比喻真好玩。

感谢读者朋友的关注，"风雅"在半年内印了三次，真令我高兴。诸多师友和读者给我不少热情的鼓励、中肯的建议或意见。八十高龄的孙法理先生通览全文，为我指谬匡正，令我感动。他希望我"一路写下去"。我不敢懈怠，以"不教一日闲过"自律，在耕耘两度春秋后，收获了《民国风景》这片旧时月色。

关于这本书的名字，有人建议我起得开放点、响亮点、刺激点，以争取卖点。在"书买一张皮"的当今，这不失为一种攻略。我思虑再三，不敢采纳。因我笔下的人物，几乎是清一色的文人。人文关怀是他们的本务，不媚不俗是他们的风骨，温润儒雅是他们的特质，书名起得冲淡些、平和些、书卷气些或更为宜。凌志兄点拨我：既然计划以《曾经风雅》为基调，分三部写100位人物，书名在形式上何不做一个整体的构想，相互呼应一下呢？我觉得有道理，于是冠以《民国风景》。

人，自然包括伟人、名人，都不过是偶然窜入历史长河的一尾小鱼，生命的短暂与能量的微末，犹如水面泛起的一朵浪花。即令我的传主们，有不少享有百年人生，在事业上也有不俗的建树，甚而是辉煌，也不过是岁月记忆中的一个脚注，历史长卷里一枚书签而已。不过，脚注是历史学家不能忽视的，书签是可资把玩的，那浸染春雨秋霜的书签就更值得玩味了。方寸天地可窥大千世界呢！

本书写了多位民国人物，不妨依齿序摘要介绍前六位传主：有说国民党是"破毡帽"，共产党是"电灯胆"的民国元老、无政府主义者吴稚晖；敢把大勋章当扇坠，站在总统府门前，吆喝袁世凯"出来！"的章疯子（太炎）；"葬我于高山之上兮，望我大陆"的诗人、书法家、国民政府检察院长于右任；傲睨万物、目空千古、骂遍同列、酗酒丧命的国学大师黄侃；即是明天要死，也要把今天该做的事做完的实干科学家张君劢。以及仁者胡适，"闲话"惹得一身骚的陈西滢，一抔黄土掩风流的袁昌英，"花落人亡有人知"的苏青，留得残荷听雨声的石评梅、高君宇等。而我特别推荐的是写杨宪益夫人戴乃迭的那篇《对不起，谢谢！》。

有人质疑我专做"翻案"文章。我要说我只不过是，曾有人把汗衫说成短裤，我现在把短裤说成汗衫或修改了尺寸而已。

　　我努力告诫自己，决不因钩沉某人而故扬其善、故隐其恶。我只据占有的史料，力求把人物写得丰满些、鲜活些，还他庐山真面目罢了。吴稚晖一辈子玩世不恭，蒋氏父子都尊之为师。吴为联手汪精卫反共，不惜老脸向小他十岁的汪下跪，足见其对蒋的愚忠和反动。他一生三次下跪，值得玩味的是没有一次下跪是为自己！章太炎在袁世凯面前气宇轩昂，是"神"，但在孔方兄面前，他是"人"，一个未能免俗的人。于右任虽是廉政、清明的君子，诗酒风流的名士，然寻花问柳之俗亦未能免。黄侃骂人恶名在外，但他事母至孝，兵荒岁月竟背着老母的棺材颠沛流离，感人至深。丁文江致他弟弟的那封拒开后门的信，那种我不下地狱谁下地狱的操守精神，岂止教我辈汗颜！毕生为中国服务的英籍女士戴乃迭的命运，又让人感慨何止万千！

　　倘若本书能作为一枚小小的"书签"，夹杂在你的藏书之中，分享你阅读的一份时光，那将令我感到无限的欣慰。

　　我本是一个大海拾贝者。本书征引、参考了诸多前辈以及当代学人的文字资料或照片，光增了篇幅，一些传主及其家属（杨静远、陈小滢、海婴、潘乃穆、顾慰庆、郭君陵、赵蘅和陈虹等）给予大力的支持，我谨向他们三鞠躬。曹凌志先生，对拙著的创作自始至终予以密切的关注、支持，东方出版社慨然接纳书稿，赵立小姐在编辑工作中付出了许多辛劳，我向他们拱手致谢并欢迎读者、方家指正。

二〇〇八年岁末南京成贤街寓所

（《民国风景》东方出版社2009年版）

《故人风清——文化名人的背影之三》自序

《故人风清》是《曾经风雅》《民国风景》的续篇,"文化名人的背影"之三。三"风"一体。"风清"的整体构想、创作思路,一如前往,不再赘述。承蒙广大读者的厚爱,"风景"行销的业绩不俗,出版半年即行加印,还在三联书店人物传记类榜上"挺"了五个月。祈愿虎年之后的"风清"也能虎虎有生气。

《故人风清》写了二十三位传主。读者一瞥目录便知,与前两部书稿相比,传主的身影离我们越来越近,有的耳熟能详,有的虽远去,音容、余绪尚存;有的非但健在,且活跃在海峡两岸和大洋彼岸的文学、艺术舞台上。唯余大雄名不见经传,连其生平都不清楚;但我觉得他的故事实在有趣,又是我业内同道,故收纳于此。与前两部书稿有别的是,笔者与本书半数以上的传主曾有过从,或有幸为他们编过书,或接受过我的采访。鉴此,在写作时既采纳史料,又糅杂个人对传主的情感。视角是否科学,措辞是否得体,都不敢言是，权当一家之言吧。

　　现摘要介绍几位传主。全书以"我就要言人之所欲言，言人之不敢言"的马寅初领衔，讲述了一个"错批一人，误增三亿"的历史悲剧。马寅初曾借"粉身碎骨不必怕，只留清白在人间"明志，世誉"马首是瞻"，他享之无愧。学人从政是民国的一道风景。地质学家翁文灏、历史学家蒋廷黻当属代表人物。任内他们不失书生本色，爱国、敬业，为推动民国时期中国科学事业的发展、进步或在外交上做过积极的恭献；然留给历史的，不外是一纸辛酸。尽管如此，他们的个人操守、气节，不乏圈点之处。写了两位民国公子，袁寒云（克文）和张伯驹，以及"旧王孙"溥儒（心畲）。他们的身世显赫自不待说，而命运的坎坷，结局的黯淡，似乎差不多。挥金如土的"皇二子"袁寒云，死时只有笔筒里五块大洋，滑稽的是出殡时倒有数以百计的妓女为他披麻戴孝。张伯驹捐了价值连城的国宝，后病危时因级别不够住不进小病房，得不到有效的疗治。"旧王孙"溥儒风流一生，晚年却遭遇耻于启齿的羞辱，发出"当乌龟就当乌龟"的悲鸣。另有用诗词、书法、绘画、昆曲抒写人生的张充和；积四十年心血，惨淡经营《传记文学》，构筑民国史长城的刘绍唐；身世坎坷、不畏强权、自立自强的"台湾梅兰芳"顾正秋，都不失为一方人物。

　　笔者要郑重推荐《杨宪益的百年流水》。这篇超长文字，并不囊括杨宪益百年流水的全部，且把他的另一份风采留待以后。必须说明的是，我写了两位将军，张治中和孙立人。两军对垒，你死我活，而张治中素不将枪口对着自己的同胞，他是和平将军。远征缅甸，浴血奋战，震惊中外的仁安羌之战，孙立人创造了"以不满一千的兵力，击败十倍于我的敌人，救出十倍于我的友军"的神话。他是"中国军魂"。孰料,蒋介石却囚禁了他三十三年!两位将军英功盖世,而他们本色是文人。张出身于上海大学,孙毕业于清华大学。他们的血管里涌动着四书和五经,他们的枪口喷射着正义和无畏,是文化了的军人。

十分遗憾,在成书的流程中,季羡林、杨宪益和王世襄等先生羽化了,他们到极乐世界去做学问、喝酒、放鹰逐兔回归自然了,谨以此充作心香一瓣,献给他们的在天之灵。

本书在历年写作中,曾先后得到传主施士元、季羡林、王世襄、冰兄、杨宪益,以及张充和、黄裳、吕恩、夏志清、余光中、顾正秋诸先生的指正。得到翁文灏先生哲嗣翁心钧、张治中先生长女张素我、茅以升先生之女茅玉麟、邵洵美先生之女邵绡红以及刘绍唐夫人王爱生等大力支持,并借用了一些资料图片,谨在此一并致谢。对老东家广西师大出版社慨然接纳书稿,责编付出的诸多辛劳,当铭五内。

张昌华于莱茵东郡寓所

2010 年 2 月 14 日

(《故人风清》广西师大出版社 2012 年版)

书人书事

《百年风度——文化名人的背影之四》自序

1911年（农历辛亥年）10月10日，武昌中和门一声枪响，中国两千年封建帝制就此落下帷幕，与此同时，中华民国这出大戏的序幕也骤然打开，各色人等闪亮登场。金戈铁马，烽火连天，血雨腥风……随着剧情的推进，这出大戏的中央舞台于1927年始，定格在六朝古都南京。一如明城墙上风雨漫漶的字迹记录了古老皇城的辉煌那样，总统府门楼上的大旗变换，也见证了民国的兴衰和朝代的替更。

余生也晚，无缘目睹民国的风云；余生有幸，身为南京人，且家居于前中央大学（今东南大学）旧址的成贤街。总统府近在咫尺，民国公馆遍布四周。推窗北望，可见中央大学教学楼人影幢幢，西首环顾，可闻中央图书馆（今南京图书馆）淡淡书香。

20世纪80年代，余每日上班沿前中央大学东围墙徐步五分钟左拐，十字路口中央研究院（今江苏省技术厅）宫殿式大屋顶上的金黄色琉璃瓦熠熠闪光；上鼓楼岗，过大钟亭至玄武门向左转，在梧桐构建的绿色隧道中穿行三五百步，即到湖南路十号（原丁家桥十六号）。那是中华民国临时政府参议院旧址（后为国民党中央党部，现为江苏省军区司令部）。余谋饭的原单位曾一度租借于此（副楼）。上楼、下楼，便见巍峨主楼的黄色钟楼在眼帘晃动……如今，马路两侧的法国梧桐部分被斫，中央大学、中研院、参议院这些"民国风景"雕栏玉砌应犹在，未见朱颜改。

岁岁月月，朝朝暮暮。此情此景，于不经意中受此等风物引诱而滋生了"民国情结"也未可知？确切地说，我是对那些曾经生活在老房子里的民国文化人产生了浓厚的兴趣：中央大学的大礼堂，最初由张乃燕校长1930年施建，因财力匮乏，上马即下马。朱家骅接任中大（1930—1931），他利用自己在国民政府中的地位和影响，以召开国代会议的名义，"巧取豪夺"，获得国民政府的拨款而竣工。罗家伦长中央大学十年，中大有了长足的发展。抗战岁月，日机频频滥炸中大，罗家伦次次在场。或坐镇指挥躲避敌机，或打包抢运图书、仪器以备西迁。他在大礼堂前表示"誓与中大共存亡！"战火中，他最后一个撤离中大，匆匆回到家中，案头的古玩一件都来不及拿，仅拎只装洗换衣服的小皮箱，急急上了赶赴芜湖机场的吉普车。不过，他拿了北大友人送的喝剩的半瓶香槟酒，对司机说："等抗战胜利回来干掉它！"又说中研院，"曾经风雅"的首任院长蔡元培是酒仙，居此时光，每日中晚要携一锡制方型小酒壶（中间圆形，可盛热水温酒）到大食堂方桌上自斟自饮，酷暑炎夏，火炉南京，傅斯年穿背心挥着大蒲扇读敦煌卷子，他坚持不开电扇、不抽烟，怕有损文物。再表那端庄、肃穆、简洁、明快西洋建筑风格的中华民国临时政府参议院，1911年12月29日，孙中山先生被推举为临时大总统于斯，1929年他的奉安大典时的灵堂也设于斯……这一幢幢建筑固体里曾流淌着多少鲜活灵动的生命故事！

20世纪90年代末，因工作关系，我有幸结识到一些"民国遗老"，并曾不揣拙陋试写了苏雪林等人。当时只侧重于叙述编者与作者之间的过从而已，顺便提及了他们的点滴往事，并非严格的传记文字，没想到有读者觉得新鲜，给予肯定。这期间《人物》杂志编辑陈淑梅所给予的策励尤为重要，自此一发而不可收。千禧年，我尝试放宽视角，写了傅斯年和叶公超，反映尚不俗，才算找到了"方向"。

随着积累的资料渐多，我发现民国是人物传记写作的一座富矿。某天我忽发奇想，到辛亥百年纪念时我要写一百位民国文化人。十年过去了，盘点一下，长长短短，我居然真的写了大大小小百位文化人（少数不属民国），感谢北京的《人物》、台北的《传记文学》和香港的《大公报》，给我广阔的平台支撑。这些零星的文字，先后结集在《曾经风雅》（广西师大出版社2007）、《民国风景》（东方出版社2009）、《故人风清》（广西师大出版社2010）和这部《鸡鸣风雪》（正式出版时易名为《百年风度》）中，算是一个小小的总结。

《鸡鸣风雪》有十二篇是尚未发表的新作，十篇翻新的旧作和若干陈稿，这次结集时我都做了不同程度的修改、润饰和补充，在基本体例上力求统一。追忆萌生写这些人物的动因、过程十分有趣，有的是有意而为之，有的则是"有感而发"。台湾陶英惠先生赠我一本《雪泥鸿爪》，内有《胡适撰拟致蔡元培献屋祝寿函》，读后始知身为民国"教育总长"、中研院院长的蔡先生竟一辈子没有自己的居屋，是只"无壳蜗牛"；更悲的是1940年逝世于香港时，家中无钱发丧，还是商务印书馆老板王云五慷慨解囊，怎不教人感慨万端，由此而"温故"。

陶英惠曾是台"中研院"吴大猷、钱思亮、李远哲三任"院长"的秘书主任、胡适纪念馆馆长，一辈子服务于此，可谓是"中研院"活字典。读了他的《中研院六院长》（文汇出版社2009）后，倍觉资料权威、翔实、新鲜，于是续写了朱家骅与钱思亮。

朱家骅，民国文化人中复杂不过者为此人。他是"反革命"，曾任国民党中统局局长，为中共（1948）宣布的国民党四十三个战犯之一。他也是"革命者"：1911年在上海组织"中国敢死团"响应辛亥革命；五卅惨案事发，他率北京学生声援；为关税自主，他"手执大旗前导"在天安门前示威，要求段祺瑞下野，从而被北洋政府通缉……作为党国官僚，他曾位居国民党中枢，历任教育部长、交通部长、组织部长，以至"行政院"副院长。他亦为书生，次第为哲学博士、北大教授、多所大学校长；中央图书馆、中央博物院、国立编译馆和中央研究院等文化机构的筹办和创立均与之息息相关。抗战时期，文物西迁从策划到主持实施，皆为他一手操办。民国期间的铁路、邮政、电信等实业的兴建，他是幕后的推手。他为国民党奔波劳碌一生，当了十八年"中研院"副院长，蒋介石也不予"扶正"，最终难辞被"请"出"中研院"。他晚景凄凉，无一儿半女。归隐田园后，出无车，食无鱼，生病住院还仰赖亲朋接济……

至于傅斯年，他是民国知识分子群中，唯一敢在老蒋面前跷二郎腿说话的角色，他敢揭批宋子文、孔祥熙贪赃枉法，是有名的"大炮"；而在为人子、为人夫、为人父，乃至为人师等人伦层面，却有感人至深的柔情和衷肠……如此等等知者恐甚少，我写此文算是对十年前的旧作《毁誉参半傅斯年》的一个补充。苏雪林、林海音、张充和等篇什，亦是追忆故人新事的近作。

吴大猷是李政道、杨振宁的恩师，他与妻子阮冠世的爱情极富传奇色彩。在台湾任职期间，他也是一个敢说敢干的人物，高调处世，一身正气，喜欢"骂人"，被台学术、教育、文化界誉为"一道清流"。台大校长钱思亮，他的办学理念、包容精神、操守风范，被称之"不思金钱思亮节"的"粹然儒者"。

民国时代，出现一些个性卓绝的人物，诸如抗战时以《中兴鼓吹》名闻全国的江南才子卢冀野（卢前）；"拔剑问青天"枪杀孙传芳的孝女施剑翘等，他们理应不该为世人所忘。

此外，不能不提及既是民国人物也是当代"思想者"的周有光老先生，他以一百〇五岁高龄，仍能对世事慧眼如炬，洞若观火，并坚持笔耕不辍，实属罕见的人类物种。"朝闻道，夕死可矣"，此并非儒家教条，而正是周先生所强调的真理和肉身的关系。

庚寅之年，多事之秋。华君武、范用、唐瑜以及冯亦代、郁风等我尊敬的诸前辈渐次而去，正所谓"故人恰似庭中树，一日秋风一日疏"。这些文字或新撰或将旧作翻新，藉此以示悼念。

本书隶为"文化名人背影系列"之四。书稿编就适值寒露节气，书名列了多个，却难以圈定，踌躇烦躁间，推窗瞥见：秋风秋雨之下，落叶铺满楼下的学府大道，抬眼之间则是鸡鸣寺塔兀立在黯淡的空宇，朦胧中依稀可见六朝风雨中的民国风物，脑海中陡然冒出《诗经》中"风雨如晦，鸡鸣不已"的句子来。有鉴于前三本拙著书名第三字均有一个"风"字，何不顺风而下，冠之以"鸡鸣风雨"？凌志见后对我说，此书名已有人用过，希望我改一下。恭敬不如从命，遂易为《鸡鸣风雪》。雨雪不分家。其实名字只不过是一个符号罢了。

　　拙著"文化名人背影系列"四册的出版,得益于广西师大出版社及东方出版社的厚爱,铭感凌志先生的不辞劳苦,三度为我作嫁。在资料方面,受惠于台湾已故《传记文学》名誉发行人王爱生女士(刘绍唐妻)、已故《传记文学》社长成露茜女士,《传记文学》资深编辑邱庆麟先生,以及"中研院"秘书主任陶英惠老前辈。耄耋之年的陶公居然还为我审阅、校订蔡元培、朱家骅、吴大猷、钱思亮等相关文字,让我唯有感动而无以为报。此外,周有光等众多传主及家属提供了大量的资料、图片(亦含若干无从联络版权的资料图片,欢迎与我联系),均是对我的施恩,恕不一一具名鸣谢为谅。

(《百年风度》广西师大出版社2012年版)

风韵犹存
——《清流远去》自序

余告退编席十余年来，孜孜于"文化名人背影"的写作，素描了民国乃至当代一百四十余位名流雅士的背影，结集在《曾经风雅》（广西师大出版社）、《民国风景》（东方出版社）、《故人风清》（广西师大出版社）和《百年风度》（广西师大出版社）四部书中。近年又续写了四十余篇，翻新旧作若干，辑成这本册子，权作自己写人物类作品的一个终结。本书内容承袭"背影"系列，"风"韵犹存，但仍有别；故书名用首篇名，以《清流远去》冠之。

"旧时月色"部分，月色虽旧，光彩依然。李瑞清、蔡元培、史量才、王福庵、马君武等，他们名气有大小，从业不尽同，但传统文化人固有爱国情怀、凛然风骨和澡雪精神，同样令人推重和敬佩。"收藏落叶"是一组怀人的篇什，多应报刊邀约，所写都是一群与笔者有过从的师友：苏雪林、张中行、萧乾、季羡林、杨宪益等,不颂其懿德,旨在温故,重在感恩。"根深叶茂"着墨一群健在并仍活跃在当代文坛的骚人墨客,上有一〇九岁老而弥坚的周有光,其"根"不谓不深矣;下有冯其庸以及三四十年代以降的余光中、董桥等传承,"叶"不谓不茂矣;以他们的吉光片羽充当代文坛盛景,不谓不当矣。

从"旧时月色"到"根深叶茂"亦可看出一点文学薪火传承的鸿爪。

必须要作说明的是,基于笔者想为所写人物类作品的终结"全本",收了几篇十多年前旧作,故篇幅长短体例不一;但与已出版的"背影"系列所记内容并不重复。为阅读方便,删去了"旧时月色"部分的引文出处。

《清流远去》的出版,得益于天时地利人和。感谢周有光等传主及其家属们提供的历史图片,感谢九十二高龄冯其庸先生为本书题端,感谢凤凰出版社老朋友姜小青、倪培翔兄鼎力支持。因作者水平有限,书中或有这样或那样错误,祈读者批评指正。

是为序。

(《清流远去》江苏凤凰出版社2014年版)

雪泥鸿爪
——《我为他们照过相》自序

　　这辈子简单，但不单一。前半生当"蜡烛"，做了十八年的孩儿王；后半辈子做"缝工"，当编辑匠。告老还乡后我又干了十年，都在为人作嫁。经年累月煮字码句，用双色笔在稿纸上刀耕火种，人也在纸润墨香中渐渐老去。现在想想，我一点也不后悔：就像红蓝铅笔的两头，互补互利，如西哲所言，"送人玫瑰，手有余香"。我成全了师友，他们更是玉成了我，具体地说，成就了这本小书。

　　我喜烟、好酒、嗜茶，也爱把玩翰墨丹青。友人调侃说我是一介"雅士"，我自知骨子里是俗人一个，与今之小青年追星族一样，从小便膜拜名人（作家）。

　　不惑之年，跻身出版界，有缘走近名人时很想与他们照张相，满足一下虚荣心。无奈那年代太穷，衣帽周全就很不错了，哪敢想有奢侈品照相机。1988年，我终于从牙缝中挤出一部傻瓜相机，开始圆梦。此生用过五部相机，一律"傻瓜"。因我从不研究拍照艺术，"咔嚓"一下雁过留声，足矣。我生性愚钝、疏懒，胶片年代，我连装卸胶卷都请人帮忙，怕自己装不好。某年，我兴致勃勃进京拜访文坛前贤，为五位师友拍了照，回来到照相馆冲洗时才发现，帮忙装胶卷的同事没把胶片装上，闹了场大笑话。

近四十年的编辑生涯，我积累了一大批文坛师友的书札和照片，这是此生最大财富了。虽说退休十多年了，一直处在退而未休状态，直至甲午秋日，方着手整理老照片，重温那些渐行渐远的书人书事。当我翻检到为周而复、浩然拍的最后一帧照片，令我震惊。（那是我征得家属同意并承诺不公开示人的照片）让我对生命有某种感悟：人生无常；也应了浩然写给我的那句话："清心乐道，自然人生。"

生命是什么？是碧荷上的一粒露珠。在无风无雨的日子里，她静谧地躺在荷叶上享受阳光；倘一遇风吹草动，或疾风掠过，她或会倏地跌落、消失。生命是脆弱的、无常的，如周而复先生——2004年元旦我收到他寄来的新年贺卡和短简，思维清晰，只是字迹发飘。八天后，我去探视时，呼他已不应；浑身插满管子，心脏监护仪上的绿色电波在微微颤动，下午便停止了呼吸。从北京医院出来，我去同仁医院探视浩然，他也在沉睡，浑身同样插满管子。护工拍拍他的胸口："老朋友来看你了！"浩然吃力地睁开眼，他已认不得我了。看得出他想辨认，眼盯着我送去花篮上的小卡片。我挪动花篮把小卡片移入他的视线，他似乎仍不识。我在另纸上把我的名字写得大大的，送到他的眼前，这或许唤起他记忆角落里的我，他的眼角湿润了。即令这样，浩然在病榻上与死神搏斗、煎熬了1500个日日夜夜方告别人世。生命是什么？犹如荒山悬崖绝壁上的老葛藤，貌似枯朽一拉即断，却坚韧不折……幸乎，悲乎？

那是我见到他俩的"最后一面"，由此，我想到拜会苏雪林、王映霞和范用等十位前贤师友的最后一面，时在距他们挥手人间的日子很近，便产生将他们最后的音容及其照片背后的故事记下来的欲望，《最后的素描——我所见到的文坛前贤最后一面》就应运而生，即本书目录中的前十位。因他们都是生于民国、长于民国的人物，遂将稿子投给台湾《传记文学》。文章发表后，反响不俗。主编林承慧女士知我还为不少名人拍过照，建议我以一图一文的形式一路写下去。追忆故人，诚如董桥所言，他们的昔日言笑藏在心中是一缸陈酒，思念深舀一勺尝一尝，更久更老更香醇。我为文坛师友拍过照的有一百五十位之多，与其过从深浅不一，无必要一一罗列，便以1949年前出生者画线，于是便有了后面的八十位。其实，在"线"后的张抗抗、舒婷、叶兆言、朱苏进、苏童等，我都曾为他们编过书，一度过从较密，有故事可写，限于篇幅割爱了。

全书以齿德为序。但前十位（"最后的素描"）是本书的原点。为保存它的原始形态和独立性，我没有按齿序纳入全书。必须要做说明的是最后九位，我称之为"有痕无影"者，也独立成一单元。这九位前辈我没为他们照过相，但因当年编书或某种之需，与他们有较多的电话、书信往还的印痕，不乏精彩故事，实在不忍舍去，故收于此。至于照片缺失的原因有多种："天不时"，20世纪80年代初我没有相机，如茅以升等自然无照可存。二是"地不利"，山阻海隔天高地远，如夏志清等；再就是"人不和"，主人不喜照相、拒见生客，如钱锺书、杨绛，或因主人因病不便而失之交臂，如华君武、杨宪益。细细想来，70年代末80年代初，因书缘我还与一些名人有过从，如科学家钱学森、杨振宁、苏步青、袁家骝，语言学家吕叔湘,作家孙犁、马识途以及诗人臧克家等。他们都是我生命中高山仰止的过客。

"故人恰似庭中树,一日秋风一日疏"。

书中九十九位像主,已有六十六位"化作春泥更护花"了。语堂先生说过:"我们都喜欢古教堂,旧式家具以及绝版的旧书,但大多数人却忘了老人之美。古老的东西,饱经世变的东西,才是最美的东西。"书中的这些照片虽未全发黄褪色,毕竟也有二三十年历史了,如果说"一位老人就是一部历史"的话,从这些照片本身或背后的故事的字里行间,或多或少能窥见那个时代的文化人的生存状态及某些社会信息的雪泥鸿爪,也可谛听到时代前进的足音。

是为序。

(《我为他们照过相》商务印书馆即出)

书里书外

现代文学馆散记

千禧年，北京又多了一处令人瞩目的景点：中国现代文学馆。大凡是吃文学饭的或对文学有兴趣的，到了京华都要去"朝圣"，以观瞻一番为快。其藏品之丰，且不说有鲁郭茅巴老曹等贤哲的日记、书信和手稿，朱自清逝世时吊唁的签布，巴金藏的鲁迅、郑振铎编辑的《北平笺谱》，老舍藏的齐白石的赠画，冰心藏的日本作家武者小路实笃的赠画，萧乾藏的二战时用的相机以及顾毓琇藏的文学研究会首批会员名册等等，真是"东壁图书，西园翰墨；九经芳润，二酉精华"琳琅满目；也不说大海捞针查资料易如反掌的现代检索设备，我只想说说对建筑装潢一瞥而拣拾的乐趣和遐思。

影 壁

中国现代文学馆要体现中国传统。设计者别出心裁，为弘扬民族风格在文学馆门口设一影壁。（影者，隐也。历史上朱门豪宅均有之）影壁弃现代化建材，选用山东莱州樱花石。那家伙是块完整的长方形石墩子，八米长，两米多宽，厚一米，重达五十吨之巨。千里迢迢从山沟里搬来，稍事加工，三锤两斧在巨石的顶部砍掉些许，呈山峰状。设计者本意是追求一种残缺美，诸如篆刻印章打的"毛边儿"，既层次清楚、棱角毕现，又不露人工痕迹，虎虎地雄踞在文学馆门首。临街的一面标着不是馆名的馆名——镌刻着巴金的箴言："我们有这么一个丰富的文学宝库，那就是多少作家留下来的杰作，它支持我们，鼓励我们，使自己变得更善良、更纯洁、对别人更有用。"其字大如饼，阴文。不抹金涂彩，全仗材质本色，吸引参观者、行人驻足欣赏遐思。文学馆馆长舒乙冠此为文学馆"九绝"之首。

凝视这具庞然大物，我想首绝就"绝"在这影壁的造型上，一眼望去，那巨石顶部起伏的峰状，犹如古城墙上的城堞。岂不象征着中华五千年文明史的长城，赫然屹立于世界民族之林！眼前20世纪（现代）这一段，我们的文学真实地记录着民族历经外侮内乱之后崛起、腾飞的历史。馆内一组"受难者""反抗者"油画正是它的注脚。与其说这堵影壁是装饰物，倒不如说是尊碑铭更贴切。影壁，它是中华五千年文明史长城中20世纪辉煌的一截！

令观者怦然心动：为我长城添砖献瓦。

"逗号"

逗号，是文学馆的馆徽。如果说中国现代文学馆影壁体现了"中国"传统，那么逗号则标志着"现代"。两者是珠联璧合，天衣无缝。

逗号，得益于一块天然的状如逗号的巨石。还真有点人工不敌天意呐。

文学馆东门口广场上有两列罗马柱廊，中央留有一方空地，原拟置放文学馆的主体雕刻，许是这个使命太沉重，若干个设计方案均未能获得行家们的共识，一时难以实现，可又不能任其空荡荡地闲着。也算"半个玩家"的舒乙想到国人有赏石玩石之传统，便亲耕垄亩，到深山老林中去"选美"。冥冥中，他与同人发现一块硕大无朋的石块，远远地望去，像一尾正在展翅开屏的孔雀，更为神奇的是中心有个圆溜溜的孔，透空的，还连着一个缺角。其形本就是一个唯肖唯妙的逗号（","）。

中国古典文学作品里是没有标点符号的。逗号意味着"现代"。非止形似，而神（内涵）也似。","是现代文学发轫后前进中的一只脚印，又是未来"；"或是遥远"。"的驿站。于是乎，舒乙把它搬回文学馆，且填补那个"使命沉重"的主体雕塑的空白。睹者众口一词叫绝。后经美术设计家精心润饰，将","设计成一个小巧玲珑的文学馆馆徽。简洁、明快，又富诗意。

未来的中国文学千里之行，始於逗号。

巴金手印门把

如果说影壁、逗号的设计是别出心裁，那么巴金手印门把则是匠心独运了。

文学作品中一个典型细节能把一个人物点化鲜活，庞大的建筑物中一个艺术化的细节能大幅度地提升整体设计的艺术品位。舒乙请雕刻家到杭州拜访巴老,照老人的手型翻一具石膏模,再设计一个长方形的铸铜件,正中才是巴老的手印。其逼真度连掌上纹路都毫发毕现,真是真得不能再真了。手印一侧有他一方印章,再用一套构件组合,嵌镶在文学馆大门每一扇活动的玻璃门上。

门,是通向文学圣殿的唯一通道,门把手则是每一位参观者走入文学馆首先触到的物件。让你模,即有一种触电的感觉,那是伟大作家巴金的手印!巴金的手虽属纤细弱小一类,因年迈和终生笔耕,手心呈微握状,似乎连手指也未全伸展开来,但在那盈盈一握的掌心有多么丰富、深刻的内涵。这只手,不止他早年写过的《激流三部曲》感动、激励过几代人,更重要的是晚年他写过讲真话的《随想录》,其影响深远将彪炳史册。

巴金的手印门把,是凝固的音乐。

叩动文学馆的门扉,便是与巴金交流,也是与讲真话握手!

(写于 2005 年)

鲁迅故居随笔

书比人寿长

癸未秋暮，我作了一次绍兴之旅。

绍兴的景点很多，仅鲁迅的足迹就够寻觅两日：长庆寺、恒济当、安桥头朝北合门、土谷祠、绍兴府中学堂、咸亨酒店以及鲁镇。这些景点都藏匿着鲁迅儿时的身影和梦；迫于旅程的短暂，我大多走马观花式的匆匆而过，令我流连忘返的是百草园和三味书屋。

《从百草园到三味书屋》，儿时，先生教过我。殿后我执教鞭又授给学生。继之，做编辑时，我又曾选编于某集子中。文章开首的那两小节至今我还能背下来，即令今日诵读，仍觉趣味无穷，仿佛自己也回到儿时。

在百草园，在鲁迅这方儿时的乐园里，我足足逗留了一个多小时，或漫步畦间，或徘徊墙边，或伫立井侧，这儿摸摸，那儿看看。"碧绿的菜畦"依旧碧绿，只是那"绿"已是鲁迅当年所见之绿的徒子徒孙了；"光滑的石井栏"呢？井，刻下是有的，但有井无栏，怕是后人移花接木之创造，那井底里钩沉不出迅哥儿时身影的；唯"高大的皂荚树"据说是旧物，依然高大，虽历百年沧桑，风姿照旧，挺立在偌大的百草园中央。至于那堵"泥墙根"早为砖墙了。我下意识地蹲伏在西边那墙根处想看看鲁迅儿时"无限趣味"所在：遗憾，没有油蛉在这里低唱，也没有蟋蟀在这里弹琴。翻开断砖（我翻的是瓦砾）恐遭遇蜈蚣，倒很想见识斑蝥，更希望能用手指按住它的脊梁，看它从后窍喷出一阵烟雾……大失所望，因此，我也不再去找什么何首乌了。

我复又折回皂荚树下，突发遐想，这或许是迅哥儿当年堆雪人罗汉的地方，或是闰土父亲当年教他雪地捕鸟的地方吧。何以见得？我不禁哑然失笑。目光随着眼前皂荚树树根凝在梢末，不胜慨叹：唯有这树是"今人犹见古人月"的见证；当然还有足下这片厚厚的泥土。鲁迅长眠九泉一个甲子多了，这树也铁定难逃变成枯干的一天；诚然，土地不会老，但谁能保证猴年马月不会从它身上长出钢筋水泥柱来呢？

斗转星移，古人以"物是人非"喻世事沧桑，殊不知物也逃不了"非"的一天的。想到这里，心中不免有点淡淡的惆怅。转念又想到《从百草园到三味书屋》，想到早已飘零的鲁迅、胡适等文学前贤们。叶落树长青。他们的作品是树，文章是可以薪传的。

——书比人寿长。

味在"有仙则名"

三味书屋是旧时绍兴城内一所颇负盛名的私塾。鲁迅就读时塾师是"本城极方正、质朴、博学"的寿镜吾先生。游客感兴趣的是鲁迅曾使用的两屉桌,桌面右边的那个寸方的木刻的"早"字,那是鲁迅因故迟到,受塾师的严厉批评后刻下的,当作座右铭自勉一生,勤奋一生。

至于三味书屋本身,仅三十余平米,塾师课徒用的一张八仙桌立于中央,《松鹿图》下一条长书案,另外是几张硬木书桌。称为长物的是正中上方悬的"三味书屋"的匾额,这匾本系清朝著名的书家梁同书所题。据考原是"三余书屋"四个字。"三余书屋"其义取《三国志》裴松之注,即董遇所说"为学者当以三余,冬者岁之余,夜者日之余,阴雨者晴之余。"告诫人们惜时如金。苏轼激赏,曾有诗句"此生有味在三余"。据此,寿镜吾先生的祖父寿峰岚就将"三余"改成"三味":读经味如稻粱(米谷),读史味如肴馔(菜肴),诸子百家,味如醯醢(酱醋调料)。"三味"则源自《李淑书目》。李淑曾说"诗书为之太羹,史为杂俎,子为醯醢,是为书三味。"而寿镜吾的孙子寿宇则另有一说:"三味应是布衣暖,菜根香,诗书滋味长。"意为甘做平民布衣,足以粗茶淡饭;在诗书中求得深长的滋味。专家、学者、游客高言阔论蜂起,有人认为:"三"是表示多数或多种,"三味"是让读书人吟味再三,体会再三,抑或是指唯读书才能品尝到酸甜苦辣多种味道。也有的说"三味"是指书案上文房四宝中的书香、墨香和纸香;还有认为是指三味书屋后园种植的桂花香、腊梅香和牡丹香三种香味。等等。细细品味都可自圆其说,不无道理。

  而我由此想到的是另一问题。三味书屋,实在平凡的很,与朱门豪宅私塾的华丽相距甚远,之所以大家对此表示浓厚的兴趣,不是它有典可数,其根子是"三味书屋"名扬天下,而三味书屋之所以名扬天下,是因为鲁迅在此读过书,更因他借此写了那名扬天下垂之久远的《从百草园到三味书屋》。否则,谁会津津乐道、喋喋不休于此。味从何来?

  ———味在"有仙则名"。

(写于2005年)

《铁流》手校本的流传

因为靠编书吃饭，书架上多少有几本书。十之八九均是大路货，唯绥拉菲摩维支的《铁流》真谓弥足珍贵。一是版本老，三闲书屋校印，1931年印行的初版毛边本，距今已七十年了。岁月流变，天灾人祸，初印的一千册现今存世的恐已寥寥；二是该书的纸张虽然发黄发脆，切口参差不齐，收藏者又用白线加固了一次，但总体品相好，全书毫发无损。我之所言"弥足珍贵"者，是该书中留有译者曹靖华和鲁迅研究家戈宝权先生在不同的岁月，各自留下的两种手迹。从现存的他们记录的文字和相关史料分析，大体可推断这部书在社会上流传的痕迹。

这本书的始主是曹靖华。是时，曹在苏联，将译稿分批次寄给鲁迅，流水作业，即编即排。1931年8月15日曹靖华译竣，10月10日鲁迅作《编校后记》，其间他们为该书通信达二十次之多。是年11月该书面世，定价大洋一元四角。在印刷业还不发达的三十年代，出书速度如此之快，聊见出版者的敬业精神了。曹靖华由于翻译时间紧迫，未及推敲，前半部译文留有一些遗憾，等译稿尾部寄到，前半部已铸成铅字，续排后即匆匆付印问世了。鲁迅说："当第一次订正表寄到时，正在排印，所以能够全数加以改正，但这一回已经校定了大半，没法改动了，而添改的几乎都在上半部。"鉴此，鲁迅在"后记"中对应改动之处一一作了说明。曹靖华接到此书后，即在书中用毛笔对原译二十余处欠妥之处作了订正，还补加了两条注释。大概是以备再版时用或留着存档的。他用十分工整的蝇头小楷写就这些，迄今仍清爽在目。或是抗战岁月，或是内战年代，抑或是全国解放后的某年月因某种原因，这部书从曹靖华的手中流于社会，混杂在旧书之林。"文革"前的某一年，戈宝权在北京东安市场的旧书肆上偶然发现了它，一眼认出书中订正译文的笔迹是曹靖华的，遂买下了它。这一切，戈宝权在书的扉页上做的"补识"中说得清清楚楚：

"'文化大革命'前偶在东安市场的旧书店购得此书，价三元六角。系初版本，近因研究鲁迅先生为何校印此书的问题，发现本书手校勘之处，均用墨迹改过，颇似曹靖华同志的笔迹，更觉珍贵。"

1976年唐山大地震后的一周，戈宝权去看望曹靖华时，顺将此书示之。曹靖华距其在该书第一次留墨四十多年后，复又题"宝权同志正译，靖华于北京，七六年夏"并钤印以示郑重。在曹靖华这三行字下，戈宝权复又题"1976年8月5日，□□访问曹老，这是7月28日大地震后第一次见面，承他在书前题字留念"。遗憾，戈先生的字既草又小，有两个字无法辨认。

80年代中，戈宝权移居南京，家中藏书绝大部分迁往。1986年，一辈子嗜书如命的戈宝权，毅然将含国内孤本九十一卷本《托尔斯泰全集》在内的两万余册图书捐给南京图书馆，而他却将《铁流》留在身边，足见他对其宝爱了。

戈先生在世，笔者与先生曾有浅浅的过从，特别是在他病重期间和生命的最后岁月。

2001年暮春的一天，戈宝权夫人梁培兰女士，找我帮他校对反映戈宝权人生之旅的画册《文化友谊的使者》，协助整理、选编戈宝权的遗稿。傍晚时分，我匆匆告辞时，梁女士将此书和《毁灭》（鲁迅译，三闲书屋初版本）一并送我。当时，我并未在意书上的题字，回家一翻，仔细端详研究后，惊喜莫名。如此珍贵的书现被我收藏，不胜惶恐。一周后，梁女士到舍下做客，我恳请她在书上写了几个字，示明该书流传始末，亦算是"正本清源"吧。

（写于2002年）

怀念手稿

大概是职业本能,我对作家的手稿十分钟爱。余生也晚,跻身编席也晚。俟我二十世纪八十年代当编辑,已很难读到手稿了,偶尔见之,也是复印件。新千年后,案头文稿更是清一色的电脑吐的方块字,甚而连函札亦然。打印的文稿固然整洁、清爽,看起来很"悦目",编起来很方便;但我总觉得不如读手稿那样"赏心"。

打个不确切的比方,打印稿像瓷皿,手稿像陶器。前者珠润、雅洁,多少有点"冷";后者原始,甚而粗糙,却不乏"热",有种莫名的亲和力。特别是那些内容上乘,字迹又漂亮的手稿,拜读起来悦目又赏心。此外,打印稿读起来,总有一种"纸上得来"的感觉,文意一览无遗。读手稿则不然,能隐隐脉察作者的体温,特别是作者增删、勾画涂抹的那类手稿,值得玩味的地方就多了:文脉走向变异、遣词造句的润饰以及对作品意境的提升……甚而从字迹书写之变化,可窥视作者创作时心境的平和或浮躁。总之,有种

"躬行"后感受到交流的快意，不仅品出了作品文字外的天空，而且滋补"作嫁"人自己的身心。倘读到像鲁迅先生用毛笔在稿笺上耕耘的手稿，当沐手焚香方可展读了。

物以稀为贵。珍物更以鲜而昂。据说鲁迅先生的手稿市场价一页需四五万元，且市面绝迹。鲁迅以降的名家们的手稿多为博物院、图书馆收藏。文物拍卖市场偶露一两页，必为藏家所追捧。我想一名家经典名篇的手稿，远比同一层次名书画家的精品更为可贵。前者是独一无二的，有不可复制的历史价值；后者是可"批量"生产的。

手稿像良田、绿洲，与时代脚步的风沙渐离我们远去了。这算不算一种悲哀呢？

文如其人。手稿如其人。

我素留意作者的手稿，特别是我所推崇的前辈作家。二十多年前，桥梁专家茅以升惠寄一份他的《关于"中国石拱桥"创作》的手稿，亮丽极了。老先生的功力很深，不仅文笔老辣，叙事简洁，书写时也一笔一画，丁是丁，卯是卯，银钩铁划工整得直可入帖，简直是件精美的工艺品，一展科学家独有的谨严之风。

因我喜欢收藏手稿，画家吴冠中先生将他的散文名篇《水仙》手稿惠赠于我。此稿其风格与茅以升先生截然不同。吴先生信手写来，文思如泉涌，汪洋恣肆，自然而亲切。就文本而言，词句有增有删，有删后又恢复，稿面圈点涂画，杂而不乱；就书写而论，文字有工于方格者，有驰骋框外以至游离于稿笺天头地问，好像天马行空一般。诚如《水仙》一文议评水仙时云："水仙非仙，清白清静自成仙。"吴先生的手稿自由挥洒，彰显艺术家的本色。仙风道骨是精神。

书人书事

我还收藏顾毓琇先生九十九岁时的手稿，那是他为自己的《百龄自述》所作的序。全文千余字，思路清晰，文字表达畅达，字也写得认真，繁体竖写，只是竖行有点"不正"，字迹也有点"发飘"；显然，那是年寿太高，握管无力所致。就美学观点评判，似无多少称誉之处，不过，寿登期颐本身就是奇迹，百岁人瑞的手稿更是可遇不可求，更况那是他的"绝笔"（文稿），其意义就更非平常了。

健在的一些文学前贤们，极少数的与时俱进，换笔用电脑写作，已届百岁的周有光屈指数一，绝大多数仍在方格内耕耘。他们自觉、不自觉地对手稿也倍加珍惜起来，将手稿自留，请人打字后再外投；即令他自己无意保存手稿，但后人着意收藏。我的一位编辑同仁，收到一位前辈短文的手稿，很是高兴。孰料不几日，那位作家来信嘱托，希望编辑在文稿植完字后"掷还！"

先人的手泽，是后人最佳的纪念物。对作者来说，那些具有特别意义的纪念文字的手稿，更为牵心。

前年，我拜访耄耋之年的宗璞，我们谈起她的先君冯友兰先生。她突然想起十五年前，曾给我供职的《东方记事》杂志写过一篇《九十华诞会》，洋洋数千言详细记录先父九十华诞会的盛况。她问我她的那份手稿还在否？她这一问，问得我措手不及，我支支吾吾，说"找一找。"其实为我早藏诸箱匣，实在舍不得还她。撰写本文时自我"斗争"一番以后，决计他日进京当面璧还。我知道她绝不只是自恋自己的手稿，而是怀念慈父。

怀念手稿。

（写于 2002 年）

紫金文库

我集题签

收藏这一行当门类繁多，仅纸质而言，就有钱币、邮票、电话卡、藏书票乃至字画。唯我"独树一帜"，玩题签。

所谓题签，即为书名题写的标签。刻下俗语"书卖一张皮"（脸，封面），而书名恰似人之五官，彰显尊容。题写书名者多系书家、社会名流，或与作者有着某种渊源者，因此题写书名时都较慎重、认真，多用毛颖写在宣纸上，下钤一方书者印鉴，古色古香的书卷气溢满方寸间，不啻是件玲珑的艺术品。

题签不易得。一部书只有一枚，况且时人设计十九都用美术字。非文化出版者无缘触及，难以问津，雅而有品的题签更是可遇不可求了。我刚做编辑的时候，不意于此。八十高龄的著名女书家萧娴为我题写的《金陵野史》，一位朋友说他喜欢，我随手遗之。直到若干年后，"天下掉下一块大馅饼"我始开窍，着意收藏。

那是20世纪80年代末，出版总社新大楼落成。粥少僧多，总社属下的几家小社抓阄问鼎。我们社手气臭，抓到的是兄弟社倒腾出的老房子。入住是日，我收拾好办公室，提着水瓶到楼下锅炉房冲水，见到老房主遗弃的一堆旧书报垃圾堵在楼梯口，你踩来，我踏去，如履大道。我是一个喜欢"捡破烂"的拾荒人，想从中淘出一两本感兴趣的旧书，便放下水瓶翻检起来。两手苍苍十指黑。不经意却发现一卷绳扎的纸片。打开一看是封面设计的样稿。首页的一张版样纸上粘着一枚题签"中国古代文学作品选绍虞题"。那是古典文学大家郭绍虞先生的手迹。同款不同式的有三帧，大概是供美编选用的。我捏在手中好不高兴。过路的同人取笑我是不是在找存折。我只笑不语，逐页翻觅。直拨弄到最后，终于发现了一块"大馅饼"：两指宽七八寸长的宣纸条上，赫然写着"中国现代文学史"，右侧还有铅笔标注的印痕，没有署名和印章。全凭经验，我一眼认出那是茅盾先生的手迹。我欣喜若狂，大喊我发财啦。乐极生悲，一不小心把放在墙边的水瓶踢爆了。回到办公室我与手边的《中国现代文学史》（北京大学等九院校编，江苏人民出版社1979年版）一比照，毫厘不差。虽然这枚题签缺少署名和印鉴（大概是另纸写就拼版），这一雅物充其量只能算个"断臂维纳斯"。但茅盾先生的字写得相当苍劲、清秀，有种沧桑的历史感。我将其压在玻璃板下，悦目，赏心。

之后，我集藏题签的意识日增兴趣益厚。一方面留心周遭有人文价值的题签，一方面当我组到有品位的文稿时，不忘请相关的名流雅士题署书名。甚者，转手他人，辗转万里，求到大洋彼岸，大有志在必得之概。

旗开得胜，自茅盾的"中国现代文学史"成为我的集藏题签的领头羊，果然吉羊。十多年来，我已搜罗到巴金、冰心、曹禺、顾毓琇、萧乾、赵朴初、周而复、吴祖光、苗子、王世襄、王映霞、柏杨、林海音、朱屺瞻、胡絜青、钱君匋、俞振飞、黄宗英、郁风、文洁若、张兆和、张充和等四十位社会贤达文坛耆宿的题签。他们的手迹或楷或隶或篆或草,或庄或谐自成风流。我拟将它们裱表在册页上,欣赏、把玩、纪念。

　　我拥有的诸多题签(极少数是淘来的)几乎清一色是大家们应邀为我所编辑的图书而署的,每枚题签中都或多或少的藏着先贤们做人的风范,或深或淡的蕴着温馨的故事。

　　巴金题的"探索人生"(巴金萧珊合集)、冰心题的"有了爱就有了一切"(冰心吴文藻合集)和顾毓琇题的"浪漫人生"(赵元任杨步伟合集),都是他们寿登九五前后所作,倘从题写书名角度来说,或许是他们各自的"绝笔"了。

　　令我感怀的是曹禺先生。此前我不认识他,更无一面之缘。他的信址还是舒乙临时提供的。只凭自己冒昧的一封短简,老人便很快将题字寄来。遗憾的是有笔误,不能将就;我硬着头皮恳请他再题一次。孰料只有十天,他便将新题的"爱的新月"(徐之摩陆小曼合集)挂号寄来。事后方知,那时他已住北京医院,是他生命中最后的岁月,数月后便仙逝了。

　　张兆和先生题的"多情人不老"(周有光张允和合集)大概其姐张允和没有把要求说清楚。兆和先生怕延误出版期,以横式竖式,断句不断句不同样式,一下子写了十六帧供选。黄宗英最先写的一帧";——命运的分号"(冯亦代黄宗英合集)付邮时冯亦代嫌其草率特附信云:"我们的脸皮太厚,决定重写。"不日,又重新写好若干寄来。据黄先生后来说,纸笔都是上街新买的。

　　令我抱憾终身的是愧对了赵朴初、朱屺瞻两先生。我请他们题

"中国近现代名人手迹"一书,该书已出二校样,后来出版社盘算怕赔钱,中途下马了。两位先生精彩绝伦的题签,无缘再与读者见面。每思及此,不胜遗憾。谨借此文,聊作心香一瓣。

  集藏,本就是雅玩。(以升值为旨者另论)既是玩,不必太刻意。做个有心人即可。根据行业的特点玩收藏,一是集藏起来方便,往往得来全不费工夫,二可玩出与别人不一样的特色来。

(写于2005年)

我的签名本

收藏，藏之所爱也；所爱者，多半与职业有关。

笔者教过书、编过书、写过书；因而，我的收藏都与书与书之人有关：诸如作家的手札，书名的题签和作者的签名本。家有几架书橱，专设一只收藏签名本。

我藏的签名本分三类：一是自己做责任编辑的书，由作者题赠存档纪念的；一是钦羡的文学前贤、师友们所赐留作观赏品味的；另一种是有着某种特殊意义收藏把玩的。

二十多年游走于作家群中，在稿纸上耕耘，为他们做"嫁衣"，样书问世后，我总能得到一本签名本，以志纪念。月积年累储有一大批（齿序）：苏雪林、冰心、巴金、柯灵、萧乾、钱锺书、季羡林、王世襄、苗子、黄裳、吴祖光、林海音、柏杨、聂华苓、余光中、董桥，以及宗璞、浩然、张承志、刘恒等等。签名本上的文字花样繁多，或"雅正""批评"之类谦词，或"辛苦了"之类的鸣谢。

睹物思人，每本书里都有一片情感的天空，都有一则铭诸心版的故事。

我最早得的签名本是浩然的《艳阳天》。1976年我在一所中学教书，一个偶然不过的偶然，我得到一幅署名为浩然的书法，毛泽东的《卜算子·咏梅》。转年，向浩然本人求证，始知那是幅赝品。浩然为了"弥补"一下我的遗憾，将他的《艳阳天》题赠。缘此结识了浩然，并在他的热情鼓励下走上文学创作之路，又在他的推荐下得以跳槽，由教书匠成了编辑匠。

签名本中，题赠者年寿最高的赠书最多的题词最怪的当数苏雪林。我是为了编《苏雪林自传》而结识她的，那时两岸联系远没有现在这样通达。她的赠书、画册计二十余册，《浮生九四》《我的生活》和《中国二三十年代作家》等。她的题词多为"雅正""留念"。唯《我论鲁迅》她既没有写赠者、受者名，也无年月，没头没脑只写了一句话"不要示人"。局外人看来有点莫名其妙，而我能读懂，简直有点妙不可言。冰雪聪明。

1999年苏雪林回故里省亲，《苏雪林自传》刚刚出版，我奉上请她题字。她却没签，非不肯而是签不动了，数月后以一百〇四岁高寿灵归道山。苏雪林西去后，遗嘱执行人寄我一套《苏雪林日记》，十五卷本，四百万字，五十年的身影足迹的纪录，遗憾没有她的题字。

签名本上字写得最少的是冰心，只"冰心"二字，是签在我编辑的她与吴文藻合著《有了爱就有了一切》一书她的照片下方。字迹绵软，有点发飘，大失往日隽秀与潇洒。该书1998年8月出版，签字当在国庆左右。据其小女婿陈恕告诉我,是老人于神志不清中精神稍微好转时勉为其难签的,三个月后即仙逝。听罢,我感受到冰心的温馨之爱:老人本为该书起的书名叫《两地书》,我以与鲁迅许广平的《两地书》同名,恳请重题。冰心据理明示,当时吴文藻已经作古,阴阳阻隔,世事茫茫,起名"两地"实无不可;但她以一种宽广胸怀包容了我的一孔之见,将书易名为《有了爱就有了一切》。每想至此,油然想起她的名句:"爱在右,同情在左,走在生命路的两旁,随时撒种,随时开花"的警句来。

一片冰心在玉壶。

也有亲人代签的。《昆曲日记》出版时,作者张允和已作古,由她一百岁的夫君周有光代赠。在张允和名下,周有光郑重署上"周有光代写"。醒目的是多写了四个字"好事多磨"——这个中的故事唯我明白——这本书最早是托我联系出版的。我先后联系三四家出版社均遭婉拒,费时三年。天不时地不利人不和,以致作者死后成书,不正体现中国一句老古话"好事多磨"!

题词最俏皮的要数余光中。他在其文论集《连环妙计》上写的是"二名对仗,不可沦为虚名"。我一时不知何意,不禁脸红。经他点拨始知:"光中""昌华"两个词正好对仗,而"光"和"昌"都可作动词解。他在勉我并自勉要名副其实。他在散文集《满亭星月》上写的是:"请上吾亭",随语成韵,趣藏大义。在诗歌集《与海为邻》上写的是"海可为邻,亦可为师"。三则题词风格迥异,毕现了诗人的睿智、幽默与才情。

林海音的题赠均用毛笔,上款不忘把我太太的名字也写上,称"贤伉俪",显出女性特有的细腻与温情。

董桥赠书上常题的是"吉祥""消闲",素简雅致,一派民国遗少的情怀。

赠书块头最大、分量最重、价格最昂的要数《走过九十：画家萧淑芳》，那画册是世纪老人萧淑芳七十年从艺生涯的结晶，让我感到分量的涵义。

藏书是形，藏人藏事藏谊于心则是收藏之神。

我藏签名本，也有与我"无关"的，却有某种特殊的价值可供人研究者，首推绥拉菲摩维支的《铁流》，地道的弥足珍贵。1931年鲁迅主持的三闲书屋出版，毛边本，品相又好，当时只印一千册，七十多年的世纪沧桑，今之存世者恐凤毛麟角了。更可称道的是该书有译者曹靖华，鲁迅研究者戈宝权，出版人鲁迅之子周海婴，该书前主人、戈宝权夫人梁培兰四人的题字。

我从扉页上遗留的手迹判断出该书流传的始末：原主人是译者曹靖华。20世纪30年代初，曹靖华在苏联，鲁迅约请他翻译这本书。曹译出上半部即寄回上海，鲁迅当即发排，为赶出版期，鲁迅边编边校边制版，俟后半部书稿一到，拼版付梓。初版后，曹靖华见到此样本，发现原译文中有若干错漏，他用蝇头小楷在书中作了十多处订正，并补了两条注文，以备再版更正。

"文革"期间，该书竟流入旧书肆。某日，为戈宝权淘得，喜甚，题长长一段"补识"，说明得书经过。1976年地震后一周，戈持此书拜访曹靖华，曹不胜感慨，挥毫题写"宝权同志正译，靖华于北京，七六年夏。"戈宝权复又题一段文字作为纪念。戈宝权生前把家中一大批珍贵藏书全捐给南京图书馆，而将此书留存身边。戈宝权去世后，其夫人梁培兰慨然将此书赠予我。为"正本清源"使该书流传有序，我请梁女士题词。2001年，在南通纪念鲁迅诞辰一百二十周年大会上,我将此书示于海婴,并细说原委,海婴信手写了"书缘缘于人缘。"

收藏书就是收藏历史。

(写于2002年)

书人书事

"无错不成书"的反思

商潮裹着孔方兄冲击着书业,俾使国人流行一句时髦的俗语"无错不成书"。不仅一般读物如此,科学论文如此,甚而连教科书也如此。作者、编者和读者无不认同这一事实。笔者耳闻、目睹、亲历几件"趣事",令人或感慨或捧腹或啼笑皆非,当然更令我等业界人士的反思。

钱锺书的赠书

甲申春,我到范用先生家做客,观赏他的藏书。鲁郭茅、巴老曹等名家的签名本赠书,除鲁迅外,他几近全部拥有。他没有将珍品一一示之,却将一本钱锺书《旧文四种》(上海xx出版社1979年版)翻出让我欣赏(受教育)。扉页上钱锺书先生用毛笔题署赠范用的文字外,还用圆珠笔书写蝇头小楷,将九十五页小书的中英文从头到尾校对一遍，补上漏损的句子，删去误排的冗字，更正错位或不规范的标点，大约不下五十处。不仅错字，连一个错误标点也不放过。此外，还有若干文字增补，如第二页"一方面把规律解释得过宽，可以收容新风气，免得因对抗而摇动地位"之前加了一句："一方面把规律定得严，限制新风气的产生，而另"。讥诮辞苛的钱先生没做一字批语，大概是让范用先生自己品评吧。

我窃思：钱先生的此举反映了他那学者的严谨作风。他绝不容许以讹传讹，绝不让谬种流传。大家的风范，是一种身教。大美者无言也。另一点是我"悟"出的"醉翁之意"不知当否：范用先生是当代出版大家，钱先生在他面前对出版界如此"曝光"，亦算是无言的批评，大概是想让出版家们反思一下出版业浮躁的现状，以便考虑一下整改的措施和对策吧。

"无中生有"

《未穿的红嫁衣》，霍达著（xx 文艺出版社 1993 年版），由我任责编。令我惭愧的是错字超标，委屈了作者，愧对了读者。书中有一个"冇"（读 mao，南方方言，没有的意思），在复核校样时是"冇"，对的。可印出书来，"冇"全部变成了"有"。经查，是承印的 xx 印刷厂的工人，帮了倒忙。他以为"冇"字应是"有"字，少了两横，在付印前私自在胶片上把若干处"冇"字，特意添了两横，变成了"有"，结果意思全弄反了。偏巧那部书稿是反映改革的，有些句子政治色彩很浓，他这样画蛇添足，便使某些句子出现了政治问题甚而成为反动的了。

我为此深深自责，向霍达检讨，霍达的丈夫王为政先生不无谐趣地说这是真正的"无中生有"。

冤枉·兔子

吴祖光先生对我说，他读到书上的错别字，就像吃了苍蝇一样恶心。读者如此，作者更甚。宗璞先生的文字清丽、典雅，字字珠玑。她是一位严肃的追求完美的人。她常为她的书中的错字苦恼。她在《宗璞散文全编》（xx出版社2003年版）的"后记"中说："我的有些书，错字之多，让人十分难过。"但她又是十分宽厚的，理解编辑之难，认为"鲁鱼亥豕之叹，是从来就有的"，"要求没有错，恐怕是不可能的"。又申明本书句尾"么"字的用法，是她要求编辑保留原样，"千万不要冤枉校对"。并满怀希望地说"我想本书会做到。"（没有或少有错）谁知希望大失望也大，偏偏就在这篇"后记"中，由于编校的粗疏，闹出了一个令人喷饭的大笑话。"后记"中有句话"我相信这本书出版质量是能让读者不受委屈，作者不被冤枉"。谁曾想到，这儿的"冤"字，印成了"兔"字。作者是想不被冤枉，还是被冤枉了一把。

（写于2002年）

我的文缘

有缘千里来相会,无缘擦肩不相识。据说人的相交、物的聚散是有缘分的。我相信。

三十年前我当中学语文教师,教阿累的《一面》印象极深。黄包车工人阿累在上海内山书店,捧着《铁流》爱不释手,偏偏囊中羞涩,悻悻然时鲁迅突然出现了,签名送他一本。那时,我傻想:我什么时候见到阿累就好了。

1981年我编《范文创作谈》,请入选中学课本的作家谈创作,四处打听阿累其人,无人知晓,更不知是否健在。是年,在羊城的一次笔会上,偶与张扬邂逅,时张扬因《第二次握手》声名鹊起,供职于湖南省作协。他说阿累真名叫朱凡,是他们省的宣传部长。张扬热情为我牵线,还送了一张阿累照片给我作纪念。

20世纪90年代,我编《双叶丛书》请巴金萧珊夫妇入盟,未果。我又托请萧乾文洁若出面斡旋,也于事无补。1997年,我到舒乙家去玩，告别时他托我一事：说中国作协为每位九十岁以上的会员定做一双麂皮布鞋，问可否劳驾我捎给巴金。我一口应诺。返宁后次日即赴杭州汪庄，乘送鞋之便，向李小林旧事重提。盛情之下，小林碍于情面，说带我当面聆听巴金的意见。巴老竟欣然首肯。霎间时来运转。

我与浩然的相识，全缘于我偶然得了一幅别人假冒他的手迹，向其求证而相识。后在他的关注、帮助下，跻身编辑行列。

也曾源于慕名，拜访钱锺书先生并组稿，可钱先生每每见我叩门，他老人家与我"躲猫猫"，不与我"过招"。

——缘，是可遇不可求的。

令我抱憾的是坐失了拜会冰心先生的良机。

粉碎"四人帮"不久，因工作关系便与冰心先生通信。策划《双叶丛书》第一辑时，便想请她入盟。因自己与她交浅，人微言轻，不敢冒昧。托请她的"饼干"弟弟萧乾说项。以助人为乐称著的萧乾却一口回绝。他说冰心先生年寿已高，不能打扰了。他已答应过冰心及其家人，不再"多事"，话说到这种份上，我已心冷如冰了。后来巴金同意加入丛书了，我心不甘，遂致函陈恕（冰心小女婿）请他玉成此事。大概见我情真意挚，陈恕鼎力相助，大功告成。1998年，我参加国际图书博览会赴京，打电话向陈恕表示，如方便想请他代我拜访冰心先生。陈恕告诉我，恰好次日他要到北京医院去看冰心，我可同去。可次日一早，社里突然安排我到展台去值班。无奈中我只好向陈恕说明"看先生的事，待下次"。未几，冰心驾鹤远去。人生如过客，时岂我待！

——缘，是稍纵即逝的。

吴作人、金克木两位先生，虽是文学圈外的前辈，但我心仪已久。只是那时出版社又不时兴出他们的书，我又不好为著新词强说愁，刻意为仰慕而打扰。一次，在北京开会，与省教育出版社同道比邻而居。吃早饭时，他们要去拜访吴、金两位先生，邀我结伴。那次拜访，朋友是主客，我只叨陪末座，职业道德迫我不便多言，哪好意思"抢镜头"。从他们言谈中，我发现这两位先生都是出版业的"富矿"源。本社也有与他们合作的领域。打算下次单独进京专事洽谈。可是那次造访，也成永诀。似乎命中注定只有一面之机，没有出书之缘。

与赵朴初、钟敬文先生相识也是如此，文缘、面缘未能双全。

——缘分，本也有层深浅的。

我结识陈从周先生是王映霞介绍的。时他已中风。我编徐志摩陆小曼散文合集《爱的罗曼》时，陈从周先生及女儿帮了大忙，为我提供了两帧徐志摩、陆小曼的照片，都是首次刊布的珍品。为致谢意，我先后两次到府上鸣谢。第一次是途经沪上，去时匆匆，未打电话。先生上医院去了。不适。第二次去时，面是见着了；然陈先生已是双目紧闭，不能言语，没有思维了。端详墙上那幅和蔼儒雅的肖像，真不忍再看久卧病榻昏昏沉睡的先生本人；回眸再视屋内悬着友人送的《长寿鹤》《长乐翁》字画，教人不胜感叹。"仁者寿"，然"寿"而不康则"寿多辱"矣，殊不知眼前长乐翁何"乐"之有？

能有缘分见到陈先生一面，固然是我的幸福，但从另一角度来说，倒还真不如见不着的好。先生那种凄凉的惨景教人是无法承受的。

——不以有缘（一面）而喜，不以无缘（一面）而悔。

物的聚散亦然。

胡适曾写给张充和傅汉思伉俪一首元曲。二十多年后张充和转赠黄裳，黄先生后来匀给潘亦孚，潘氏又与人易画。几易其手，几换其主，这幅字最终流到董桥先生手中。大概算是最后的最好的归宿了。

后来，董桥先生获知黄裳先生为当年失去这幅字一直很伤心，他便将这幅字奉还黄裳，成为文坛佳话。

戈宝权先生逝世后，其夫人梁培兰赠我一册鲁迅先生印制的《铁流》（三闲书屋印，1931年初版毛边本）。据扉页多处题识考证：此书原为译者曹靖华的改校稿本，上有曹先生二十余处用毛笔润改的手迹。不知何时何因，此书流入北京东单旧书肆，为研究鲁迅的专家戈宝权偶得。唐山大地震后的第七天，戈宝权持书拜谒曹靖华，曹先生挥毫题识以记。戈先生走后，梁培兰女士将故人宝物赠我。我惶恐之至，请梁培兰女士题墨，以备查考。在南通纪念鲁迅诞辰一百二十周年会上，我见到海婴先生，述说该书流传故事。海婴先生听后，感慨万千，应我之请又题了一句话，权用此句为本文作结：

——书缘缘于人缘。

（写于2002年）

请余光中签名

半为实用，半为风雅。我家有一只多层的大书橱，最上一层贴有"恕不外借"的小纸条，有点藏私的味道。唯于负暄品茗自我欣赏旧物时，或与藏书同道"比阔斗富"的当口，始启橱展读，大有净手沐香之诚。其实，那也不是什么历久弥香的稀世珍籍，徒一摞作家本人签名本而已。不过，清一色的倒是我为列位作家所编辑的书。上有著者题写一两句铭感、鸣谢之类的客气话。有诸多的文学前贤，还有几位百龄人瑞。如今物是人非，有不少前辈已作天国之旅，每读遗泽历现斯人斯景，百感系之，故自恃为重耳。

辛巳重阳时分，幸获"茱萸的孩子"余光中先生的签字本，非属上类，但我之宝爱绝不在前述之下。一是余光中先生诗文名重天下，得之不易；二因先生偏寓海峡那边，可遇不可求；更重要的是先生的题词叫人一唱三叹。

菊秋，余先生应邀回桑梓采风，在凤凰台"开有益斋"举办的小型座谈会上我慕名识荆。我请先生在他的一套三卷本的自选集上题墨，为便于先生签名，我把一叶标明"文学编辑"的名片与书一同置于先生案首，侍身侧立。先生信手翻开文论集《连环妙计》，大概见我的名字，与他的名字有"连环"之妙，不事犹豫便写到"二名对仗，不可沦为虚名。"我生本愚钝，一时没有读懂。先生写完看看我，见我有点窘态，用手指指他与我的名字。我茅塞顿开。原来两人的名字中恰有"中华"两个字，而名字中间的"光"和"昌"均可作动词解。余先生自谦，将己身与我一介芸芸小人物并提，令我受宠莫名有无地自容的尴尬，只好红着脸一个劲地说："惭愧！惭愧！"细细咀嚼，先生于平和谦逊之中，更多的是出于对我的勖勉与策励，不要枉做一个龙的传人吧。第二本是散文小品《满亭星月》，他信手即题"请上吾亭"，是希望我读他"亭"上的灿星明月。先生随语成韵，随韵成趣，趣藏大义，怎不令人拍案叫绝。在签诗歌集《与海为邻》时，他写的是"海可为邻，亦可为师"。这马上令人想到：海内存知己、四海之内皆兄弟和海本龙故乡之类的名言；海是人类的摇篮，海的博大与精深，海的包孕与净化万物之美，当然"亦足为师"了……海的天空太广阔了，一任仁者、智者们的思想，由此在海上翔舞。

"晴空一鹤排云上，便引诗情到碧霄。"

余光中先生的题词，都在一两分钟一挥而就，先生的人品与文品、睿智和才华毕现并凝铸其间！

（写于2002年）

问舒婷

一、你是以诗歌名震文坛的,近年来为何转向散文?是你当下对散文的兴趣大于诗歌,还是基于读者而考虑此举?

其实我几乎同时开始写诗和散文,只不过诗歌的发表恰逢其时,因此赢得读者。散文原是插队期间几本日记,回城之前烧毁。1972年几页断章应郭风先生之约,发表在他主持的《榕树》创刊号(80年)上。

1986年上海文艺出版社为我出版第一本散文集《心烟》,收集了1972——1985年的作品,而后我开始转向。第二本是《秋天的情绪》(华侨社),第三本是《硬骨凌霄》(珠海社),1998年浙江文艺出版社出第四本《露珠里的"诗想"》,接下去是《渡向彼岸》(暂定)专写德国生活。

现实非常清楚:诗的时代已全面消逝,我们面临的是一个散文化语境。物欲、商品、感官、一次性消费,正在引诱和逼迫人们放弃理想化的"诗意的栖息"而转向平淡琐屑的"日常"生活。散文在大众、日常、趣味方面突出了诗歌某些缺憾，诗歌确实也存在自己的盲区。换句话说，许多东西用散文来表达会比较合适，有些话语也是难以用诗来传递的。因此，一些诗人移情散文不足为奇，正如一些诗人别恋于小说一样。不管是坚持、或改向、或双栖，完全是种个人选择。但真正的好散文是不可能太多的，"真散文"必须缘于生命灵魂一段深刻而独到的亲历，它在人的一生中能有几次呢？

借此机会，我想要澄清一个事实：在大连全国中年作家作谈会上，我用自嘲揶揄的口吻，说我堕落为写散文。堕落两字是加引号的，不料被一些新闻媒体迅速改造为"舒婷说写散文是堕落"，害得我一些散文朋友纷纷向我掏剑问罪。我本来就写有几本散文，接下去还会写，怎么可能堵自己的路呢？看来我们大家都应该读点《魔鬼词典》。

二、你步入诗坛近二十年了，一共创作了多少首诗？听说《最近的挽歌》将是你的诗歌封笔之你作，以后出了写散文是不是还想尝试其他文字式样？是不是对朦胧诗前景悲观，还是自觉无诗可写？

如从1969年插队写作算起，我的诗龄应是近三十年，可已退休了；如从等待十年之后，即从公开发表的1979年算起，则是"芳龄十八"（一笑）。我没有什么才华，因此产量极低，可能是中国最低产的诗人，总共才发表一百七十首左右，平均每年不到六首，十分可怜。

1996年在德国，对方提供了很好的写作环境，正值进入状态，不料家父重病垂危，我如丧家之犬，三天两头打一次长途，惶惶不可终日，干脆偷偷跑回家一个月，侍奉左右。诗性全无，无可奈何。回来后，倒还是写出了三十来首。

至于朦胧诗，十几年了，几起几落的批评，反批评及至"PASS"，我一向泰然处之。高压也罢掌声也罢门可罗雀也罢，保持内心高度自由是最重要的。朦胧诗究竟为中国新诗注入什么活力和元素，不必我多舌，历史自会有公论。人们经常干这样的蠢事：为了提高升值某种东西而有意无意贬损另一种东西。说是再的，我对朦胧诗无所谓乐观悲观。一个时代有一个时代的诗风，没有一种诗风可以统领一切时代，也没有一种诗歌方式是唯一的。作为早期的参与者，我有责任继续深化它，与同路人一起，努力将其推进，尽可能使之抵达某种接近"范式"的水平，能否有突出结果就不用操心了。PASS不PASS，过时不过时倒无所谓，关键是你尽了力气。就倾向说，我现在依然沿着所谓朦胧诗的路子在深入，当然深入中有变化。称谓其实并不重要，重要的是写出好诗，写出一流的诗。

三、你的散文被读者看好，但有些句子"诗化"了，较晦涩，有"活用"或阅自造词语现象影响了阅读效果。你是如何看待此举？

诗人的天职还在于激活母语变造母语，这就允许他对规范语法、结构词语进行"违法乱纪"，允许他进行有意味的"无中生有""凭空捏造"，因此诗人是最幸福的语词"自由罪犯"。在千百次有序的腐朽中，自辟生路，鲁迅堪称典范。为什么有些从没写过诗的散文家常让人觉得较呆板，原因之一是他们挡不住烂熟词语的惯性诱惑。对此，我要求自己尽可能避免常用"便词"，举一个简单的例子，我写蛇目菊细密的小花是"花小而密，麻麻的，皮肤起炭的那种。"编辑想当然要换成"密麻麻"，原因肯定是下意识的惯性作用。殊不知在"密"后加个逗号，成了"花小，麻麻的"，意思变了，且触感不是更突出了吗？又比如"摸索阳光""花开得潦草"之类，多少会给人陌生感。散文虽说不能像诗那般放肆，但宜主意在惰性中激活"便词"，保持对语言活性挖掘的敏感。这是我写作的一条原则。有些读者对此不太习惯，建议他们多读点现代史，对语言的感受能力肯定会大大提高。

四、你的"文集"出版前，编辑建议你将散文诗收入诗歌卷，你为何不肯？又把它从本就不丰的诗歌中删去。请就此谈谈你对作品数量与质量关系的看法。

人们偏向把散文诗归在诗歌一档，我更倾向将它与散文靠拢。编文集时由于散文、随笔的页码略多于诗，（真有点无心插柳吧？）编辑的意思将我极单薄的散文诗并到诗集里，以求各卷分量均衡。我坚持诗的纯粹性，宁可舍去。在我看来，他们无疑也是我的亲生骨肉，没有厚此薄彼的意思。只是我在写作时，感觉是它比散文精粹些、浓缩些、更节制些。

散文诗的数量那么少，是它的两栖性令我觉得困难。与之类似的有如诗歌、儿童文学。诱惑从来没有间断，而我总是望之却步。如果散文诗能达到纪伯伦、泰戈尔的高度，它的经典性不会因为题材的精短而俯首于其他文学巨著。或者由于这部分作品暂时搁置，有一天我突然献给我的读者一本散文诗集也有可能。无论接近他或远离，我自认都是缘于文学的忠诚。

我从未强迫自己"守桌待兔"。朋友催稿的电话同样令我焦灼，我说过我最大的愿望是赶紧写些好稿还债。尽管如此，我常常停笔数月乃至数年。我不能说我的孩子们个个优秀，甚至十月怀胎如何痛苦，但他们绝对是爱的结晶。

作品的质量应永远摆在第一位，虽然每个人都明白，做起来却相反。我们的诗人作家是不是写得太多太烂了些？在各领风骚三五天的时尚里，有一个作品能"或"二十年就算不错了。与其为数量而天天批量生产"速朽"，不如少而精追求"长寿"。

五、《最后的挽歌》是你告别诗坛的绝唱？请自估是否能与《致橡树》《双桅船》媲美，同时受到读者的认可？

我在柏林花两个月的时间写得这首长诗，是我诗歌写作的重要阶段，可算是我90年代个人小结。和以往写作状态一样，我不可能考虑到评论和读者。诗的尾声郑重再三：此事于任何人无干。完成这个"小姐"我的气力耗尽，我想应该有相当长的时间休整、缓解或者说重新寻找。这也符合我的写作规律。有可能就此离去不再返回，告别诗坛或许成真，绝唱却未必是。我的写作一向有间歇的坏习惯，1981年写《会唱歌的鸢尾花》停了三年，1990年完成《另一种风格》又停了四五年。每个诗人各有各的习惯和追求，有人穷追猛打，有人耐心等待，而诗歌写作来潮与高潮是难以先定的，尤其像我一向痛恨"惯性写作"更是如此。我崇尚顺其自然，厌恶刻意预置。行当则行，止当则止。故我这一歇笔不知何时重返，但我对诗歌的挚爱是深入血液的，正因为如此，我才格外审慎。

诗歌同其他文类一样，需要生命、经验、情愫的长期深层积累，不能因为貌似几百字的简单分行就轻易出手，宁可把一升鲜奶熬成克把奶酪，也不要把它兑水十杯。

都说诗是文学的金字塔，如果诗人自己不加以爱护而耽于自动、随意，像打哈欠一样无需节制，那么读者的轻慢是活该。

拿《挽歌》和二十年前的《致橡树》及十五年前的《神女峰》相比，我显然更热爱幺儿子，虽然深知他不讨众人喜欢。它道出了我对生存深一层的体认（尤其第六章有关生命与语言的双重死亡与挽留），自觉比以前深刻多了。不过诗歌的接收一向仁者见仁，智者见智。多数读者喜欢我中前期的诗歌，我与他们的看法却恰恰相反。我总不能老是停留于所谓青春期写作，老是跳华尔兹，现在换成桑巴。不管变或不变，大变或小变，我的写作（如果继续的话）仍将始终呼应我个人心中的召唤。

六、你的名气大于你的丈夫，他生活在你的屋檐下，是否有压抑感？请介绍一下他和你的儿子陈思。

谈恋爱时，丈夫已是省作协委员，出了两本书，名气比我大。我的《致橡树》和他的诗作发表在1979年同期诗刊上。再后来，诗坛的龙卷风把我刮了去，他把发表过的诗篇剪辑成册后（比我丰收多了）喟叹再三，以壮士断腕之大不忍转向诗歌理论至今不悔。现在有些年轻诗人来家侃诗，我只管倒茶做饭，忍不住插话，朋友会半开玩笑挥开我：舒婷，你是过时的人，我们现在只听陈老师的！我常提醒丈夫：将来诗歌理论家的牌子大了，（他已出版五本诗理论）会不会有如眼下这些名流们，把老妻休了去？儿子安慰我：妈妈你放心跟我过吧，没听说把老母休了的。

儿子是音乐中学初二学生，拉了十年小提琴。热爱刘德华张信哲金庸古龙和电脑游戏，一点小聪明全耍在嘴皮上，殃及我的老朋友。开完笔会，湖南叫海上的诗友长途电话里告状：你是怎么教的儿子，把我们一个个都消遣了。那时儿子才读五年级。

七、你是诗人又是家庭主妇，什么是第一位？举例。你父亲、丈夫和儿子是你的三大支柱，这三者的位置在你心目中是如何排列的？举例。

我首先是家庭主妇。即使回答问题的这一天，我正感冒发烧，头痛欲裂，我也坚持六点起床给孩子准备早餐，上市场买菜，安排一日三餐。当然，在我吃药的时候，丈夫儿子会很乐意帮我倒一杯水。简单地说吧，我总是边看书写作边留心厨房，结婚十多年来，只烧焦过一次。这样败坏纪录，我十分懊丧。我的家庭包括我父亲、丈夫、儿子、87岁的婆婆，阳台上的百盆花草。视需要帮助的重要性分割我的时间。眼下父亲病危住院，他在我的时间表上无可置疑排在第一位。我真正的精神支柱唯有文学，唯此坚强的内核，我的躯体才不至在庸常生活的蚕食下支离破碎。

事业与家庭肯定是个两难。成全一方，必定要牺牲另一方，很难两全的。这要看个人的倾向选择了。

八、据传媒报道，北京音乐厅拟在1998年2月举办你诗作的朗诵会，能否谈谈你对此举的看法？谈谈诗与音乐、诗与朗诵、诗与读者的关系？

10月份，福州朋友打来长途，说北京音乐厅有此动议，问我意思。隔天演出部未曾谋面的白枫先生正式征求意见，我考虑后同意，同时做了两点说明：一是不要搞商业包装，二是我本人不上台。小白快递给我寄来音乐厅改革材料，他们在1997年曾成功举办过"呼唤诗神"音乐朗诵会。在诗歌如此低迷高雅艺术如此艰难的情势下，我对他们的探索是充满信赖和支持的。陈仲义挑选了19首篇目（最后敲定为14首）并主动为音乐厅撰写各首之间的"串词"，为克服"单打一"弱点，他还做多形式寻设，如置入早年罗忠镕谱写的《黄昏》（女高音独唱），金桥谱写的《馈赠》（钢琴曲），以及用四个语种朗诵同一首诗，用另外四个语种分别朗诵另四首诗等等，以求形式的多样化。音乐厅则从整体效果出发，打破"走马灯"似的报幕，全部演员群落于舞台，一以贯之西洋音乐（主要是弦乐四重奏）会然到底，试图对传统朗诵会做出新尝试。

说实在的，如果仅仅考虑个人影响，我不会热心。我更多考虑新诗的推动、普及，以及受众问题。借此类朗诵传播，可能多少"唤醒"一些诗歌细胞。在诗意急剧丧失的时代，这何妨不是一种坚守，甚至是主动出击的美好手段？不可否认，诗歌作为一种高雅艺术，读者从来就是不多的。这无须忧心忡忡，整天争论不休。诗人一方面要引导提升公众，另一方面也不能完全无视接受程度。诗歌无法搞全民运动（像1958年民歌运动是个笑话）却可部分争取读者听众。

我写诗一开始确实比较注重音乐性。节奏、韵脚、声调、排列比较讲究，这或许与我长期住在鼓浪屿有关？音乐性有外在节奏和内在节奏之分，虽然现代诗特别推崇后者，但我力争两者较好统一，哪怕后期的诗不再押韵了。这次音乐厅配以四重奏，力求诗与乐相互映照、补充，我相信在效果方面，有利于诗的飞翔和拨动人心。

由于各种各样的原因，国内朗诵会少得可怜。我很难理解国人对卡拉OK何以这么热衷，难得给"诗朗诵"一席之地（在欧洲很少人像我们这样跟着屏幕歇斯底里嚎叫），何以这么迷恋轻浅的流行歌词。这里涉及到深层文化、素质、消费导向问题。固然流行歌词、卡拉 OK，是少不了的感官发泄，但灵魂的安抚最终还需要深层浸润。因此，诗歌在精神领域不仅要做纵深发掘，抵抗物欲侵蚀影视挤压，而且也有必要主动扩张版图。

当然，有些诗是无法朗诵的，它在本质上是无声的，沉默的，静寂的。声音和朗诵反倒破坏它，损害它。这样的诗在最高处，有一种内在的、圣洁的、无法刻意求之的"旋律"，犹如天籁。它无须外在声响朗诵辅助已经自足自立，且呈现一种可以听得见的灵魂状态。它充满深渊般的寂静缄默，必须依靠心灵的聆听，一旦出现音像诵读不是亵渎了它？（这个问题太玄了吧，不再讨论）

九、最后请谈谈你交友的原则和兴趣。

对不起，谈论太多了，大大超出了文学范围，到此打住吧。谢谢。

（写于 2002 年）

我的编辑生活
——答赵昌西

一、据我所知,在成为一个编辑之前,你的头衔是作家,改变你人生轨迹的是一幅假字。能具体谈谈吗?

你的问题"美化"了我。从业编辑前,我的职业是中学语文教师,一个业余作者。在粉碎"四人帮"后的一次市文联聚会上,偶识时为油脂化工厂的工人贺景文先生,因性格趣味相投两人开始合作,写点短篇小说和散文,这些东西大多浅薄、稚嫩得很。1981年前后我们在《广州文艺》上发表了小说《二〇一光棍宿舍》和《鸡鸣茅店月》,这两个短篇先后为《小说月报》选载,后者被上海电影制片厂电视剧部改编为《卖瓜不说瓜甜》,获当年度"飞天奖",并先后获《广州文艺》朝花奖。这才算是摸到文学的门槛边,激发了我在文学的小路上学步的兴趣与勇气;但始终没能上一个台阶。从我个人来说,《广州文艺》是我的文学发源地、发祥地,我永远铭记。感谢《广州文艺》对我的关爱与栽培。编辑部陆龙威、陈茹女士一直给我寄赠刊物达二十五年，由此聊见编者与作者之间的友谊非同一般了。更令我不能忘怀的是当年在广州的聚会上，因缘际会结识了张承志、锦云、祖慰、韩石山和吴若增等一大批文坛朋友，为我后来的组稿提供了广阔的平台和有力的支持。

说来有趣。我之所以能挤进文学大门，全因一幅赝品书法。1967年某日，我偶得一幅署名为浩然书写的毛泽东词《咏梅》。后我疑为假字，向浩然本人求证。浩然函复"假的"，遂与浩然通信，他知我喜欢文学，便鼓励我写点小文章，并热情推荐。等我发表若干文字后，他便介绍我与时任《钟山》的编辑蔡玉洗先生相识。1984年蔡玉洗出任江苏人民出版社副总编，他毅然将我调入出版社，始走上专业的文学编辑岗位，直至退休。

二、那么你认为，在你身上，作家和编辑这两个角色之间的关系是什么？或者说，它们之间是否有某种影响？

自进入出版社后，我的作者身份与编辑身份进行了置换。彻底地置换。当编辑后的十五年内，我没有再写一篇小说或散文。写的清一色的是发稿单和广告语。我本人自知很浅薄、俗气，唯觉不脸红的是，我敢说我是一个有敬业精神的人。可以说在那十五年内我全身心地投入编辑工作。由人为我作嫁的作者，变为我为人作缝工的编辑。我后来之所以能编几本像样的书，还真仰仗当年混迹文学圈结识的一大批文友，得力于他们的推介，才使得作者队伍像滚雪球似的越滚越大。大概朋友们都觉得我人品不赖，乐意与我交往。我组发的第一部纯文学长篇小说《离异》，就是在广州结识的吴若增，又是吴若增把冯骥才介绍给我，又是冯骥才的《一百个人的十年》给我带来了一些影响。老作家中最早认识萧乾，又是萧乾把我引荐给吴祖光、冯亦代以及海外的林海音、柏杨等。至于后来又拾起笔来写点小文章，也是萧乾提议、告诫的。他认为编辑自己写一点，躬耕垄亩，方知耕耘的艰辛，方知作家的甘苦，以利于编者与作者的对话、沟通。对这，我深有体会。

三、你作为出版社编辑，是不是也存在公务和兴趣之分？

公务和兴趣之分显然是存在的，因人而异程度不一而已。尤其是在刚进出版社的前三年。刚到人民出版社我在农村读物编辑室，那时领导钦题，我领命编书，诸如苏州评弹《玉蜻蜓》、扬州评话《过五关斩六将》和《龙凤双侠》之类。文艺出版社复社时，穷。一心想赚钱垫家底。也属偶然，经《收获》的朋友唐代凌先生推荐，我最先引进了琼瑶，自《在水一方》打响之后，陆续引入《月朦胧，鸟朦胧》《雁儿在林梢》等七部琼瑶的言情小说。平均印数都是七八十万册，有几部在百万册之上。继之，又引进古龙的《绝代双娇》，印数都是天文数字。那时无奖金一说，我的出版思想就是为社里赚钱。干了三四年，渐渐悟出点编辑之道，要讲"两个效益"，特别是在出书品位上要有所追求。我调整了自己的出版方向，渐由言情、武侠通俗文学转向纯文学。我不大喜欢"奉命而编"的书。凡我看不上的作品我不编。我可以不脸红地说，从编业二十余年，我没发过一部"私交"稿。记得某年，从上面转来一部由省委书记批转的文稿，我觉得实在没有什么价值可言，便设法将其打发了。自80年代末与叶兆言合编一套《八月丛书》，内收王安忆、刘恒、史铁生、张承志、张炜和朱苏进等作品后，我对作家与作品的取决有所挑剔，心中暗划了根底线。除兴趣所趋外，受我结识的纯文学圈内朋友影响较大；加之，都是圈内朋友，宜于沟通，组发朋友的稿子也较方便，容易成功。组稿中与作者即使有点疙瘩，相互以诚信为本，也易于化解。自信与我联手过的作家，大都会觉得与我合作是件蛮愉快的事。

四、你的兴趣，或者说，相对而言你最为卖力的是对哪一部分书稿的编辑？

兴趣是随着年龄、阅历在改变。这点在我身上体现得较明显。最早推出琼瑶，也不完全是为赚钱，首先是她的作品感动了我。记得在上海，当《收获》唐代凌先生把琼瑶的《在水一方》送到我住的旅馆，我一夜读完，次日晨即表态出版。在那个被阶级斗争斗得"六亲不认"的岁月，人们太需要有人文色彩、人性关怀的文学作品了。琼瑶的作品，虽然浅薄，但在人情味上正迎合了当时社会的需要。继之，我编《八月丛书》时，朦胧地意识到出版纯文学高层次作家的作品，是一个文学编辑应有的追求；说功利一点，也是确立自己编辑地位之必须。就像青年时爱读诗，中年爱读小说，老年爱读散文和传记一样，五十岁后，确切地说从策划、选编《双叶丛书》尝到甜头后，我的选题偏重于散文和传记。而这些作者多为文学前辈，七老八十、八老九十，甚至百龄人瑞。除编十六对文学艺术前辈夫妇散文集外，我还编了若干名人"自传"，并把触角伸到海外。钟情于此，一是觉得这类传记性作品毕竟有价值，是现当代文学中不可或缺的一页，可垂之久远，也是一种文化积累。编辑与作者荣辱与共。不可否认，内心深处，也有功利思想，但更多的却是感到与文学前辈打交道受益良多，在为人与为文上可受到熏陶；再者，文学前辈们历练世事，淡于名利，对编辑尊重、宽容，在文稿处理与稿酬上比中青年作家达成共识容易得多，自觉游刃有余，胜任愉快。但我绝不势利，在出版社与作者权益上发生矛盾时，我勇于维护作者的正当权益，宁可得罪上司，也不留难作者。作者永远是我心中的上帝。

五、你所编辑的《双叶丛书》似乎在圈内受到广泛好评，我注意到这些书的作者都是海内外一些知名的文学大家伉俪，他们的文化价值自不必说，值得关注的是这套书在商业上获得了比较好的业绩，其原因你分析过吗？

你夸大了"双叶丛书"的经济效益。前十本赚些钱，后六本保本而已。但我欣慰的是它们确实产生了广泛的社会影响。《双叶丛书》策划于20世纪90年代，那是散文衰微低谷期。社里为丰富出书品种，还是想出点散文。我的出版思想总体是不大想吃别人嚼过的馍，想在花样上翻新，用新瓶装老酒的办法"出新"。恰逢那时我已涉足文学前辈作者圈。不经意中发现萧乾、吴祖光、冯亦代、苗子伉俪都在各自领域内卓有建树，又有可观的散文作品可选。决定为他们出夫妇合集，改变历来散文选本多为个人作品"选萃"的思路，抓住夫妇这个特色，专选他们写家庭、写亲情、写人生的文字。尤为"巧合"的是这四对夫妇的人生经历都很坎坷，虽历经严霜酷暑，但他们老而弥坚，而那时他们各有各的新作层出；特别是萧乾夫妇，正在译"天书"《尤里西斯》，世人都很关注。我将丛书取名为"双叶"本意是家庭犹如一棵树，夫妇是树上的两片叶子。使意思更深一层的是，借"双叶"与"霜叶"的谐言，试图通过这套书反映我国老一辈知识分子坎坷的命运。在装帧上与美编速泰熙研究创新，合谋出一本书"两个封面"，即或曰"无封底无封面"。正文部分采取作品颠倒印刷，后来的港台作家的作品采用先生的竖排，女士为横排。有人评论戏说这是"阴阳有别""一国两制"。为加强可读性，配以作者大量的相关生活照片，用来引起读者的阅读兴趣。该丛书一面世，即引起媒体的关注和圈内外人士的兴趣。萧乾曾撰专文评论，认为"这种形式可能是中国现代出版史上出版夫妇合集，体现男女平等的首创。"首印一万册，旋又加印。继之，我又把出书的视角延伸到现代文坛和海外华人作家夫妇，计有鲁迅、郁达夫、徐志摩、陈西滢、林海音、柏杨、老舍、胡风、巴金、冰心、周有光、赵元任等十六对伉俪。海外报纸均有介绍，大英图书馆还来函采购。有若干文学前辈夫妇曾给我写信，表示希望加盟这套丛书，但我考虑宁缺毋滥，不予纳入，以保持这套丛书的整体品位。钱锺书、杨绛伉俪因素不喜热闹，婉拒加盟，我因此受到一些读者的批评。这是一件憾事。

六、你所编辑的许多书中，尤其是读了你写的三本书后，我发现，你所关注的都是"死人"，或很老的人，你应是他们的儿孙辈了，和他们交往你不觉得有我们通常所说的"代沟"？你为什么对他们有那么大的兴趣呢？换言之，他们什么地方吸引了你？

老实说，我一点代沟的感觉都没有。文学前辈群体本是一片出版富矿区，特别是当时，台湾及海外的华人作家还鲜有介绍。由于历史的原因，他们之中本应在现代文学史留有一席的却被淡忘，理应还他们本来应享有的一席，还他们以公道。如苏雪林，我结识她时，她已百岁了。由于两岸政治隔膜和她的偏见，她最初拒绝与我合作，后来经我游说还是同意了。顾毓琇先生的最后三年，与我通信达八十八通之多。我喜欢听他们讲那过去的故事，那是另一种参考版本的故事。他们给我的总体印象是有个性，但也豁达和宽容。

在与诸多前辈的交往中，他们在为人和为人的懿德风范上熏陶了我。像与萧乾的第一次照相，我请他坐着我站着，他却坚持要照我们两人都坐着，他认为编辑与作者是平等的；像冰心，她容忍我否定她拟的书名；像胡絜青，托我买两本她自己的书竟附上等值的邮票充书值；吴冠中是美术大师，却自称"不过是手艺人"……我向他们组稿不止执礼恭，从不贸然行动，事先作点准备，研读一些他们的著作，在对他们有了一点基本了解之后，沟通就方便多了。我力争问有"的"，答有"矢"。他就认为你不是外行，话题就多了，自然就拉近了彼此间的距离。像苏雪林与顾毓琇的"自传""自述"，整部书稿几乎都是我找的，确费了大功夫。他们早年散佚的文学作品，都是我多方在上海、南京典藏部搜罗到的，备齐后我奉上初编的目录，让他们修订认可。再说他们对名利远比一些中青年作家淡泊得多。谈稿酬几乎是我说了算，这对经济实力不雄厚的出版社非常重要。我供职的是家地方小社，又穷，与大社、富社又难以竞争，只好在诚信和人情味上下功夫。前辈作家的人格魅力，对我影响不小，有时当自己对某件事有点"心术不正"的邪念时，忽然想到他们，便自警起来。有人问我向他们组稿的"诀窍"，我总结为一句话"嘴勤（打电话）手勤（写信）腿勤（叩访）脸皮厚"。所谓"脸皮厚"是指你认定想组的稿子，遇到麻烦不要泄气，通过"忍"性显示你的诚意。我是相信"心诚则灵"的。事实也证明了这一点。

七、下面我们来谈谈你的书。从第一本《书香人和》到《走近大家》，再到新近出版的《青瓷碎片》，你能说说写这些的动机吗？

我到出版社后前十五年一字不写，后在萧乾的劝导鼓励下才拿起笔，不是创作，写的是与文学前贤们过从的琐屑，有感而发的工作体会。当时也没想到出书，日积月累，写得量多了，遂结集成《书香人和》。我的人生哲学素倡"人和"，也可能是自己早年运动中被斗怕了；《书香人和》书名是我自拟的，那是我理想中的人文世界。该书封面、环衬都是我自己设计的。自做嫁妆，不顾美丑，追求一种快感。《走近大家》是第一本的"姊妹篇"，所写文字多为二十年编辑生涯的总结、经验和教训，酸甜苦辣，寸心自知。《青瓷碎片》，内容较为庞杂，相当一部分是对民国文化名人的钩沉，诸如傅斯年、叶公超、台静农等。也有一点点自己私人生活的影迹。喜怒哀乐，令人心酸的不堪回首的往事，尽显其中。故称"碎片"。

八、另外，这三本书读完，我有一个最大的感觉，那就是你所记述的仍然是你的作者，即便不是你的作者，也是"他人"，而本人在这些书中几乎可忽略不计，这似乎不是一般作者所愿意"牺牲"的。你怎么看待这个问题？

向读者弘扬文学前辈风范是我的本意，读者感兴趣的正是这一点。我为人喜欢低调因为没多大本事，有些篇什不得不把自己裹进去，那是谋篇必须，也非矫情，像篾匠编筐织篓是谋生的本领，本就乏善可陈。我所编的书几乎没有获过什么奖，但我不鄙薄自己。只要读者喜欢就好，也不期望什么奖项。不得奖的书，不一定比获奖的书没有生命力。再说，我写的都是文化名人，总有点心虚，怕圈内朋友耻笑我是"我的朋友胡适之"之辈，落笔比较谨慎。即便我如此，客观上我还是掠了名人之美。

九、这三本书，与其说是散文随笔集，不如说"人物传记"更贴切。你同意吗？你已退休了，还有编书、出书的计划吗？

同意。这三本书中绝大部分文章都是发在《人物》《传记文学》类杂志上，可见其属性。散文随笔是个大概念，纳于其中，也未尝不可。退休了，可以干点自己想干的事，那是最愉快的。现在仍醉心于编书。正在策划一本书，如果能成功，其价值或许能超过我以前编的一些书。还想写两本书：《一九一二·纸背旧月》，钩沉二十位民国文化名人，那是一群因历史原因渐为当今读者遗忘的人群；二是《书信集》，我收藏近两千通文坛师友手札，拟遴选九十九人，百余通。影印手迹，铅印释文，配上图片，每通手札后，加三五百字笺注。力求所选信函每篇后都有一个故事。既显史料价值，又力求有可读性与趣味性。此书已大体整理完毕，但目前不想出版。因为我想等条件成熟把该收的信能收到位，不留或少留遗憾。

十、你认为现在你的写作是对当年小说写作的回归，还是编辑生涯的延续，或兼而有之？

我不是真正意义上的作家。偶有人如此称我，我甚觉脸红。非自谦是实话。悔少作。我没有写小说的禀赋，缺少结构故事能力，岂敢言"回归"；也不是编辑生涯的延续。完全是一种自娱自乐，像喜欢喝茶、抽烟、晒太阳那样自然。确切地说是个人生活感受的抒发而已。就像昆曲票友，兴之所至，捧起工尺谱摇头晃脑啊啊地哼两句而已。当编辑是工匠，一种谋生的手段，我已退休，有不为"稻粱谋"之资。之所以还想编，是一种手艺人的积习罢了。我有所追求，总希望自己编的书，不因春秋的变更，朝为书架的座上客，暮成收购站的弃履。总希望在书架上站的时间长一些。

十一、能否大概回忆一下二十多年的编辑生涯，你编了哪些书？有几件最难忘的事？以及作为一个多年在文化界生存的人，你对文化（包括写作、出版以及整个社会的文化生态）有你个人看法或希望吗？

按时序来吧。琼瑶的言情七种，古龙的武侠一部，长篇小说有朱苏进的《炮群》、张炜的《我的田园》、刘恒的《苍河白日梦》、霍达的《未穿的红嫁衣》和无名氏的《我心荡漾》；以及史铁生、张承志、陈荒煤、张中行、季羡林、苏雪林、余光中、董桥等的散文；自传有：冯友兰、梁漱溟、朱光潜、季羡林、苏雪林和顾毓琇等。文集有《冯骥才名篇文库》《舒婷文集》和《许广平文集》。还有近现代名家写金陵的散文《南京情调》《笑我贩书记》我亦喜欢。也有遗憾：因我和同事的过失，导致《一百个人的十年》照片侵权官司，把无辜的冯骥才拖下水；霍达的《未穿的红嫁衣》错字较多，有负作者。

最后一个问题我没有资格回答。非要我说，我只能说出版业越来越难做，越来越浮躁，越来越功利，文化垃圾也随之越来越多，危机感也越来越重。希望在不久的将来有所改观。

（写于 2004 年）

荐书品书

紫金文库

民国，民国
——关于《话说民国》的话

"民国"，始终是个经久不衰的话题。近年来，民国题材的书籍出版呈上升趋势，但大多或是严肃的"学术"，失去一般读者，或是缺乏实据的"戏说"，为史家所不屑。《话说民国》（凤凰出版社，2008年7月版）融学术的品味、戏说的趣味，辅以老照片的原味于一炉，给人一种别树一帜的印象。

《话说民国》内容丰富，自孙中山就职开国大总统始，到蒋介石黯然别离大陆止，可谓是一部"完整"的中华民国史。按序年编排，将政治、军事、经济、文化、艺术等重大历史事件，适时、有序地穿插其间，脉络清晰，使读者一目了然。作者以诸多有代表性的历史事件的精彩片断为中枢，遴选事件中人物传神的花絮为枝叶，以人物为经，牵出历史，以历史事件来展示人物的风貌。作者旨在"为历史留存记忆，为记忆补上血肉的肌理"。力图还原相对真实的中华民国的历史。

《话说民国》有一大特点,出新出彩。对历史人物、历史事件的评述,力求客观、真实、公允。史家们都这样说,然由于政治的原因,以往的著作难以做到,标签化、脸谱化的现象严重。随着历史的脚步,近年大有改观。

本书"出新"之处是让我们读到蒋介石、吴佩孚等"反面人物"的另一面。诸如一九四九年十二月十三日蒋介石即将别离成都,黯然神伤,在中央军校内把蒋经国叫到身边,二人合唱"中华民国国歌",边唱边流泪。显然,这是一曲最后的挽歌。其时他们已是瓮中之物,时有被"活捉"的危险。歌还没唱完,侍卫报告情况紧急,必须马上离开;并请示说走正门不安全,可否走后门或东校门。蒋介石厉声说:"余从军校正门而入,必须由正门而出,不必多言!"

军阀吴佩孚,曾经八方风雨,身染血腥(二七惨案),然素不敛财,有名士风度;尤可称道的是晚节可嘉,坚持民族大义,晚年靠"世侄"张学良的一点"补助费"维生,誓不附逆。他客厅自署的一副对联可见他的心境与情操。联云:"得意时清白乃心,不纳妾,不积金钱,饮酒赋诗,犹是书生本色;失败后倔强到底,不出洋,不走租界,灌园抱瓮,真个解甲归田。"

戴季陶是蒋介石的拜把子兄弟、国民党的理论家,一生所干的坏事,自不待言。1949年2月11日自杀于广州。死前不久,他在广州中山堂欢迎会上,离开纪念堂时看到台阶上有一个香烟头,还俯身拾起扔进垃圾箱。一九三一年他在考试院院长任间,一位下属考官看错了一考生的分数,致使该生该录取而未被录取。发现这一错误后,戴季陶自感责任攸关,主动向国府委员会请求处分。他在报告中说:办事人忙中有错,情有可原,处分不妨从宽,而他本人急于发榜,督促过迫,领导无方,应受严厉处分。结果,主考官戴季陶罚俸三个月,秘书长罚俸一个月,事故责任人只记过一次。长官代僚属受过,一反旧日官场的僚属代长官受过之积习,此举令事故责任人深为感动。这些细节活化了人物的复杂性、多面性。值得玩味。

该书的"出新"之处还有,及时地汲取学界的最新研究成果和引用新披露的史料。如近年美国斯坦福大学胡佛研究所档案室开放的、从未公开的《蒋介石日记》及"宋子文档案",对"九一八事变"发生时蒋介石的状况有了最新的解读。对抗战中宋子文的作为(或曰"贡献")有全新的呈现,描述了"一个相对真实的宋子文"。宋子文在任国民政府外交部长期间,在当时财政极为困难的情况下,为中国争取到大量宝贵的国际援助,不容忽视。在太平洋会议上,当英国首相丘吉尔说西藏是一个国家时,宋子文立即回应,中国对西藏拥有主权。宋子文熟悉经济"观念开放、务实开明。"蒋介石常向财政部要钱,宋子文先要问做什么用。有时他见蒋介石的理由不充足,就不买蒋的账,干脆说"No",不像孔祥熙唯蒋命是从。因此宋、蒋之间常闹矛盾。1928年至1933年间,宋子文曾先后四次辞职,似乎都与财政有关。他有时敢在老蒋面前拍桌子,曾发牢骚说:"做财政部长无异做蒋的狗!"让我们看到敛财有术的宋子文也有他忠于职守、敬业的一面。

《话说民国》文史兼容。作者以史家的眼光以史实为据,辅以作家生动鲜活的文笔,善于捕捉传神的人物细节,描述生动的历史事件,从而为我们勾勒出一部富有生动色彩的中华民国史。那些泛黄的老图片(照片及史料复制件)又恰到好处地为这部历史做了脚注,图文互读,加强了阅读兴趣和印象。我以为上册写得比下册要好一些。上册史与文的结合比较紧密、贴切；下册偏重于史，引用的数据太多太繁琐，多少影响了读者的阅读兴趣。

总之《话说民国》文史兼容。文有趣味，史有品位。是部"亦文亦史亦画，宜读宜赏宜藏"雅俗共赏的读物。

（写于2008年）

"今我不述，后生何闻"
——《中研院六院长》读后

《中研院六院长》(陶英惠著，文汇出版社 2009 年版)，这部装帧质朴、肃穆的书，淹没在新华书店花花绿绿的出版物中，默默不语，甚而有点寂寥。一旦当读书人捧起之后，顿觉它的分量与价值，甚而有点难以释手了。

作者陶英惠先生早年毕业于台湾大学，20 世纪 60 年代初入台北"中研院"近代史所工作，曾任第五任院长钱思亮、第六任院长吴大猷的秘书主任和胡适纪念馆馆长。50 年来，由于职务关系，陶先生对"中研院"的院史，尤其是历任院长的档案和史料，有深入的研究和精心的蒐集。作者以史家之严肃的态度，客观、真实地记录了蔡元培等六任院长的历史档案，述写了蔡元培筚路蓝缕创院以来，坚持研究院的学术独立、自由精神，为中华民族保留了学术尊严，维护了一方净土。哪怕是蒋介石下条子"中研院"也不买账！尤其是作者追随钱、吴多年，亲接謦欬，感受既深又多。难能可贵的是他不为尊者、长者讳,不将他们神化,以常人的视角记录其为人处事的风格和人品。诸如写钱思亮在安排近史所所长梁敬錞(和钧)时的惘然与无奈,奉"最高当局的授意、安排"。让一位望八之年的老翁当所长。事出有因:因梁是第一位享有查阅大溪档案的学人,其所撰《史迪威事件》,即据大溪档案为蒋介石辩护的。梁以近代史所长身份出版该书,权威性当令世人刮目了。"最高当局"为何授意自然就耐人寻味了。再说吴大猷,办事时有"粗枝大叶""不耐细节"的现象发生,最终往往导致自己被动。作者称他是"开明专制,择善固执";既为他"不懂官场文化,导致被迫辞职"而惋惜,又对他"父权专政""气度不广、护己短而苛责他人"(王世杰语)有微词。陶英惠先生在悼吴大猷的文中慨叹:"'中研院'的前六任院长,蔡元培、胡适、朱家骅、王世杰、钱思亮及吴大猷,都出自北大一脉相传。因此'中研院'始终保有蔡元培主持北大时的遗风。吴大猷先生之逝世,似乎象征着北大之学术传承告一段落。"

作者在撰写该书时征引了大量史料的同时,也融入他接触前辈学人所得的一些独家资讯,以历史学家的使命感将其披露出来。仅举一例:作者在《朱家骅与中央研究院》一文中,细述了朱家骅当"代理院长"一代代了十八年,不被"扶正"的秘密,皆系蒋介石对他的排斥、压制。最令人咀嚼的是朱家骅献鼎的闹剧。1991年前后,台湾《传记文学》发表《记先总统蒋公的喜怒哀乐》《蒋公怒斥朱家骅献鼎》等文章,哄传一时。参与此事健在的方志懋先生读后,打电话给陶先生(时在秘书主任任上),说那篇文字与事实有出入,并细说原委。"缘当初适值废除不平等条约,与英美相换新约之际,为庆祝国家地位提升,乃有献鼎颂扬蒋公之议。""初拟献一鼎，取其与英美鼎足而三之意，铭文记蒋之功勋。"有一位陆姓老立委建议改献九鼎，"所传禹贡九鼎，系指九州岛，即代表华夏也。"朱家骅采纳了他的建言，聘史学家顾颉刚主其事。不料，在1939年3月1日中央党政训练班第一期在重庆开学，朱家骅在献鼎时，却遭蒋介石当千人之面厉声斥责，这是世人皆知的。殊不知其中藏着个惊天的秘密：此前朱家骅写过一详细报告呈蒋，蒋在报告上批了个"阅"字，意可行，朱家骅才干的。面对出尔反尔喜怒无常的蒋介石，朱家骅忍气吞声含冤不作辩白。鉴于"至今尚无人将真相告知世人"的史实，陶英惠先生劝方先生据实把这些写出来"为历史保留一些真相"。方先生与另一当事人杨西昆商谈，杨先生认为不必了，"为蒋先生保留一点颜面"而作罢。在方、杨两先生都归道山后，陶英惠先生谨就记忆所及，酌记电话要点把这件事写出来。他说得好："今我不述，后生何闻！"

该书中还记录了一些前辈学人的故事，都是作者亲闻亲历的。如台静农先生书法一字万金。他收藏一幅蔡元培的字，是用自己四（或四十）幅字换得的。大陆学人陈漱渝赴台看望台先生，回大陆后在文中提及此事，恰被蔡元培的公子怀新看到，询陶英惠可否至台公馆拍一张照片寄之。陶本是台先生的学生，遂写信给台先生，说蔡先生后人想索一张墨宝照片。时台静农已病重，委一他的学生复信并附了一张字的照片。信中又说台先生有意物归原主，如果蔡的后人打张收据，便无条件送他。陶英惠写信告蔡怀新，信还在途中走着，台先生病已重。台先生后人说"蔡家既没有回信，这幅字就留给我们作纪念吧！"台先生当时患食道癌，语言困难，但仍示意："不可以！我已答应送蔡家，你们不能留下！"后由陶英惠代蔡怀新打了张收据，将蔡元培墨宝取回，再托人带给了蔡怀新……

一个多么感人的温馨故事!

倘若陶英惠先生不述说这些,钱思亮的用人"失察"、朱家骅的"不白之冤"、吴大猷的"气度不广"以及台静农的为人厚道,我等后生何闻?

(写于 2011 年)

紫金文库

留在人间都是爱
——《冰心书信全集》读后

庚寅岁末，吴青、陈恕伉俪惠赠《冰心书信全集》（人民文学出版社 2010 年 10 月版），适辛卯春节，闲居乡野，捧读一遍，感慨良多。

"全集"搜集了冰心毕生幸存的手札千余通，凡一百四十人之多。含师友同道、书报编辑、至爱亲朋，以及致社会各界的公开信。主要有 20 世纪 30 年代后的胡适、林语堂、梁实秋，渐至巴金、赵清阁和萧乾等。没有达官贵人，清一色的文人雅士。内容多为谈书稿、论文事、叙友情，乃至家长里短。均系私人空间，不涉什么"国事""天下事"，但梳理、品评一番后，从字里行间仍能见岁月的遗痕，不难读出历史的沧桑、人生的感悟，留在纸面上更多的是爱，让我们得以分享。

冰心致胡适的两函，应属交际酬应或托请，淡淡的寒暄中不乏对胡适的崇敬与思念。给林语堂、梁实秋的信，谈的都是文事。致林语堂的，一本正经呼"林先生"，就事论事；给梁实秋的措辞要温文、随意、亲切得多。大概他们都是同乘一条船赴美留学的"同窗"，又是同在波士顿登台演出《琵琶记》的伙伴，称谓都是"实秋"。皆因"海内风尘诸弟隔，天涯涕泪一身遥"，信中追往述今，慨叹亦多。人至中年，还不免开点小玩笑，说梁"你是个风流才子""该打"之类。这些信一律截止于1948年。

最值得玩味的是致巴金的信。通信持续时间长（1940—1993）、量大，达60通之多。称谓是随时间的推移在渐变：巴金、巴金先生、老巴、巴金老弟、亲爱的老弟巴金；落款也由冰心拜、冰心，至大姐，聊见交情老更深。最早的话题由公事印书始，后由公及私；再以后融入更多的是相互间的尊崇、敬慕、生活上的关切，以至情感交流："倒是大家聚一聚，什么都谈，不只是牢骚，谈些可笑，可悲，可叹的事。"（1988，10，24）随之深入的是，老一辈的友谊在后代延续、发展。冰心对巴金的儿子自称"姑妈"，冰心女儿吴青称巴金为"舅舅"。冰心晚年致巴金的函札末，都要"亲"李小林晚辈们"一大口"，两家人遂成通家之好。更看得出冰心对巴金倡建的"现代文学馆"的理解和支持。冰心将多年的积蓄几万元，本拟作设什么奖的，改捐现代文学馆，且将收藏的珍贵字画、图书，一并奉献。

相映成趣的是冰心致萧乾的信。

冰心、萧乾渊源深远。萧乾九岁时与冰心弟弟谢为楫是同班同学，常到谢家去玩。冰心说他当时只有桌子一般高。后，萧乾读着冰心的《繁星》《春水》长大，再以后冰心、吴文藻在燕京大学教书，吴文藻是萧乾的老师。萧乾说喊冰心既是"大姐"又是"师娘"。大概他俩同在京华，晤聚的机会多，留存的信只有九封（1987—1993），多为三言两语，但趣味无穷。冰心致萧乾信的称呼、内容，绝对是大姐姐对小弟弟般的亲切。她知他小时的外号"饼干"，信的称呼是"乾弟"，冰心女儿吴青称萧乾为"饼干舅舅"。萧乾创作六十周年纪念时，冰心在信中感叹："说来也真快，你这孩子都写作60年了！我如何不老？"萧乾与巴金亦师亦友，过从甚密。1992年当冰心得知巴金致萧乾的信中"流露出巴金因不再能像自己所希望的那样随心所欲地写作而感到焦虑"时，致函萧乾"巴金信请寄来一阅"。足见他们三人之间关系之"铁"。萧乾是记者出身，写字潦草，冰心调侃："您（所有信中仅此一处称您，故意。张注）的字太'龙飞凤舞'了，大姐老了，实在看不清，是不是该骂？"又说"即使你不乖，还是愿你新春百吉！"冰心获知萧乾将几万稿费捐文史馆后，欣赏此举"极好"，不忘幽默一番："你真能写，我手里一切的刊物上都有你的文章，怪不得你钱多，分我一点怎样？"1989年萧乾出任中央文史馆馆长，冰心写信称他为"饼干馆长大人"，戏说他是有车阶级了，"有车阶级老爷太太应当来看大姐！"

纵观冰心、巴金、萧乾的书信，他们那一辈人之间的情谊是多么纯真、亲密、富有情趣，这种文人雅士间的君子之交，当为文坛佳话，传之久远。

冰心给赵清阁的信数量最多，（1944—1993）达100通之数，且文字也长，大概同为女性，话题广泛又细腻。她俩半个世纪的通信中，也有两段空白（1949—1954）、（1964—1974），值得后人研究。

冰心极爱她的家人、晚辈。大女儿吴冰已为人母了，她写信称她"亲爱的大乖囡""亲爱的大妹"，称小女儿吴青为"亲爱的小老二",落款都是"娘"。她对她们在国外进修或工作,关心得细致入微。1993年病中的冰心致时在美国做访问学者的吴青一封短简仅三行,然"儿行千里母担忧"之情溢于言表:

> 亲爱的老二:
> 我想你!每每想哭。
> 我在医院里住了两个礼拜,尿频,现在好了。
> 存美金十九块,给你在美国用吧,快快回来!

是年11月24日,,她在陈恕致吴青信末附言,加了一段令人肝肠寸断的话:"我想,丈夫想妻子,儿子想母亲,都不如母亲想女儿那么厉害。我想你往往哭泣,过年能回来一次也好,我身体自觉不如从前了!"这是书信"全集"中的"绝笔"。

冰心爱儿女,那是血缘的天性。她也把爱施予没有血缘的女作家张洁。张洁是名孝女,当世界上那个最疼她的母亲去了之后,悲痛欲绝。冰心写信安慰她:"听说令慈逝世了,你十分哀痛,身体又不好,我万分惦念,别忘了你还有个'娘'!"落款时冰心在署名后特地加了一个"娘"字。"全集"中收了一封她致胡絜青的信。她知絜青老人关节不好,1978年特地托人给胡絜青送去当时时髦的保暖新产品蓬体纱。因吴文藻在病中,不能亲往,还写信表示歉意。

冰心有段名言:"爱在右,同情在左,走在生命路的两旁,随时撒种,随时开花,将这一径长途,点缀得香花弥漫,使穿枝拂叶的行人,踏着荆棘不觉得痛苦,有泪可落,也不是悲凉。"

冰心的爱普及天下。她给小读者们、文学青年们、台湾同胞们、国外华侨小朋友们以及日本学生们写了许多（公开）信，千言万语凝成一个字"爱"。她坚信"有了爱，就有了一切"。

冰心的爱不止念在口中，写在纸上。她竭尽全力为国家、为民族、为文学事业贡献出自己的一切。她是一个"穷人"，也是一个一掷万金的"富豪"。仅从她致友人信中摘录一二：(80年代)"我和文藻和小学生一样，一男一女，共用一张两屉桌！希望早点多分一个单元，让吴青他们也舒坦一点。"居所如此之窄，可是，她毫不犹豫地将一生积蓄几万元、名贵字画、珍本藏书，一股脑儿捐给现代文学馆。1992年，花城出版社给她稿酬5438.82元，她用工资"凑成一万元捐给'希望工程'"。1993年，她获"资深作家安慰奖"1.8万元，留下8000元给外孙陈钢留学用，将大头一万元又捐给了"希望工程"。而小女儿吴青时在国外进修，她思念难舍，也只给了19块美金！

冰心一生"兼爱天下"，她除了用自己有限的金钱和零星的实物回报社会、文学事业外，还倾力甚而觍颜为社会做公益事业。她早年毕业于北京贝满中学（现166中），该校创建130周年庆典，为勉励学子，她受母校之托，写信请巴金题词；1989年，星云大师要访问现代文学馆并捐一笔巨款。冰心自己以个人名义用毛笔、花笺给星云大师写信表示欢迎。受赠的馆方想请赵朴初写幅字作为答礼，没有门径，时为副馆长的舒乙请冰心援手，坐等她给赵朴初写信求墨宝，冰心欣然为之⋯⋯

一部冰心书信集，留给人间满纸爱。

（写于2010年）

百年人生，一坛陈酿
——苏雪林的《浮生十记》编后

哲人说人生是一部书。苏雪林的人生便是一部不易读透的书。她是中国近现代文学史上的"化外之民"，五十年来，内地读者对苏雪林三个字是陌生的。新千年前，春风化雨，苏雪林渐渐浮出水面，回归大陆读者视线，其作品竟出现在教科书上。

苏雪林1897——1995），笔名绿漪，安徽太平（今黄山）人。曾任武汉大学、台湾成功大学等校教授。她是集教授、学者和画家于一身的"五四"人。毕生躬耕杏坛，作为教授，弟子三千，集天下英才而教育之；作为学者，四百万言的《屈赋新探》自成一说；作为作家，20世纪20年代即以散文《绿天》享誉文坛，其名直逼冰心；作为画家，本与潘玉良同窗，在法国研习画事，有《苏雪林山水》传世。

在文学艺术方面，苏雪林涉猎较广。相较而言，她的散文成就更为突出。阿英曾作过中綮的评论："对于自然的倾爱，和谢冰心到同样的程度，而对母爱的热烈也复相等的，在小品文作家中，只有苏绿漪（雪林）可以比拟。"故时有"冰雪聪明"之说。

编者把这部苏雪林的散文集冠名为《浮生十记》，别有雅趣。该书囊括了作者百年人生散文之精华。十记者，十辑也。《绿天·溪水》《秋日私语》多为作者早年的作品，信手点染，童心十足，赋花鸟虫鱼以灵性，把对大自然的热爱融化于近于漠然的文字里，浅浅的欢乐，淡淡的哀愁跃然纸上。因她有丰富的学养，深厚的古文功力，随意撷取的古诗辞藻饰其间，贴切自然，妙趣天成。《遁斋随笔》《人生四季》，都是作者百年人生历练，有感而发的人生感悟。那颇富哲理的情思，通过质朴清新的文字，作酣畅淋漓的表述后，产生一种奇特的艺术魅力，读之不仅是一种享受，而且给人以启迪。尤其是那《青春》《中年》《老年》的人生感怀，不乏经典性。苏雪林是迄今为止，中国最长寿的作家了，享年一百〇三岁，人生阅历丰富，《晴窗札记》《西窗剪烛》和《枯井钩沉》，一是对自身生活经历片断的纪录，更多的是对二三十年代与她有所过从的师友的回忆，其史料价值不可忽视。苏雪林亦擅评论，《砚田圈点》，即是对周作人、凌叔华、孙多慈等几位同时代名流作品的评论，准确与否尚希读者自辨，总算一家之言。《萍海游踪》是一组游记，描摹细腻，涉笔成趣。苏雪林的身世，知者不多。她的个人婚姻生活极其不幸，一直在姊妹家庭中生活，故专列《百年断片》一辑，让读者对其家庭背景和个人偏执性格的形成有所了解。

百年人生，一坛陈酒；可圈可点，可读可藏。

（写于2006年）

人生是一朵浪花
——《浪花集》琐谭

"人生是一朵浪花",这是百龄人瑞周有光写在《浪花集》编后记中的结句。

《浪花集》(张允和、张兆和等编著,新世纪出版社2005年4月版)像一朵无名的小花,静静地融在浩瀚的书海中。尽管它的作者是那样籍籍无名,书衣是那样的素简,不招人注目、不揽人亲近,但我要说它是一部奇书——奇就奇在它是中国第一家私人刊物《水》的精选,浓缩了合肥张氏家族一支150年的历史,记述了从先祖张树声到子孙周安迪七代人的故事,尽管那是一堆零珠碎玉般的琐屑,但从社会学的角度来审视,倒从一个侧面真切地折射了中国近当代史斑驳的印痕。

还是从《水》的源头说起吧。

民国教育家长张冀牖(吉友)20世纪20年代由上海迁到苏州定居,毅然毁家办学。"以适应社会之需要,而为求高等教育之阶梯"，独资兴办乐益女中。定名"乐益"，取"乐观进取，裨益社会"之意。每年有十分之一的名额资助贫寒子弟。并大胆地延揽侯绍裘、张闻天、叶天底和匡亚明等具有民主思想和科学进取精神的进步人士任教。苏州的中共第一个支部就诞生在乐益女中。

张氏是个大家族，冀牖先生有十个儿女，前四个是姊妹，后六个是兄弟。30年代初，元和、允和、兆和、充和四姊妹在中学读书，课余创办了家庭油印刊物。他们十分喜好水的德性，取名为《水》，这本是联络族友、家人的小玩意，"不足为外人道也"。后来成为张家三女婿的沈从文很欣赏这个刊名："水的德性为兼容并包，从不排斥拒绝不同方式，侵入生命的任何离奇不经的事物，却也从不受它的影响。水的性格似乎特别脆弱，极容易就范。其实，则柔弱中有强韧，如集中一点，即涓涓细流，却滴水穿石，无坚不摧。"

张家子女似乎都有水的秉性，大姐张元和是著名的昆曲艺术家，夫婿是昆曲名小生顾传玠，二姐张允和的先生是语言学家周有光，三姐张兆和的丈夫是文学家沈从文，小妹张充和工诗词、善书画、精昆曲，其先生是美籍德裔汉学家傅汉斯。六位弟弟都是教授、作曲家、研究员或音乐家，在各自领域均有所建树。

1996年八十有六的张允和，慨叹兄弟姐妹们"如花岁月"都过去；但总觉"人得多情人不老，多情到老情更好。"垂暮之年越发怀念萍飘四海的兄弟姐妹及其小辈们，她写了篇《〈水〉的第一号信》，向星散海内外的亲友发出倡议复刊《水》，此倡议得到了族人们热烈的响应。

复刊后的第一期于1996年2月出版，一篇篇怀念亲人、忆追温馨往事和畅述近况、互通声气的稿子从美国、奥地利、苏州、南京、昆明等各地纷至京华。最初由张允和一人自写、自编、自印、自寄，每期二十五份，分送至亲。为编辑《水》，86岁的张允和还学吹鼓手，学电脑，此举被《群言》杂志记者叶稚珊刊布于报端，称其为中国最老的主编办一份最小的刊物，引起世人的关注。老出版家范用撰文称这是"本世纪一大奇迹"并寄款订购。漫画家丁聪还画了幅《范用买水》的漫画，被世人传为美谈。消息传开，至亲好友以及文化艺术界教育界圈内人士纷纷函索，发行量陡增至200份。耄耋之年的张允和精力不济，后由兆和、寰和等兄弟姊妹轮值当主编，再由下一代积极配合。时下已出版了25期，达100多万字。

《水》是一种典型的家族文学。多为"共剪西窗烛"之类的怀旧文字，祖辈的遗容、先贤的背影、父爱如山、母爱似海、琴瑟和鸣、手足情深、郎舅轶事、连襟趣闻，以至祖孙之乐等等。字里行间充满着一个情字；家族中那些饮誉社会的教育家、文学家、语言学家、音乐家、词人、书法家和昆曲艺术家们的喜怒哀乐尽在其中。虽是一个家族的芝麻绿豆，却反映了社会大舞台的春秋晴雨。《水》内的文字主题积极健康，内容丰富多彩；表现形式上也繁多新颖：散文是主打，伴之诗词、书画、绘画、歌曲和老照片，犹如一座文艺百花园。它以卓而不群的个性特色闻名，以至《水》不胫而走、无川自流。影响日巨。

《水》的出现，受到慧眼独具的出版家的青睐，约请张允和选编精华本。张允和十分快慰慷慨应诺。十分遗憾，书稿在选编运作中，她竟潇洒作天国之旅。未竟的选编工作，由家人协力担承，寰和写"前言"，充和题签，周有光撰"后记"，一本绚丽的《浪花集》由这三位八十、九十、百岁的老人携手完成。仅此一点，在中国现当代出版史上绝对是独一无二的。

岁月无情，合肥张家这株枝繁叶茂的大树上的金枝玉叶们，已随秋风渐次凋零：自2002年允和辞世后，兆和、元和、宁和及傅汉思相继作古。他们的人生像一朵朵浪花，融入大海，回归自然。

水在汨汨流淌，不舍昼夜；《水》仍在源源出版，除传统的油印外，时尚的电子版也问世了！

叶落树长青。浪花消失了，大海是永存的。

（写于2005年）

周有光，一生有光
——读《周有光百岁口述》

今年的"六一"儿童节，百龄老寿星又惠我这个"已作爷爷的老儿童"一本《周有光百岁口述》。（李怀宇记录，广西师大出版社2008年5月版）我挑灯夜战，一气读完。掩卷之余，感慨良多。诚如余英时教授在序中所说："对于这样一位百龄老人的口述自传，我们是决不能等闲视之的。"

这是一部真正的"口述"，语言简洁，晓白流畅，十分口语化。"真好玩"、"好得不得了"之类的口头语，听来十分亲切。书中的部分内容我有幸聆听过。

"口述"自传，浓缩了他的百年人生。自常州青果巷开题。青果巷本身就很传奇，出了三位文化名人：瞿秋白、赵元任和周有光。周有光生在书香门第，曾在上海圣约翰大学、光华大学，攻读经济学。先留学东洋，后避战乱于四川，游历欧美；继而被他所供职的新华银行，派驻到美国纽约的伊尔文信托公司，在华尔街一号办公。那时，他具双重身份，"我们在中国代理他们，他们在美国代理我们"。生活闲适。太太张允和在伊利诺斯大学攻读英国文学。老舍、罗常培和李方桂是家中的常客，诗酒风流。他竟有幸两次从纽约跑到普林斯顿与爱因斯坦聊天……

1949年祖国解放了。"我们都认为中国有希望了……我想中国当时最缺乏的也是经济建设，于是就立志回国搞经济。"就这么简单。归来后，周有光在人民银行上海华东分行工作，同时在复旦经济研究所、上海财经学院兼教授。业余爱好是研究语言文字学。1955年组织上调他到北京文字改革委员会，与叶籁士、陆志韦共同研究、起草《汉语拼音方案》，1958年完成。有鉴于此，他被誉为汉语拼音创始人之一。政府和国家给了他荣誉，他是多届全国政协委员、政协教育组副组长。朋友们都说他"福大命大造化大"。他说他一生躲过两次大难，一是抗战时代在重庆，一天下班时，他乘滑竿下山，又遇上日本飞机轰炸，他被炸倒在山沟里。爬起来一看，同行的人都死了，而他却奇迹般的毫发未损！另一次是1957年，当时反右经济战线是重点，他原先供职的经研所所长沈志远自杀了，他的学生王世璋自杀了，他幸好改了行，大家关门搞汉语拼音，安然无恙。1966年"文化大革命"他终未能幸免。他先作为"反动学术权威"被打倒，加之他海外关系复杂。国民党的"外长"沈昌焕是他的同班同学，沈的妻子李佩兰又是张允和的好朋友；再加之自称有"多语症"的周有光爱幽默，单位一同事出联语征对。出上联"伊凡彼得斯大林"，周有光对下联："秦皇汉武毛泽东"。他又被定为"现行反革命"，被"罚"到遥远的宁夏平罗去劳改……

直到"四人帮"被打倒后，他才恢复工作。扫描周有光一生，标准的一代中国旧知识分子的缩影。唯不同的是，他的同辈学人自"文革"后，什九学术生命终止了。而周有光老而弥坚，于劫难后再创辉煌。他至八十五岁才离开办公室。退而不休，"把从前没有搞起来的（课题）重新（研究）整理出版"。于九十岁时陆续出版《语文闲谈》六辑和《世界文字发展史》。前者被纳入"中国文库"，后者被收进"世界文库"。这在同辈学人中是鲜见的。

"口述"自传，平实得惊人，不张扬，不高调；不为尊者讳，不为亲者讳。

"口述"中有相当部分是写他与张允和"流水式"恋爱的始末，写他们的浪漫情怀与温馨人生。书中刊布的一批20世纪二三十年代的老照片，极大地增强了"口述"的真实性、可读性和趣味性。张允和是大家闺秀，气质典雅。20年代上过刊物书衣的"封面女郎"。据说她八十岁时偶尔上街打油买醋，回头率不低于十八岁的小姑娘。张允和的一生也很值得玩味。50年代初，范文澜的《中国通史》一纸风行。她读后写了篇二万字的"意见"，《人民日报》居然刊发了，名噪一时。她被人民教育出版社聘去编历史教科书。张允和心地善良，但心直口快，友人戏称她是"快嘴李翠莲"。"三反""五反"打老虎时，单位把她当"大老虎"打了。一是她出身"大地主"（两广总督张树声之后），另是当时组织上要求"交心"，"她乖乖地把私人的信交出去，她跟我通信中有许多好玩的事情。有一个男的老朋友写信给她，说：我们现在都老了，我从前非常爱你，我爱了你十九年，后来你结婚了，这些事情就不谈了。"那时他们夫妇居沪、京两地。张允和浪漫，让周有光猜那人是谁。"我就告诉她，这个人可能是C吧，可能是L吧，可能是D吧。"项目组一看，觉得问题严重，认为那C、L、D是反革命的密码。就这样，正值盛年的张允和被"打"回家做家庭妇女直至终老。因祸得福。张允和"下岗"后，潜心读书，研究昆曲，辅助俞平伯创立了北京昆曲社。俞退休后，她继任社长，为弘扬民族文化遗产做出了应有的贡献。八十多岁时，她又创办了张氏家族小杂志《水》，这本家庭文化小刊物在坊间相当有影响。

"口述"中还涉及张允和家姐弟十人，他们都受过高等教育，在各自领域都有不同的建树或成就。四姐妹中，大姐元和，嫁给昆曲著名艺术家顾传玠（解放时赴台），三妹兆和嫁给文学家沈从文，四妹充和嫁给美籍德裔汉学家傅汉思。每个家庭都是一部书，每人都有一部传奇。

周有光的一生，给人的启发是多方面的："业余"胜过"专业"，他本是学经济的，改行后，在语言文字学上建树，超过了专业之士；他活到老，学到老，知识渊博，沈从文戏称他"周百科"，以致百龄之身还能再创辉煌。再就是他的长寿之道了，他认为人之长寿，家庭和睦很重要，"夫妇间不仅要有爱，还要有敬"；"生活要有规律。规律要科学化"；更重要的是淡泊名利、心胸豁达。他说遇事"卒然临之而不惊，无故加之而不怒"。张允和心脏病猝发而逝，他初觉晴天霹雳，后悟觉"个体死亡是群体发展的条件"，就坦然面对。感悟出人生的真谛："原来，人生就是一朵浪花！"

一百○三岁的周有光说："我现在有'三不主义'：一不立遗嘱，二不过生日，三不过年节。日常生活越来越简单，生活需要越来越少。"

周有光，一生有光！

（写于2005年）

张允和的《昆曲日记》

日记，记日子。

历代帝王的"起居注"，平头百姓的"流水账"都类属于此。《昆曲日记》（语文出版社2004年7月版）别具情致，是专事记录昆曲的，像航海家的航海日志，令人刮目的是它出自于一位"家庭妇女"之手。说作者是家庭妇女并非危言耸听，自1956年因某种说不清道不明的原因，她无奈地放下编辑的笔杆子，拿起主妇的锅铲子，围着锅头转，转到九十三岁曲终人散。她叫张允和。

张允和，何许人也？民国教育家张吉友的第二个女公子。20世纪二三十年代，张吉友在苏州毁家办学。老先生钟情昆曲，延聘名师回家教子女们拍曲，《中国昆曲大辞典》中称他的四个女儿为"张氏四兰"。长女张元和嫁给了昆曲名家顾传玠，三女张兆和的夫婿是沈从文，幺女张充和的先生是德裔美籍汉学家傅汉思（Hans. H.Frankel），老二张允和的丈夫是汉语拼音的创始人之一、文字学家周有光。都是一群昆曲迷。

1956年春，昆曲《十五贯》一炮走红。《人民日报》发表社论《一出戏救活一个剧种》，在京的昆曲迷们，雅兴大发，由俞平伯领衔创办了北京昆曲研习社，下设传承、演出、研究等七个小组。张允和是社委委员、联络员。后继任社长。张允和的《昆曲日记》以细腻、生动的文笔，录下了自1956年到1985年（中间因"文革"中断了十五年）京华昆曲界的点点滴滴，大到党和政府给予的关怀和支持，周恩来观看演出，称昆曲是"花苑中的兰花"，全国昆曲界的重要事典，以至国际昆剧界的资讯；小至曲社成员的喜怒哀乐，一次演出"净赚十七元七角五分"的收支账⋯⋯

这是一家民间的业余小曲社，牵动的却是当代中国文学艺术的大世界。日记记载了周恩来、陈叔通、张奚若、钱昌照、叶圣陶、雷洁琼、赵朴初、张伯驹、匡亚明、郑振铎、王昆仑、顾颉刚、俞平伯、王力、朱德熙、丁西林、文怀沙，以及海牙国际大法官倪征燠等社会贤达、文化名流的身影，绝对的"往来无白丁"。

《昆曲日记》，那第一手资讯为当代中国戏剧史提供了丰富翔实的史料，那丰富的曲目，让我们一闻中华传统文化的书香，那风云变幻时代的往事，留下了并不如烟的尘影。我们可从这部繁杂、琐屑甚而有点乏味的日记的字里行间，品出文化人诸多辛辣酸甜的百味来。

书中有两个形象鲜活的人物：俞平伯、张允和。

俞平伯是始作俑者，首任曲社社长。从筹划成立北京昆曲社到建社后若干重要的社务会议，都是在老君堂他府上开的。其太太许宝驯、妻妹和内弟都是成员。他的家是一个标准的"裴多菲俱乐部"。他是北京曲界振臂一呼而云者集的人物，曲社的方针大略由他拟定，他率先指出昆曲的弊端，倡导改革，以至全本《牡丹亭》等重要剧本都由他润色定稿。在若干次会议上，他呼吁政府关注、扶持昆曲事业，挽救这个岌岌可危的文化遗产。

在那倡导"百家争鸣"的岁月，俞平伯、张伯驹、孟超等就昆曲问题也"放"得一鸣惊人，大有"老君堂里炮声隆"意味，为存真，且摘录1957年5月16日日记片段：

座谈会。

孟超（主席）：田汉本来主持，因有外宾未到。田汉放火烧官僚主义，《戏剧报》预备发表。打破清规戒律。

张伯驹："家家收拾起，户户不设防"，是流行的，那是五十年前。现在衰退，如书法研究会。昆曲在文学史上有地位，应成立昆剧院，多与群众见面。韵文学会与昆曲有关系，昆曲是韵文承上启下的。挖掘旧的，要写新的剧本。剧本完全开放，请大家大胆鸣放。

俞平伯：从小问题谈起，过去写"看了北方昆曲的感想"，被《人民日报》删去后一段。昆曲是幽谷的一朵兰花，要成为红火灿烂的牡丹花，有捧昆曲的嫌疑。今日通知"幽兰，使它重吐王者之香"，很恰当。曲高和寡的想法是错的，《十五贯》唱红之后，昆曲没有脱离危险期，电台广播少……

俞平伯理智，他偏爱昆曲有"度"，曾多次提出昆曲的"毛病"，指出"留下精华，去掉糟粕。过分乐观或悲观全不对。要改革必先保存。"拳拳之心可鉴。

如果说俞平伯是当家的"一把手"，那么张允和则是外交部长兼内务部长的"多面手"了。他俩一唱一和，有韵有致。

日记中的张允和是个"上蹿下跳""左右逢源""四方游走""八面来风"的角色

张允和上蹿文化部、北京文化局，递报告、申请经费，厚着脸皮追讨补助；下跳，写稿子，发消息，写请柬，送戏票，出版"社讯"，社员闹矛盾，她当和事佬。左右逢源，遇到小问题请老朋友援手，碰到大困难，抬出叶圣老走关闯隘。四方游走，借行头，租场地；社员会费和国家补贴入不敷出，她向友朋、亲戚化缘，雷洁琼等知名人士也解囊相助，为《牡丹亭》演出募捐募到大洋彼岸！全亏她人缘好，朋友多，一心为公，所以逢山有路，遇水有桥，八面来风。虽然经营惨淡，但硕果喜人。建国十周年，全本《牡丹亭》是献演节目之一，几年间排演五十多个折子戏，培育了北京的昆曲队伍，联络团结了江、浙、沪以及全国乃至全世界的一些曲友。她撰写的介绍南昆全福班活动《江湖上一个奇妙的船队》，被曲界公认为"极具史料价值"资料。

北京曲社因"文革"中断活动十五年。1979年，由章元善领衔，张允和活动了数十人联合签名致信俞平伯，恳请他再度出山主持曲社。俞复信因病不能胜任。后由曲友公推她继任。那时张允和已七十高龄，身体又差，但她不负众望，全身心投入曲社工作。她主张拯救昆曲用"三录方针"：录文、录音、录像。提出要提高昆曲学术水平，把昆曲冲向国际舞台。1985年她与钱昌照、赵朴初等五十八人发起成立"中国昆曲艺术研究会"。直至1987年因年事太高，张允和方辞去社长一职。

张允和，人称"二姐"，口碑极佳。作为家庭妇女、曲社一员，她是"家事曲事事事关心"（自语）。且看她的几则日记：

书人书事

近来我家里"人仰马翻",周有光因病入医院检查,可能二十七年的青光眼有些问题。他5月14日要上欧洲维也纳开国际标准会议。我呢,去秋大病一场,也住过一月医院。最近复查,已确诊"胆结石",唯一的儿子、媳妇都在美国短期工作,唯一的孙女本月11日去四川出差……(1983.4.17)

昨日下午三时多,忽然心绞痛,马上用"炸药"吸入(她装有心脏起搏器。笔者注),开了大档阳离子,二十分钟情况良好。杨大业来,杨仍要我担些社务,再考虑吧,曲社应解决的问题(略),春节要拜望(略),送照片(略)……(1984.1.14)

一度时期,张允和以曲社为家。对曲友的生活问题,工作调动问题,团结问题,只要她能帮上的忙,全力相助。每年岁末,她都要自撰曲谜赠曲友贺岁。她怀念逝去的曲友,除撰文哀悼外,在1983年除夕还别出心裁的编了个《昆曲录鬼簿》,记下逝者名字,以志纪念。

《昆曲日记》中还记载了"张氏四兰"热爱、弘扬昆曲的趣事:大姐张元和刚结婚不久,唱过一出《琵琶记·盘夫》,以致有曲友说张元和刚做新娘子就"盘夫"了。元和回忆说"害得我好难为情"。小妹张充和在美国耶鲁、哈佛等二十二所大学教授昆曲,宣扬中国文化。开始是孤军奋战,不,而是一人战斗,最初几次演出时,自己先录音笛子,表演时放送,化妆麻烦更大,没有人为她梳大头，就自己做好"软大头"，自己剪贴片，用游泳用的紧橡皮帽吊眉。充和还培养女儿傅爱玛唱昆曲，女儿九岁登台，"母女二人有时你吹我唱，有时我唱你吹，很是有趣。"

1983年4月26日的日记，她如数家珍般回忆平生看过的戏达五百二十四出，自己演出过的戏有二十八出。一一列出名目、剧种。这部《昆曲日记》是她痴迷昆曲人生的总结。

张允和大器晚成，"晚"到九十岁时才"成"。1999年她先后出版了《多情人不老》《最后的闺秀》和《张家旧事》，一时甚为文化圈内人士津津乐道。她还常在中央电视台上露面，语言俏皮，举止又有戏剧味，观众都说她是个"俏老太太"。她曾自豪地对笔者说："我现在比周有光还有光！"

十分遗憾，张允和的《昆曲日记》不知在多少家出版社旅行过，仅笔者代为经手的就有江、浙、鲁、沪五家出版社，都被视为"鸡肋""割爱"了。以致张允和告别人世时未能一闻《昆曲日记》的书香。最后还是由她相濡以沫七十年的老伴、时年百岁的周有光先生帮她圆了出版的梦。

《昆曲日记》，记录了张允和人生的小舞台，却让人读到五彩缤纷的社会大世界。

（写于2005年）

一支凄美哀婉的青春恋歌
——《一个民国少女的日记》读后

一册玲珑雅致的《一个民国少女的日记》静静地躺在案头,那幅以碎花老蓝布为主题设计元素的封面,骤然将我带入民国那片旧时月色。书腰封上赫然写着:"张爱玲没有她真实,琼瑶没有她纯情,三毛没有她野性。"夸饰乎,真实乎?我看基本靠谱。此书是文洁若先生(萧乾夫人)送我的。她告诉我作者文树新是她的二姐,希望我读一读,最好能写点什么。

这是一部尘封了七十八年的日记(情书)手稿,记录了一段真实而浪漫的师生恋悲剧,讲述了一个封建大家庭另类的爱情故事,一则则日记像像一首首伤感小令,组成一支凄美哀婉的青春恋歌。

文树新,一位民国名媛,生于书香世家,有姐弟七人,行二。其父文宗淑自1916年任职中国驻日使馆外交官,一任二十载。幼时文家姐妹都就读北京孔德学校,那是由蔡元培等创办的一所名校

（北京大学实验子弟学校，幼儿园、小学、中学联办）。李大钊、胡适、周作人、周建人、刘半农、钱稻孙等人的子女以及吴祖光、吴祖强兄弟等都曾在该校就读。沈尹默、周作人、钱玄同等都曾在该校兼课，受北大自由风气熏陶较深，一时文风极盛。文树新英文名cecilia，家人昵称为"敏"。花样年华的敏天资聪颖，性格活泼，貌美端庄。秀外慧中的文树新雅好文学，常在校刊《孔德月刊》上发表文章，类属聪慧、早熟一类的文艺青年，有才女之誉。教授她文学课的是已为人夫为人父的Y先生，他赏识文树新的才华与热情，师生之间渐行渐近，以至十五岁的文树新恋上了长她二十四岁的老师Y先生。1932年，两人的恋情东窗事发，家人找Y先生闹了一场，又果断地将文树新转到另一所教会学校——圣心学校。不过，两人爱的种子并未因此而掐断，而是由地上转入地下，文树新通过在孔德学校就读的三妹"昭"（文常韦）当信使，两人照常鱼来雁往。两年后，他们的地下活动又被家人察觉。迫于巨大的压力，文树新一面表示中断与Y先生的联系，同时暗中密谋与Y先生私逃到上海。父亲闻讯从日本回国，并通过各种方式寻找女儿及Y先生下落。邻人及亲戚甚至准备求助上海的何应钦帮助查找，但最终碍于面子，不了了之。是年夏，这桩师生恋"私奔"的新闻被小报披露，当花边新闻炒得沸沸扬扬。小报上说："Y主任为人很好，办事亦甚负责，有果断和不屈服的精神，故有'辣子'的雅号，校中皆畏而敬之。他曾写译过许多小说，最近几年新译了《无名英雄》，文笔是非常美妙动人的。他的嘴是太能说了，给我留下这样深刻的印象；W小姐之所以崇拜他，也就是因为这些。"又说"这位W小姐不但聪明活泼，而且很用功，她看了不少的书，学校里每买一部新书，她总是第一先阅者。她是常常地同Y主任讨论，离校后常常地通信，所以受他的影响很大。为通信的事，她家里还找到Y主任家里去闹一次。然而他们还是不时以旧日师生的关系相往还，这是他们过去的大约情形。"

其父文宗淑觉得大失体面，无颜面对世人，一气之下宣布脱离与女儿的父女关系，遂带领除文树新外的全家迁居日本。Y先生与文树新未婚在上海产下一女，芳龄才十八的文树新因意外患猩红热，香消玉殒。红颜薄命，一段旷世的恋情戛然而止，成为寂寞的咏叹。在这一"八卦"事件中，受害者是Y太太，当她听说此事后淡然地对小报记者说："也许将来我们可以看见几本好的杰作，在中国文坛上出现。"孰料八十年后居然成真。

日记比较琐碎，但不乏细腻，文风清新朴实，有艺术感染力。"窗外起风了，会不会将你吹来呢？这风不是吹过你的窗前、你的院子才到这里的吗？亲爱的，我害怕呢，但又睡不着……我叫你，你听得见吗？虽然你说是暂时的分别，二三年是怎样的长啊，在二三年中也许我便会死了，也许人便会把我忘掉。"书中最后一封信仍是痴情绵绵："看你的照片的时候，我就没法子告诉你，我怎样的高兴……这张照片照得真好呢……我不知道怎么才好呢，就差着把它吃下去。"

据文洁若告诉笔者，父亲文宗淑生性威严，清高自大，脾气较暴。在一种大家长式管理下，又加常年远居日本，对子女细腻温存的亲情感较为欠缺。为三姐常韦充当信使的事，父亲十分恼火，曾狠狠打过她。文洁若觉得二姐树新的叛逆，除其他客观因素外，或许她是想从Y先生身上得到父爱的补偿吧。文洁若又说，自二姐私逃那年，家里发生了变故。全家到日本不久，得知二姐早逝噩耗，十分伤心。1936年，日本"二·二六"政变，局势激变，父亲被免职，旋回到北京故居，家境日渐衰落，由月入八百大洋的神仙生活，沦落到东安市场变卖家当、藏书以度无米之炊的困境。

至于那位Y先生，出书时隐去真名，近来已有资料披露Y先生即是杨晦。我向文洁若求证，文先生未予否认。杨晦（1899—1983）辽宁辽顺人，原名兴栋，字慧修，因痛恨社会黑暗，易名为"晦"。他是朱自清的北大同学，曾与冯至等发起文学团体沉钟社，当年由沈尹默介绍到孔德学校任教并管理校务。杨晦本亦是风云人物，1917年入北大哲学系。1919年五四运动，他是几位翻墙越篱火烧赵家楼的学生领袖之一。自1950年后至"文革"，是北大中文系系主任，历史上供职最长的一位系主任。他为人谦和，绝口不言当年勇，作为作家、翻译家和剧作家，他在学术史和戏剧史上产生过一定的影响。有《杨晦文学论文集》《杨晦选集》等传世。他有一句深刻影响中文系学风的"名言"："中文系不培养作家。"

据说这叠日记手稿，是杨晦后人迁居时，从封存的阁楼上发现的，保存得相当完好。文洁若获得后，为纪念二姐，"为她在历史的长河中划下一道痕迹"而出版的，使我们这些生活在新千年读者有幸一睹旧时月色的光韵，能倾听到这支凄美哀婉的青春恋歌。

（写于2012年）

历史的见证
——陈小滢和她的《纪念册》

陈小滢是含着金汤匙长大的。其父陈西滢曾为武汉大学文学院院长,母亲凌叔华能文善画,有一代才女之誉。父母忙于自己的事业,把女儿交给保姆,以至独生女小滢变成了"野孩子"。小滢对笔者说,她童年的快乐就是与小伙伴们穷玩,在草地上打滚、爬树摘果子,追逐嬉闹,是个地道的"疯丫头"。她浑身散发着一股野小子气,讲义气,爱打抱不平,还与孩子们拜把子"桃园三结义"。小伙伴称她"铁姐""铁哥"或"铁弟"。

父爱如山,母爱似水。尽管儿时在生活上,小滢的父母对她的呵护不那么体贴入微关怀备至,但精神上传统文化的熏陶如春雨润物,滋润着小滢健康成长。据《让庐日记》(杨静远著,武汉大学出版社2003年版)记载,1944年正直抗战艰苦岁月,小滢十四岁,见街头布满"一寸山河一寸血,十万青年十万兵"的大标语和学校的动员，与几位同学写血书报名参军。当时小滢暂住袁昌英家，闹得袁家一家人紧张得不得了。终因年龄太小，没被批准。那晚她在灯下吟诵文天祥的《正气歌》，后按捺不住心头涌动的热血，给国民政府派遣在国外宣传抗日的父亲写信抒怀。1945年1月，陈西滢收到信，为女儿的爱国行为而自豪，将信交给在英国出版的《中华周报》编辑朋友看。编辑阅后立即发表，并加按语，曰："陈源教授十四岁的女公子从乐山来信给她爹爹，要求从军。编者捧读再三，实在爱不释手。我们中国将来必有灿烂的前途，因为有这样爱国的女孩子。我们中国的教育不曾失败。编者征得陈源教授的同意，发表原信，一字不改，以飨读者。想我们每一个留英同胞读后，都感到惭愧和奋勉。下面是陈小滢小姐的信。"（原信较长，略。张注）

而母亲凌叔华则以另一种方式给小滢一种不寻常的母爱。为培养女儿对文学、艺术的兴趣，1940年为小滢建了一本纪念册。1943年，武大迁至乐山，物资匮乏，已上中学的小滢自己用搜罗的杂色纸张打洞装订了第二本纪念册。凌叔华很高兴，在纪念册的扉页上画了一幅《乐山风景图》，以资鼓励。也是在乐山，第二本册页用完了，乙酉元旦，朱光潜先生送了小滢一本"豪华版"（硬壳）纪念册，还在首页上题了"皆大欢喜"四个字。这三本纪念册与小滢形影不离，相伴一生。且说第一本吧，1941年凌叔华携小滢入川，小滢怀揣纪念册坐火车、小火轮、大卡车、马车乃至步行，由北京、上海、香港、柳州、桂林、贵阳，颠簸大半年才到重庆，最后抵乐山。抗战胜利后，小滢独自一人搭人货混载的大卡车到重庆找二叔陈洪。她怕纪念册丢失或被窃，与其他重要物品缝在大衣的夹层中，穿在身上，像个大熊猫，以至进旅店小旋转门时被夹住，还是服务员将她拽了出来。再以后，随着父母工作更动，这三本纪念册跟她漂洋过海，作漫长的国际旅行：英、美、西班牙、法国以及香港和台湾。刻下，当年的黄毛丫头陈小滢，岁月已将她雕刻成拄杖的老妪。2011年，这三本纪念册随着八十岁的老人归根北京了。闻知这三本纪念册风风雨雨七十多年的传奇，笔者作了多次采访，饶有兴味地记录了这个把"根"留住的故事。

小滢对我说，这三本纪念册是她人生的动力和心情驿站，是长期远离乡井的心灵依托，是对根的一种怀念。她说："那里面有祖国的沧桑，童年的故事，前辈的希望和对未来的憧憬。"

眼前的三本纪念册，其貌实在不扬，角卷纸破，纸质泛黄发脆。七十多年来，不知被多少人抚过、阅过，不知有多少人被感动得笑过、哭过，或唏嘘过。小滢说，在册页上题词的前辈已渐次凋零，张充和大概是唯一健在一位；当年儿时玩伴也走了不少。

我拜读过这三本纪念册，从俗人俗语评雅事的角度，概括为三个字："高、大、趣"。

高者，境界也。通览纪念册上各路名流的题墨，我得出的第一印象是境界高。即令是当年儿伴或青葱岁月同龄人的留言，一扫凡言俗语和小资情调，多为励志警句和修身养性名言。诸如"要做大事，须立大志；要立大志，需在小时。"（方克定）"莫等闲白少年头，空悲切"（启良）、"己所不欲，勿施于人"（刘保熙）、"无私则刚，无欲则明"（司徒慧敏）、"责人之心责己，恕己之心恕人"（余桢）、"不哭，不笑，理解人生"（皮公亮）。小滢儿时"把兄弟"李永直在她立志执笔从戎时写的："铁弟，我不流血，谁来流血！"令人震撼。爱国情怀，燎原心胸，国家兴亡，少年有责，跃然纸上。读来谁不为之动容？

在众多的名流题词中，我最欣赏的是苏雪林。

苏先生是小滢母亲凌叔华的好友，同享"珞珈三女杰"者。小滢天资聪颖，幼时文章出色，又擅丹青水墨。面对这样一位晚辈，苏雪林不予溢美，题的是："前人看见杜工部的儿子的诗叫人送把斧头要他砍断手臂免天下诗名又归杜家独得我看见小滢作品并不想送斧只希望他打破名父母之下难乎为子的成例。"为便读者理解，笔者先作笺注。唐从杜甫祖父杜审言到杜甫，杜家以诗享名天下，令世人羡且妒。杜甫的儿子杜宗武把自己的诗呈阮兵曹（兵部阮姓官员）看，阮兵曹阅后，以一柄斧与原诗一并退回。杜宗武捉摸其意，窃思：斧者，拆开是"父"与"斤"（砍削），遂于友人私语莫非是要我将诗作呈父亲斧正？阮兵曹获闻后却说："我要让人（或你自己）砍了你那擅诗的手，免得天下诗名全归你杜家了。"苏雪林期冀小滢，破父母盛名难乎为子的惯例。希望她"青出于蓝而胜于蓝"。用心真谓良苦。我与小滢讨论苏先生这一题词时，年已垂老的小滢感慨不已，大有此生在文学、艺术上乏建树，有愧对前辈厚望之憾。

大者，范儿也。

纪念册中文学前贤名录中，信手列出一位也令人眼睛一亮：（齿序）民国元老吴稚晖、清科举最后一位探花商衍鎏、爱国将军冯玉祥、社会活动家李德全、经济学家杨端六、作家袁昌英、语言学家赵元任夫妇、作家丁西林、哲学家冯友兰、作家苏雪林、美学家朱光潜、漫画家丰子恺，以及方令孺、许广平（景宋）、陆小曼、赵清阁、沉樱、叶浅予、戴爱莲、萧乾、王世襄、张充和等。无一不是一代名士，无一不为一方人物。还有缅甸国际友人哥雷（王英汉）。且人物涉及的社会门类众多，文武皆备。文含科学、技术、教育、文化艺术；武中冯玉祥将军自不待言，还有不穿军装的国民党中将杨端六，系蒋介石当年的经济学老师；毛泽东曾请他于1920年在湖南第一师范演讲，《大公报》报道时署"杨端六讲，毛泽东记"，足见这些时下"名不见经传"者是何等人物了。

趣者，味也。

欣赏那些琳琅满目的题墨，虽风格迥异，然时代印痕、个人风格、幽默谐趣尽藏白纸黑字间。1946年，小滢随母赴英去与父亲团聚，适与冯玉祥夫妇、叶浅予夫妇和冯友兰等同乘麦琪将军号横渡太平洋。时国难当头，冯友兰信手题了"同舟共济"四个字，一语双关，内涵深远。冯玉祥写的是"君子三要：要科学、要民主、要和平"，尽显将军本色。叶浅予签名潇洒，一如其人风流倜傥。戴爱莲大概中文书写水平欠佳，用的是英文。杨端六、袁昌英是小滢的干爸干妈，笔下流出的情感又是一番风景。杨端六题"一只可爱的花得着日光雨露的调养自然会繁茂起来"，落款是"滢季干女儿赏玩"；饱喝洋墨水的袁昌英用英语摘录了诗人雪莱《致云雀》的片断，文末却署"送给我亲爱的干女儿，爱你的干妈"。

赵元任的题字中英两种，中文部分夹杂着拼音和冷僻的汉字，似无人能全识，显出他语言学家的范儿味和老顽童的可爱。张充和幽默，没头没脑天上掉下一般，只写一句："你还记得我在落伽（珞珈，笔者）山变的戏法吗？"答案只在两个当事人心中。丰子恺作的是幅一个小女孩为盆花浇水，题为《努力惜春华》。许广平（景宋）、陆小曼、赵清阁的几幅作品，是1946年凌叔华在上海候船拜访他们时代小滢求的。值得一提的是许广平，她写的是"多才多艺，博学和平，像我们先生一样"。且称她"小滢妹妹"，异常亲切。鲁迅、陈西滢笔战的硝烟毕竟已随岁月逝去，从留存的文字中看得出许广平的襟抱。她谦称是凌叔华的"学生"，也有缘可溯。许与小滢的十四姨凌淑浩是天津女子师范时同班同学。凌叔华也曾在该校就读，班次较许高，后入燕京大学。许进北女师大时，凌曾在女师大授过英语，故尊称其为"先生"。陆小曼一生挥不去徐志摩的影子，她题的是徐志摩的一首小诗："最是那一低头的温柔，像水仙花不胜凉风的娇羞，道一声珍重，道一声珍重；那一声珍重里，有甜蜜忧愁。"落款是"陆小曼写于小滢妹一笑"。我妄测，陆写此诗与其说让小滢一笑，还不如说博凌叔华一笑。谁不知道徐志摩、陆小曼和凌叔华之间曾有一段说不清理还乱的情感往事呢。

　　文末必须补缀一笔，纪念册中年齿最长，资历最老，与小滢家族关系最亲的吴稚晖（吴敬恒）。吴的留墨是一幅《大佛与小佛》的画。据说这是迄今能见到的存世的吴氏唯一的一幅画。画面一个大佛的双肩盘着两尊神态可掬的小佛，大佛头上还顶立着一尊小佛。题字为："我从千佛来，来见嘉定（乐山，笔者）佛，千佛是小滢前生，大佛我与父亲所见。"为写此文，我请小滢提供此画背景资料。小滢说："1942年，吴老先生到敦煌参观归来，途经乐山，特地来看我们的。"又说："吴、陈两家有亲戚关系，吴稚晖是我父亲的表叔，是吴老先生将我十五岁的父亲带到英国，又把我二叔陈洪带到法国的。两家人很亲，我小时候吴老先生很喜欢我。"我问大佛、小佛到底是什么意思，小滢说前两句她懂，后两句到现在也不明白。能解这个谜的只有吴稚晖，非他莫属了。

　　小滢的纪念册，所收藏的绝不止友谊，更是历史，或曰历史的见证，是那个时代留下雪泥鸿爪。高艳华女士协助小滢将其梳理编成《乐山纪念册》，2012年由北京商务印书馆公开出版。梁实秋女儿梁文茜说"所用的资料都是'野生'的，所以很好看。"萧乾的夫人文洁若评论说："这是一个别开生面的回忆录，从一个独特的角度开拓了一段很值得回味的历史。"

（写于 2012 年）

历史的脚注
——《我是落花生的女儿》读后

朋友胡剑明向我推荐这本书时说："你捧上手就放不下。"果不其然！我一气读完《我是落花生的女儿》（湖南人民出版社，2013年10月版），先是感慨，后是无语。

落花生者，许地山（1894—1941）也。他的名篇《落花生》多年来一直是语文教材的保留篇目，"不羡靓果枝头，甘为土中一颗小花生，尽力做'有用的人'"，这种质朴的落花生精神影响了一代又一代的读者，也铭诸女儿许燕吉的心版。这是一本自传，书的腰带上作者赫然写着："快乐、幸福、天崩、逃亡、辗转、读书、风雨、碾压、心碎、绝望、饥饿、挣扎、迷惘、宁静，这些标签拼成了我八十年的人生。"编者说它是"一本需要哭着看的个人百年史"。广告乎？非也。

许燕吉，祖籍台湾，生于书香门第，祖父许南英是清末进士、台湾著名诗人，父亲许地山，著名学者，毕业于燕京大学，基督教徒，以研究佛教、道教名世，20世纪40年代任香港大学中文系主任。母亲周俟松毕业于北京师范大学。燕吉生于北京，外祖父为她取名"吉"，为她祈福。可她命运多舛，八岁时父亲骤然去世，家境一落千丈。家门不幸，国家又值多事之秋。父逝四个月后，日本人的铁蹄蹂躏香港，遍地狼烟，他们一家差点葬身于火海。为了求生，寡母带着他们兄妹开始漫长的逃亡生涯，广西、湖南、贵州、四川，最后落脚南京。在许地山旧友徐悲鸿等的资助、关爱下，许燕吉得以恢复她的求学生涯。她在南京明德女中就读，该校是教会学校，设有宗教课，作为住校生，早晚要祈祷，唱赞美诗。高三的那年她加入天主教"追求真理青年会"。尽管后来她退了教，然而胎记已经烙上，刮骨也疗不了伤。

1950年许燕吉考上了北京农业大学畜牧系。大二的那年，或是受学校环境的影响，加上她亲耳听到天主教会的一些阴暗的内幕，她幡然悔悟，向组织报告：不信教了，并向神父郑重地做了退教声明。毕业后，她被分配到石家庄河北省农科所。反右时，她积极响应组织号召向党提意见，与周场长有过面对面的交锋，意料不到的是1958年初，在扩大反右战果时她被"补"划为右派分子。而且被宣布为"双皮老虎"——新生现行反革命加右派，判刑六年，附加刑五年（剥夺政治权利五年）。逮捕她时正值怀孕期间，缓了四个月。之后，曾是她同学的爱人与她离了婚，孩子也夭折了，她跌入了人生的深渊。1964年刑满释放，她本可将户口迁入南京母亲处，可她仍有"剥夺政治权利"五年和右派帽子戴在头上，她不愿给德高望重的母亲添麻烦；社会也不接纳，她只得在监狱就业。就这样，三十一岁的许燕吉已在狱中和监狱工场度过了漫长的十一年。

她是父亲倡行的自由、平等、博爱、民主、人道和宽恕理念的践行者。她性格开朗、率真又善良。在学校、社会，乃至狱中，她的人缘都相当好。上高中时，她常年不吃早饭，将每天早点四分钱（旧币四百）省下，捐给家境比她更困难的同学。在狱中，苦活重活脏活，她抢着干。饥馑年代，为丰富狱中犯人的业余文化生活，她自编剧本，带领大家排节目，自娱自乐……她的表现受到管教干部认可和牢友的赞许。监狱每年由犯人投票民主评奖，立功三次即可减刑。1961、1962 年，她连续两年立功。1963 年评选投票时，她得票又最多，理当立功，减刑在即。这时，管教干部与她相商，说她还有一年就刑满了，是不是将这个立功名额让给一个刑期还有五年的某牢友。许燕吉爽快的答应了。这等风格令人难以置信，有人说她是"傻"，她自己也觉得蛮可笑。

　　走出高墙已是 1969 年末了。战备紧张，人口疏散，没人敢收留她。许燕吉想唯一求生的出路是嫁人。她投奔十七年未见的远在陕西仍独身的哥哥周苓仲，哥哥辗转托人介绍，把她嫁给了一字不识、长她十岁还有个儿子的魏兆庆。许燕吉戏称他"老头子"。一个名门闺秀、堂堂的大学毕业生，一个目不识丁的老庄稼汉，成了一对"佳偶"，一个时代的奇迹。

　　十年河东，十年河西。1979 年党中央为右派摘帽。办手续时，许燕吉在单位《关于改正错划右派许燕吉的意见》书中惊异地发现：她当年的参加"青年会"问题，南京市公安局早有证明，本就不算反革命组织。那明明是"没有定为反革命组织"，后来是谁做了手脚说"定"了呢，让她做了十一年大牢。面对一堆白纸黑字，许燕吉欲哭无泪。

　　许燕吉复职之初，村上人怀疑她的婚姻要散伙，有同情者劝她给老头子一笔钱，让他另娶，了断。许燕吉不忍，维系着这段没有爱情但有人情的婚姻。

1981年，许燕吉老母亲周俟松已八十一高龄，身边无子女。由统战部出面，调回南京。她先回宁办手续的消息传出，村民们议论纷纷，说这下许燕吉一定要与老头子离婚了。可谁也没有想到，许燕吉不忍遗弃当年收容她的老头子，几个月后她将老头子及其儿子一齐拉扯回南京。回到南京后，当年的老同学、老朋友纷纷上门、来电，劝她就此结束这场变态的婚姻。许燕吉不以为然："当年别人踹了我一脚，现在我不忍再踹他一脚。"一时，中央及地方各类媒体蜂拥而至，传播这一大新闻（奇闻）。

采访者问她为什么要维持这段离奇的婚姻时，许燕吉质朴地说："我对婚姻还是严肃的，即使没有爱情，也是一种契约。这老头子没有做什么伤害我的事，十年来都和平共处，不能因为我现在的社会地位变了，经济收入提高了，就和平共处不了。再说，这老头子已老，没有劳动力了，我有义务养活他。"又说，"文化程度有高低，但人格是平等的。我们的道德观念基本一致。"当记者们表示对他们夫妇生活觉得简直不可思议时，许燕吉幽默地说："我们各按各的方式活着，就像房东与房客，过去在关中，他是房东我是房客，现在在南京，我是房东，他是房客。"

2006年老头子走后，许燕吉一下子清冷了许多，闲来无事，她在广告纸、挂历的反面、大信封的背后，一笔一画，花了六年时间写了这部她自称为"麻花人生"的自传。这是一个大时代的私人记忆。她说："自己写的不一定多好，但起码真实，如果说历史是一株花，我希望读者既要看到上面漂亮的花，也要看到下面那些不怎么好看的根。"

《我是落花生的女儿》以个人及家族的遭遇侧面映照历史,可视为 20 世纪动荡变革的家国史之一页。最起码,可作历史的脚注。

(写于 2013 年)

水流云在云散"水"在
——《水》编后札记

尽管张允和先生对我说:"一笔写不出两个张",然我非《水》中张氏族人。皆因文缘,我有幸成为复刊后《水》的最早读者之一。与张氏十姐弟中,元、允、兆、充、定、宇、寰和都曾有所过从。以允和为最,充和竟慨然将她收藏半个世纪的胡适遗墨赠我。张氏姐弟惠我甚多,没齿不忘也。允和健在时,我曾有诺要为《水》编一本书,以飨广大读者。十年前我在供职的出版社虽拥有一只"小板凳"(副手),由于出版业生存之艰,加之人微言轻,有心栽花花不发,徒然。解甲归田后闲暇裕富,每念允和之托,于心难安。遂奔走于北京、南京、苏州、合肥之间。复印资料、翻拍照片、接洽出版,不亦乐乎。我本徽人,使出"攀乡党"的徽骆驼精神,俾使《水》(安徽文艺出版社2009年1月版)出版了。其感慨良多,请读者恕我饶舌一番。

张氏家族祖居江西，后移安徽合肥西乡，继而定居苏州。先祖张树声官至两广总督。淮军初创时召集人，曾代理李鸿章直隶总督时派兵入朝抗日，后又援越抗法，英勇善战，为官清廉。在苏州兴办水利，治理太湖，重建沧浪亭，重建紫阳书院（现苏高中），著有《卢阳三贤集》十六集传世，清史留名。张氏姐弟乃父张冀牖（吉友），民国教育家，毁家办学，在苏州兴创乐益女中。他思想开明，崇尚民主、自由。张闻天、侯绍裘、叶天底、匡亚明等中共活动家都曾在乐益任教，中共苏州第一个独立支部即建在该校。

张冀牖先生，寓居苏州九如巷。宅内有眼老井，青石井栏被岁月之绳勒成道道沟壑，幽深苍老。这口老井孕育了张家的子子孙孙。一个多世纪过去了，张家人丁兴旺，已衍繁了七代，星布在京华、金陵、姑苏、黔地、台北，乃至纽约、布鲁塞尔……张家的小字辈们或许相见已不识，尽管他们的国籍不同、肤色有异、语言不通，但那本薄薄的家庭杂志《水》浇灌滋润着他们的心田，将其紧紧地融在一池。血缘的亲和力是任何利器都割不断的。

张家的人都喜欢水。诚如张家的三女婿沈从文所云："水的德行为兼容并包，从不排斥拒绝不同方式浸入生命的任何离奇不经的事物，却也从不受它的影响。水的性格似乎特别脆弱，极容易就范。其实，柔弱中有强硬，如集中一点，即涓涓细流，滴水穿石，却无坚不摧。"

张家十姐弟，都享受过正统的高等教育。他们在各自劳作的领域均有不俗的建树。大姐元和毕生事昆曲，夫君顾传玠（志成）是昆曲界的"一介之玉"。二姐允和昆曲名票友，是继俞平伯之后主持北京昆曲社十数年。老伴是汉语拼音创始人之一、语言学家周有光（仍健在，一〇四岁）。三姐兆和事文学为终生职志，先生是赫赫有名的沈从文。四姐充和是书法家、昆曲家，在耶鲁大学教授书法与昆曲。其郎君是德裔美籍汉学家傅汉思，耶鲁大学东方语言所所长。寅和、寰和毕生从教。宇和是自然科学家。定和是作曲家，抗战时郭沫若、田汉、吴祖光、陈白尘、顾一樵、曹禺等名剧作曲配乐均出自他的手。小弟宁和曾任中央乐团首席指挥，后为比利时皇家歌剧院首席提琴手。张家十姐弟无一等闲之辈！

远在20世纪20年代，张家年长的六姐弟，在乃父冀牖先生熏陶下，喜昆曲，除在家延师教授昆曲外，并参加幔亭等曲社。抗战时，他们在姑苏、昆山街头巷尾为民众义演，鼓舞士气。元、允、兆、充四姐妹，为《中国昆曲大辞典》誉为"张氏四兰"。他们姐弟，少时便追求民主、自由的新潮，还结成文学社团《水》社，于1929年夏，创办家庭杂志《水》。姐弟们自己动手写稿、刻印，分赠亲友同好。他们在自家门前的田园上辛勤笔耕，发表多种文体的文字，评点社会万象，抒发自由情感，娱己悦人，好不潇洒。继而，随着年齿渐长，姐弟们为求学、工作，离井背乡，别枝离去。加之社会的动荡，世事的变迁，《水》停刊了。而那种风雅，那缕情怀，那份温馨，却蕴藏在张家姐弟们记忆的深处。

《水》终在冰冻了六十七年后，奇迹般地复活了。

1978年，中国改革开放一声春雷炸响。一阵春风，吹皱了一池湖水。就在那春和景明、政通人和之际，二姐允和的心中泛出波澜。张家的亲人们星散世界各地，血脉里流淌着一个祖宗的血，却或疏于音问，或老死不相往来。为弘扬中华文化文明，为让族人知晓先辈的事迹，为畅通血缘亲情，为抒发大爱之音。允和于1995年秋，向海内外亲人广致倡议信，提议复刊《水》。一石激起千层浪，此举得到亲人们一致响应。允和自任主编，兆和任副主编。他们剑及履及，1996年2月，《水》复刊号第一期在北京面世。这期小杂志制作挺原始，杂志集打印稿、刻印稿、复印稿、照相稿于一册，装订参差不齐，犹如"毛边本"。只印二十五份，仅在家族内部传阅，极少外流。原三联书店总经理范用是张家姊弟的老朋友，获赠一册后，惊呼这是20世纪出版界一大奇迹。不说别的，八十七岁的老太太当主编，编一本仅发行二十五册的"大内参"似的杂志，足为世界之最了。范用鉴于这是自产不销（卖）的刊物，觉得无功受禄有愧，坚持自费订阅。漫画家丁聪以此为题材作了幅漫画《范用买"水"》刊于报端，叶至善又撰文称颂，俾使读者获知世间竟有这样一本值得把玩的小杂志。《水》不胫而走，汩汩而流，印数也渐增至百册之多。

《水》的内容丰富极了，有家族列传、年代札记、秋灯夜雨、乐益百年、昆曲之叶等栏目。初期，健在的"和"字辈是主笔，亦有七八岁的稚童上阵。文体有诗词、随笔、小品、书札、绘画、书法、篆刻、摄影和歌曲。文字有中文、英文和法文。兼容并包，温情脉脉。记录人事的时间跨度长达一百五十年之久，既有对19世纪50年代先辈张树声、张华奎等历史事迹的追述，又有对二十世纪初张家姐弟沧桑世事的回忆；既有当代小字辈们生存现状的描摹，又有21世纪重孙辈稚童趣事的报告……享五世同堂天伦之乐。所刊文字不仅文学色彩浓，艺术性强，还有不少史事具有史料价值。滴"水"映辉，国族的衰盛、社会的万象、人情的冷暖，异闻雅趣尽囊其中。如果说家庭是社会的细胞，那么肥西张氏后裔（老九房）的家庭杂志《水》可谓当代社会的一个缩影，是民间文学的一朵奇葩。

天下没有不散的宴席。自2002年张家枝繁叶茂的大树上允和这枚叶子凋谢后，元和、兆和、宁和、宇和先后告别人世。时下充和、定和、寰和尚健在，都是九十以上的耄耋老人。充和已是年届百岁的人瑞了。《水》亦改由智体尚健时年九十岁的寰和任主编，在苏州出版。印数达三百份之多。寰和先生与时俱进，《水》除出版纸媒体外，还出电子版，现代科技的发展、昌明，把张家的《水》融到中华文化以至世界文化的汪洋大海中，让世界上所有的网民都可自由阅读这本家庭小杂志。

这本《水——张家十姐弟的故事》，集复刊后至今第三十一期中精华文字。关于书名我原拟的副题是《张家十姐弟的前身今世》，拟请充和先生题签。充和"罢工"，批评我起的书名品位不高，有点桃色味道。九十有七高龄长者的意见我岂敢不接受，副标题遂易为《张家十姐弟的故事》，倒也平实、贴切。

曲终人不散。水流云在，云散"水"在。

（写于2009年）

此曲只应天上有
——《曲人鸿爪》谈片

俗言"瓜是老来红"。张充和先生年届期颐，她是当代有名的才女，擅诗词、精书画、通音律，不仅以书法名世，且以昆曲饮誉海内外。充和先生一生低调隐名市井，晚年却在弟子们拥戴怂恿下"被"出山，近年频频亮相耶鲁、北京、苏州，或书展或拍曲忙得不亦乐乎。报纸惊爆："这样的老太太今后不会再有"。前几年一本《合肥张家四姐妹》风行华人读书界，去岁末出了本《张充和题字选集》（香港牛津版），今年初又出了本《曲人鸿爪》（广西师大出版社，2010年1月版），前者是充和先生书事的小结，后者是曲事的结晶。《曲人鸿爪》是充和典藏师友墨宝的册页，记录了1937年至20世纪末一段漫长的曲人的心声。该书由充和口述，孙康宜教授笔录。图文互映，彩印出版。

《曲人鸿爪》收藏的门槛极高，前提必须是"曲人"，一律为事演唱、表演昆曲的艺者或吟唱清曲的文人雅士。否，概拒门外。连张大千都被打入"另册",遑论他人。全书分三辑:抗战前后曲人活动;50年代,曲人在美国和台湾地区的活动,以及60年代后也庐(耶鲁)曲社及华人世界其他昆曲活动。以题墨先后为序。抗战岁月雅集的有昆曲大师吴梅、语言学家罗常培、音乐家杨荫浏、江南才子卢前(冀野)和词客汪东。50年代后有语言学家李方桂、大名鼎鼎的胡适、图书馆学家蒋复璁;60年代以降有海外华人学者余英时,以及大陆戏曲史论家吴晓铃等诸君。昆曲名流、文化闻人的大盛会。这些字画作品多为曲友们(文化人)在纵情拍曲之后或酒酣耳热之时,不经意间留下的即兴之作。唯其"不经意"才兴会淋漓,才真情毕现。这些文图,不论写景或抒情,都反映了百年中国社会转型过程中传统文人文化的流风余韵,及其推陈出新的探索追求。现择其一二以飨读者。

"鸿爪"留痕以曲学大师吴梅开笔。吴梅是充和慈父冀牖先生的至交。充和尊之为父执、师长。1937年岁首,充和捧着崭新的册页登吴府拜谒,于请益词学后请恩师赐墨。得天下英才不胜其乐的吴梅,欣然挥毫,抄录他的自度曲《北双调·沉醉东风》:

展生绡,艺林人在。指烟岚,画本天开。重摹梅道人,依旧娄东派。是先生自写胸怀。二老茅亭话劫灰,只满目云山未改。

词作不仅道出昆曲与诗书画是一脉相通的渊源,"画本天开"四字,正切中充和心怀,令人回咀嚼回味。抗战烽烟起的两年后,充和求墨于杨荫浏先生。杨先生精通中西音乐。是时,战火使充和与刘先生流寓重庆,在教育部礼乐馆同事。两人曾有愉快的合作,每逢曲事,充和拍曲,荫浏奏笛。某次两人同唱《琵琶记》,荫浏先生十分欣赏充和先生的唱曲,情不自禁地在曲谱中用朱笔作记,并注明"张充和唱法"。为记录那份闲适境界,荫浏先生在"鸿爪"

册页上录元代乔孟符的一支散曲,并题款记事:"二十八年秋,迁居呈贡,距充和先生寓室所谓云龙庵者,不过百步而遥,因得时相过从。楼头理曲,林下啸遨。山中天趣盎然,不复知都市之尘嚣烦乱。采乔梦符散曲一阕,志实况也。"更具情趣的是胡适的留墨。胡适、张充和本系师生,又有同乡之谊。一九五六年秋,胡适客座加州大学。某日胡适应邀到张寓"还字债",纵情挥洒留墨三十余幅。胡适不是真正意义上的曲人,但在曲学研究上用心极深,特别是在整理出版上贡献卓著,故充和请之。胡适写的是元代曲家贯酸斋(云石)的《清江引·惜别》:

若还与他相见时,道个真传示:不是不修书,不是无才思,绕清江,买不得,天样纸。

清江,盛产纸。该曲叙写男女离情别绪。胡适因何写此本就耐人寻味,莫不是有感而发?写了一幅还不尽兴,他又在充和自制的"晚学斋用笺"上又写了一份,所不同者注明"写给充和汉思"的。不料,数十年后《清江引》生出一则文坛佳话:1987年充和返大陆省亲与沪上老报人黄裳共宴,席间,黄谈起"文革"中自毁一件胡适手迹悔恨不已。充和回美毅然将此《清江引》相赠。后此物流入坊间,不法古玩商炮制多份分别在杭、津、宁同时抛售。杭州学人陈学文购得一件,将研究心得刊在台《传记文学》上,认为这是胡适二三十年代自作的情诗,判为情人曹诚英所作,臆猜充和、汉思"应是胡、曹之间传言人"。陈文一出,钱存训、周策纵、童元方等名流纷纷各抒己见。充和为纠所谓"红娘"之误,特在《传记文学》撰文说明此物得来之始末,澄清历史真相。说句题外话,笔者也好淘旧物,在南京也曾购得一件《清江引》,经允和绍介向充和求证。充和先生谕我那是件赝品的同时,慨然将她一件收藏半世纪的胡适半幅字遗我（原诗八句，胡适自作白话诗："前度月来时，仔细思量过。今夜月重来，独自临江坐。风打没遮楼，月照无眠我。从来未见他，梦也如何做。"写完第六句时，胡因纸染墨污弃之纸篓，五十年后，充和先生补写后两句，并缀语"今赠昌华聊胜于伪"）。充和先生的大方与爽气罕见也。值得一书的册页中还有充和继母韦均一女士的画作。充和年幼丧母，继母韦均一长充和十五岁，工书画擅昆曲，两人同练曲共研字画，相处得十分和睦。1946年某日，均一女士一时兴起，径自展开《曲人鸿爪》褶页，信手点染一幅《充和吹笛》的仕女图。画中的充和花容月貌，端坐花丛，纤纤玉指抚一管长笛，仪态娴雅，衣袂飘逸如仙女下凡。此作系均一坐等来客之片暇即兴而作。她正欲画美女樱唇时客人骤至，仓促间均一将画中美人樱唇染成一红点。显然这是败笔，然充和倍觉情深温馨无比，十分珍爱。

至于丹青圣手张大千的画作，虽不宜登《曲人鸿爪》之大堂，但是绝妙上品。那是1938年前后，充和居成都，一次到张大千府上参加一个Party。会上大千请充和表演一段昆曲《思凡》。毕。大千即席为充和作小品两幅：一速写充和表演姿容；另一幅是绘一朵婀娜多姿的凌波仙子，描摹象征"思凡"的水仙身段，飘逸若仙……

张充和先生的册页以一位曲人的"世纪回忆"，展现了书画诗词的赏心乐事，曲人生涯的余韵流风。《曲人鸿爪》之曲真可谓"此曲只应天上有"也。

（写于2011年）

《双叶丛书》琐谭

今天，一切变得莫名的浮躁。鉴此，百业倡导敬业精神，自然被社会认同。所谓敬业，窃以为不止是一种浅泛的对职业道德的恪守，而是对本职工作一种尽善尽美高层次的追求。就我们编辑工作而言，不止是墨守陈规地编发自然来稿，而是在选题策划上谋求一种创新。

笔者不揣谫陋，就策划选编"双叶丛书"尝试的角度谈谈感受，就教于方家。

"双叶丛书"是现当代文坛夫妇作家的散文合集，现已出版鲁迅、徐志摩、巴金、冰心和林海音、柏杨等海内外十六对作家夫妇的作品。该书面世后，受到社会不同层次读者的欢迎和关注。其书历时五年，甘辛备尝。苦也罢，甘也好，都是过去的事，如果说此丛书能忝列为"成功"的话，窃以为那是一种敬业精神使然。

20世纪90年代初，散文中兴，我想赶"潮"，但又不愿蹈人后辙。当时中青年作家的散文随笔竞相出版，相形之下，前辈作家们显得有点落寞。当然，生姜不一定是老的辣，但老姜自有老姜的味道。人弃我取，因此我把视角盯在老作家身上，倘若单独为某几位前辈作家出本散文集，新瓶子装旧酒，读者不买账。如另辟蹊径出版他们伉俪的散文合集，辅之于图片、手迹及其他，倒不乏新意。于是我就抓住"家庭"这个特色，遴选他们结缡数十年来，抒写家庭、亲情、人生的随笔，以情动人，以真取胜。我将此设想先征求同人的意见，众人称好。再向萧乾先生请教，萧乾热情支持，称"这个点子高明"，使我大受鼓舞。为组稿方便，拟先选健在的作家夫妇。本想在首辑推出的两对作家夫妇，或因夫妇中某一方此类作品不丰，或因本人不乐意而暂缓。遂求其次，第一辑推出萧乾、吴祖光、冯亦代、苗子四对伉俪的作品。丛书的名字很重要，是一种品牌。在为丛书命名时颇费周章，我想：家庭是一棵树，夫妻则是树上的两片叶子，相谐成趣，加之已定选的四对夫妇的人生之旅都有惊人的相同之处，是一代知识分子的缩影。他们屡遭"霜"打，暮年老而弥坚，"霜叶红于二月花"，于是取"霜叶"的谐音"双叶"，命为丛书名。

对这套书的整体设计，我考虑，除内容以反映家庭、亲情为中心的文章以外，男女的篇幅各占一半；在两人文末的接合部，用"编后记"将其连接，使其成为珠联璧合的一个整体。体现了一种"你中有我，我中有你"的趣味。同时，请作者夫妇自己题写书名，作序，配以家庭生活照，凡书画家配书法、画作，名伶配剧照，目的是让读者走近作者，对名人们有一个感性的立体的印象。在与美编速泰熙讨论封面设计时，我建议他抓住"双（霜）叶"这一个独特的视角作文章。速泰熙匠心独运，一改封面设计传统老套路，首创了一本书"两个封面"或曰"无封底无封面"。正文部分男女亦颠倒印刷（后来的港台作家的作品采用先生竖排，女士横排。有人戏说这是"阴阳有别""一国两制"），遂成为一册无所谓前后，无所谓主副的书，"颠鸾倒凤"，信意展读。封面用粗糙的岩石做底衬，易使人联想到作家坎坷的人生。在书名的下方，饰有一支笔，生出两个笔尖状的图案，既像是并蒂莲，又像是连理枝，令人遐想。

　　这套丛书十六部，绝大部分都是由我选编的，书名也多由我拟定经作者认可的。幕后的工作是大量阅读作者的相关作品，遴选篇目、归类，更为繁琐的是代老先生们查找资料、复印和查核错讹。仅此与作者的信函不下二百封之多。因正文排字是颠倒印刷，从未有过，怕装订出错，与出版社的同志冒着酷暑到几百里外的扬中县印刷厂督阵，那真叫"谁知手中书，字字皆辛苦"。

　　第一辑面世后，获得社会好评，一字概括："新"。萧乾先生说："这种形式可能是中国现代出版史上出版夫妇合集，体现男女平等的首创"，全国版协副主席王仿子先生戏言"可以申请专利"。港台报纸也跃为推介。伦敦大英博物馆获悉，还特地来函购藏。因此，我想编辑的敬业精神，首当敬在选题的新意上。

　　——新，才有生命力。

　　"双叶丛书"第二辑，我把视点落在现代文坛鲁迅和许广平、郁达夫和王映霞、徐志摩和陆小曼、陈源和凌叔华四对作家夫妇上。后一对，有点钩沉味道，陈源与鲁迅先生"势不两立"。我之所以尝试选了这一对，主要考虑在中国现代文学史上他们应享有一席之地。那会儿，陈、凌的作品"复出"不久，图片资料不足，好在萧乾先生引荐陈、凌的女儿，现居英国的陈小滢女士，解决得比较顺利。难度最大的是陆小曼。从严格意义上说，陆并非作家，且过世较早，又无后人，图片资料严重匮乏。在图书馆中能觅到的只是那幅她与徐志摩的结婚照，老面孔。按丛书编辑体例要求，每位作者需八幅图片，小曼晚年居申上，于是我拜访王映霞女士，请她提供线索。王映霞说，陆小曼在上海画院和市文史馆工作过，应去一试；又说徐志摩表弟陈从周在同济大学，或许有。她不知他的新址，但她示我同济大学钱青教授的地址，说找到钱青就找到陈从周了。为了保险起见，我"三管齐下"。叩访上海中国画院，同时分别致信给上海文史馆长王国忠先生和钱青教授。结果不乐观。上海画院的回答很干脆：没有。王馆长来函说："'文革'中文史馆被撤销，所有档案荡然无存。"他也建议我去找陈从周，说陈教授编过徐的"年谱"和"全集"。终于等到年近九十的钱青教授复信，她说她去陈教授家，陈正第四次患中风，神志不清。等春节期间陈的女儿回国再说，安慰我"稍待时日"。其实已"时不我待"，另三部书稿全部编就出片，预定出书期在即，简直是迫在眉睫了。我一度真想凑合着算了，读者也不会太苛求的。苍天不负有心人，春节期间，陈教授之女胜吾女士给我寄来了两张徐、陆的单身照，都未见发表过，实属大喜，但凑不足版面。所得的图片内容过于单调，不能反映陆小曼的人生全貌。陈胜吾女士建议我到浙江海宁徐志摩纪念馆去寻觅，热情示我该馆徐蔚先生名址。我即写信、打电话去。谁知希望大失望也大，亦以失败告终。虽数经折腾，我仍有不到黄河心不死之概。山穷水不尽。在我与之过从的众多人际关系中，我梳理出出版家范用，请他指点迷津。这回算是烧香摸到了庙门，终入"柳暗花明又一村"之境，范先生说他藏有一本1947年版的《志摩日记》（晨光出版公司），内收图片甚丰，随信寄来。我打开展读，兴奋极了，不仅有陆的照片，丹青翰墨，还有胡适、闻一多、杨杏佛及泰戈尔等一大批时贤在徐陆结婚纪念册上题的诗画。继而，请曹禺、胡絜青先生双双题签。曹禺先生正在病中，第一次题错了，复又恭请他重写一遍。多人的汗水，俾使《爱的新月》编就。

回忆这部书的编辑过程，试想没有一种敬业精神作为支撑，我或许会知难而退，《爱的新月》也不会有这样较为圆满的结局。知难而进，似可认为是对敬业精神的一种试石。

——进，是臻于事物完美的一个台阶。

当代文坛盟主巴金与夫人萧珊的合集，姗姗来迟。编在丛书第四辑中。早在最初策划这套丛书时，我说把巴老作为领衔人物列入计划（冰心、吴文藻亦然）。因我与巴老素无过从，遂请萧乾先生转致我的请求。严于律己的巴老，虑及夫人萧珊生前此类作品不多，不愿凑数，婉谢了。第一辑面世后，有读者来信问，为何遗漏巴金如此硕大的明珠。后来萧乾、文洁若夫妇到沪开会，我又请其代我面求一次，未果。我只能等待。

精诚所至，金石为开。机遇终于来了。

1997年秋天，我进京组稿顺道拜访舒乙先生。舒先生说要抓我的差。我问什么事。他说中国作协在内联升（百年老店）鞋店为巴老定做了一双麂皮软底布鞋，刚刚拿到，想请我捎去。真是踏破铁鞋无觅处，我当然珍惜这一拜访巴老的机会。时巴老在杭州休养，我回到南京后，已是晚上九时，未及向社里请假，次日一早便乘长途汽车赶往杭州。在送鞋的当儿，我又向小林同志提出为巴老、萧珊出合集一事。好在那时萧珊与巴老的书简已整理出来。小林同志善解人意，大概也为我的诚挚所感动，答应帮忙试试。她带我去见巴老,那天巴老的精神挺好。我将随身备好的"双叶丛书"老舍卷翻给老人看。小林同志适时地转述我的请求。巴老听完汇报以后说"可以。"一锤定音。为丰富萧珊部分的资料,我与另一编者彭新琪女士根据小林提供的萧珊笔名的线索,从图书馆中找到1939年《烽火周刊》上她的早期作品《在伤兵医院中》。在为合集冠名时,小林请我代拟,我草拟了三个。巴老圈定《探索人生》,并抱病题签。这部书有巴老加盟,不仅壮大了丛书的阵容,更使丛书增辉添彩,亦大大加强了丛书的权威性。

这部书稿的获得,看似偶然,实则必然。没有此前几番攻关,铺垫,怕也难成,似可看做"心诚"之果。后来,送鞋的机会确得之偶然。我认定这是一次机遇,稍纵即逝。我毫不犹豫地抓住了它。

——抓住机遇,便握得成功;机遇大门,是靠敬业精神敲开的。

一言以蔽之:五岳求仙不辞远,敬业方能出好书。

(写于2004年)

墨香纸润尽风流
——《中国版本文化丛书》琐谈

泱泱华夏几千年的文明,铸就了我中华辉煌的文化。这些瑰宝融藏在诸多的典籍中,并以其为载体彰显它的魅力。

出版工作者的一项重要职责是注重文化积累。江苏古籍出版社勇肩此任,为我们的民族文化寻根、守灵,乃至弘扬广大。日前他们出版了《中国版本文化丛书》(十二卷,任继愈主编,启功题签)这本丛书的最大特点是异于此前零星出版的同类读物,或断片成册或一书概略。该丛书是以专题形式分册撰写,世称"第一套"。它分宋本、元本、明本、清刻本、坊刻本、家刻本、活字本、插图本、新文学版本等,多方位、多层面地反映我国版本文化的传承。令人惊喜的是将少数民族古籍版本也囊括于内,弥补了空缺。较系统地勾勒出我国历代版本研究的最新风貌和水平,从一个侧面反映了一个时期、一个地域的工艺和人文状况、文化标记和文明的印痕。

版本者,古称印版谓之"版",印成书册后谓之"本"。

书人书事

版本研究，历来是蛰居书斋学者文人们的雅事，芸芸众生无资无暇无趣亦无意登堂问津；而这本丛书以它崭新的编辑理念和撰写方式，让深奥的殿堂中的版本文化走出书斋，贴近大家，直接面对广大读者。各册文字既崇学术的严谨，又尚大众化的阅读趣味。史实引经据典，文字深入浅出，将艰涩枯燥的学术精华提升后普及化，特别是佐以大量的图片，每册达百幅之多。许多弥足珍贵的书影首次刊布，大大提高了它的史料价值。释卷展诵满目琳琅，图文互动心怡神旷。阅读时既有触摸历史拓宽视野的惊喜，又有猎获新知轻松愉悦的快感。扑面而至的纸上风月，纷至沓来的历代云烟，令人感慨良多。

丛书的装帧设计、施墨、用纸都十分考究，庄重、古朴又典雅，书的内容与形式臻于完美的和谐，不乏是件艺术品，颇具收藏、阅读、欣赏之多重价值。

版本的学问，需要学者专家去探索，古人的印刷、纸墨、装帧艺术期待出版者去传承，版本文化丛书值得广大读者的读赏。

叶灵凤先生在港时曾撰《读书与版本》，就读者、藏书家与版本之间的关系作过精辟的阐述："要知道藏书家固然应该注重版本，就是仅有一本书的人，只要他是一个懂得爱书，理解书的趣味，能够从书中去获得学问和乐趣的人，他就有注重版本的必要。"黄裳先生在他的《清刻之美》中更有切身的感悟："同样一部古籍名著，一册精刻旧本与一册铅印的新书给读者的感受是不同的。"

不同在何处？我们大可从这套《中国版本文化丛书》中去领略一下先祖为我们留下的纸上云烟吧。

（写于 2012 年）

苏版《红楼梦》谈屑

大凡像样的书店,必有《红楼梦》销售,就像星级酒店少不了外币兑换台一样,显示一种身价。《红楼梦》行世的版本多,开本样式也杂,市场日趋饱和,但长销不衰,令书业同仁关注。

在百舸争流的出版大海中,江苏文艺出版社打造出一种新版本"程丁插图全本红楼梦",(下简称苏版)因其从内容到形式都有所创新或曰别树一帜,问世后颇受读者青睐。

《红楼梦》的最早问世,都是以手抄本形式在坊间流传。诸如甲戌本、己卯本、庚辰本等。回目篇数都不尽相同,但都是八十回以内的本子。直至乾隆五十六年(1791)程伟元以萃文书屋活字排版,创一百二十回刊印之始。该版由程氏作序,故称"程本",又名"程甲本"。次年,萃文书屋再版,作若干增删,由程伟元、高鹗作"引言",俗称"程乙本"。其后,又有程丙本、程丁本刊行。

在诸多版本中,以程本《红楼梦》内容最全,流传最广,影响最大而备受读者喜爱。

苏版《红楼梦》，是以《程丁本新镌全部绣像红楼梦》为底本，校以人民文学出版社、上海古籍出版社的两种版本，重新标点、整理，并加以插图的简体版。即时下新称"程丁插图全本红楼梦"。

苏版《红楼梦》一大特点是"新"。它较之于其他文本其优点是在用词造句上更为凝练，语言更为疏朗有韵致，同时在分段时注意各段字数的疏密，通过梳理后繁简适中，文本不仅美观，更便于阅读。

其次是"全"。苏版《红楼梦》极大程度地保留了程本的原貌。统收原有的序、引言，便于读者了解《红楼梦》的原貌，同时加了两个附录：《〈红楼梦〉观点研究辑录》和《〈红楼梦〉版本、年谱及在海外流传情况》，俨然是一个浓缩的"红楼"索引。这些都是刻下大陆流行的普通版本中所不备的。它为广大的"红学"爱好者乃至刚入门的研究者提供了史料。

其三是图文并茂。

《红楼梦》程丁原本虽书名上标明有"绣像"，其实全为白文，无图。苏版《红楼梦》编者，科学、机智地借他山之石"装点门面"，将晚清仕女画家改琦所绘《红楼梦图咏》全本，有序地插于书中。改琦所绘的《红楼梦图咏》被公认为历代《红楼梦》插图中佼佼者。他所绘的红楼人物摇曳多姿，神韵浓郁。贴切原著的风格，图文辉映，相得益彰，有品位。便于读者在读《红楼梦》的同时，一睹红楼人物的风采，在品评中提升阅读兴趣、领会题旨。

再一个特色是装帧新颖，制作精良，堪称统现行诸多版本之帅。

苏版《红楼梦》设计者，摒弃以往《红楼梦》封面设计黛玉葬花、宝黛并影之类图画的模式，改用文字唱戏。在别致的酒红色的封面上，把《好了歌》和甄士隐对《好了歌》阐释的诗集聚在封面中央，两边留出大量的"空白"，借文字排列疏密，虚实变化，营造出一种典雅韵味。并饰以金色腰封，腰封正面置一光润精致的宝玉，腰封背部则放一块石头，暗喻本书写的是一个贾（假）宝玉的故事，用美术设计语言诠释藏诸文字中的"玄机"。内页的书眉将改琦绘的石头和红楼人物肖像，分别作单双页码的图饰，于古典中透出现代设计意味。

无论从封面、环衬、扉页还是内文，版式都十分考究，用现代设计语言，揭示《红楼梦》和艺术气息和精神内涵。加之该书制作选用新材料和新工艺"允称上品"，使苏版《红楼梦》成为阅读、收藏的最佳选本。

（写于2012年）

刘心武"续红"的题外话

自网络爆料刘心武续写《红楼梦》后,"续红"的话题霎间蹿红:"热议""酷评"或"恶炒"声蜂拥而至。顶者认为是"文坛壮举",踩者讥为"狗尾续貂";甚而书未面世,便有人开骂,有媒体说"续红"处在"出师未捷身先死"的悲壮中。我对它的生或死不大关切,倒认为刘心武的"三气"值得一书。三气者,勇气、才气和大气也。

首言勇气。续经典是件吃力不讨好的差事,据资料,《红楼梦》续稿自高鹗后不下四十部,无一不被唾沫淹死,十十自生自灭。就刘心武言,2005年他在央视"百家讲坛"开讲《揭秘红楼梦》,原拟36集,因受红学家干预,讲到23集便夭折。刘心武是深知红楼的梦不好做,明知山有虎,仍携棒上岗。在我看来,他是捉只虱子放在自家头上。此举需要勇气、非凡的勇气!

当今红学泰斗周汝昌作诗贺曰:"贺岁得芳讯,壮哉勇士风。

为芹收佚稿，何论异还同。"这是对后学勇气的嘉勉与鼓励。诗末句似乎是呼吁红学界持不同政见者们求同存异。周先生又云："续书不管有什么缺点，也是一件极大的功劳。"斯言诚哉。我观刘心武的勇气非一时率性而发，性格使然也。"中国人在经典面前总是匍匐在地"，刘心武仰视又平视经典，兹非勇者而不可为之！

再者，才气。才有高低之分，才高八斗是大师。刘心武的才或不够用斗量，但总够上以升计吧。且不说他的《钟鼓楼》获过茅奖什么的，他在自家文学园地里植了"四棵树"：小说、随笔、建筑评论、红学研究，谅我等凡庸能企及。再说他的红学研究，除了四大部《刘心武揭秘〈红楼梦〉》外，还有《红楼望月》《红楼梦八十回本故事》和《红楼眼神》。"续红"是他积二十年研究之功、七载躬耕而成，非一蹴而就。刘心武要"恢复红楼"拼接修补那些残瓷碎片，接上那"断臂维纳斯"的臂，勇气何来？全仗才气做底气。没那个金刚钻，他敢揽此等瓷器活？

最后说说大气。大气即雅量。一些红学家和网友反对"续红"，认为那"断臂维纳斯"接不得，接不好，要保存那个残缺美。刘心武只凭个人兴趣，任人评说。他对自己的身份淡定，不是专家、学者、教授，"红学自费研究者"。早年是为五斗米折腰的"孩儿王"，刻下是"社会闲杂人员"吃养老金的"破老头"。他对自己的作品只打60分（不及格他是不敢给出版社的）。"续红"面世后，一些读者对人物命运的安排、某些情节的处理颇有微词；对语感缺乏美感有异议；对书中的诗句"只有打油诗的水平"不满等。面对不同声音，他心态平和，察纳雅言。正广泛收集读者的意见和建议，表示愿意继续修订续本，"生命不息，修订不止。"我觉得他表现出的这种不卑不亢，就是一种大气。他常说"苔花如米小，也学牡丹开。"

网友蝴蝶梦中飞说得很有趣:"老刘喜欢写,大家想看就看,想骂就骂,只要高兴就好。"

(写于 2012 年)

紫金文库

季羡林的《清华园日记》

日记是具体的生命的痕迹的纪录。

日记贵在真。现存世公开出版的日记,十九留有粉黛的印痕。虽然也是历史的录音录像,总不同程度的夹杂着噪音或重影。季羡林先生这部《清华园日记》(1932—1934,辽宁美术出版社 2002 年 10 月版)是绝对的"绿色食品",为纪念也为存真,出版社出了影印、铅印两种版本。日记的内容朴素得有点粗糙,率真得有些"离谱";文不加点,披头散发,间不留行,胡须混淆,错漏照排(铅印版做技术处理)显孔露疮,但热血真情流贯其中。特别是作者那"一仍其旧,一句话也没有删"的编辑宗旨,活脱脱地将自己赤条条地置于读者面前。

何竟如此?"目的是向读者献上一份真诚。"20 世纪 30 年代初中国社会风云的踪影,水木清华藤影荷声的风情,以及作者心路历程的履痕,流淌在这册"流水账"似的日记中。

季羡林与胡乔木是清华时的同学。季读的外语系，胡在历史系。两人是朋友。

季羡林在《回忆乔木》中说，某日，胡乔木摸黑坐在他的床头，劝他参加革命活动。季自感虽然痛恶国民党，但"觉悟低"，又"怕担风险"，"尽管他苦口婆心""我这一块顽石愣是不点头。"季羡林读清华，最初只不过是为了"在社会上能抢到一只饭碗"。他胆小没有参加革命，但不等于他不爱国。日本人的入侵，使北平已放不下一张书桌。季羡林的表现如何，且看"日记"：

"正午看报，榆关战启。晚上就听人说，榆关失守了。于是一般人——在享乐完了以后——又谈到日本了。这所谓'谈'者，不过，骂两句该死的日本鬼子，把自己的兽性藉端发一发，以后，仍然去享乐。

我怎么也同他们一样呢？这些混蛋，我能同他们一样么？沪战正酣的时候，我曾一度紧张。过后，又恢复了常态，因为刺戟［激］拿掉了。现在刺戟［激］又摆在你面前，我只好同他们一样地想到了日本了，又紧张了。这样的人生，又是这样的我，还能活下去吗？还配活着吗……"（1933.1.3）

那时，学校正要考试，他必须拼命看书，但又看不下去。

"昨晚听说代表会议决定请学校停课，学校否认了，但是办法却没有。

我最近发现了，在自己内心潜藏着一个'自私自利的灵魂'。开口总说：'为什么不抵抗呢？'也就等于说：'别人为什么不去死呢？'自己则时时刻刻想往后退。有时觉得这种心要不得，然而立刻又有大串的理由浮上来，总觉得自己不能死，这真是没办法。"

(1933.1.6)

"今天张学良发出通电,决心抗日,心中颇忐忑。"(1933.2.19)

"近日报载,热河我军屡退,瞻顾前途,不禁感慨系之。"(1933.2.28)

"我最近发现个人感情太容易激动了——我看孙殿英(以前我顶恨的)的战报,宋哲元的战报,我想哭。报上只要说一句动感情的话,我想哭。"(1933.3.14)

"连日报上警告蒋王八蛋不要为李鸿章第二,今天晚报又有妥协消息,无怪罗文干连日奔走。

我兴奋极了,我恨一切人,我恨自己。你有热血吗?为什么不上前敌去杀日本人,不,没有热血吗?为什么看见别人麻木就生气。我解决不了。我想死。"(1933.3.15)

……季羡林自谓"平生爱国不敢后人,即使把我烧成灰,我也是爱国的。"由此聊见一斑。

"自强不息,厚德载物"的清华校训,熏陶、激励了季羡林。

家境贫寒的季羡林步入清华,"穷"像一条毒蛇,紧紧地缠住他。日记中常有向家中索款,等米下锅的纪录。他从牙缝中硬是抠一点钱出来买书。买中文书、西文书,竟托人到德国去邮购《歌德全集》,以扩充自己的视野。尽管他自己穷得叮当响,但他从不向比他更穷的朋友捂口袋,硬充汉子济助他人。

"午饭后接到荫祺来信,借大洋十五元。我立刻写了封信,钱也同时汇了去。不过,歌德全集来了的时候,又有我的蜡烛坐呢。"(1932.11.5)

而等到自己囊中空空，急于用钱想向别人借时，又难以启齿。

"我现在真急需用钱，稿纸要买，墨水要买。说起稿纸更可怜。《黄昏》只抄了一页，就因为没有稿纸抄不下去。写给家里要钱的信，只不见复。好不急煞人也。"（1934.1.7）

季羡林也深知家里的困难。县里视他这个国立大学生为"县宝"，每年津贴五十元，后来向校方借贷一点，又有点稿费，他决意不再向家里伸手要钱了。

清华岁月，季羡林在学习上的勤奋是有名的，真正的焚膏继晷。日记中有两处"烛继电"字样，仔细读上下文方知，那是在学校规定的熄灯拉电后，秉烛夜读。

"……作这篇 Galsworthy，直费我五整天的工夫，参考书十余本，五天之内读数千页的书，而且又读好几遍，又得写，这还是以往没有的纪录。这几天每天几乎到下一点睡，早晨醒得又极早，只有 Galsworthy 盘桓在我脑子里，我觉得这种刺激非常有趣。在近几天以内，我又要开始作 Holderlinne"。（1932.11.25）

类似这种"夜十二时，记，摇曳烛光中"之类的字样常见日记中。如有友人来晤叙，他等朋友走了，宁可少睡觉，也要把所费的时间补回来。

由于营养不良，季羡林那时身体素质较差，自嘲一年有三百六十天要感冒。日记往往停写，但稍好后，总要补记，持之以恒。

季羡林到清华，主修德文，兼英、法文。为攻下德文，他把1933年定为自己的"德文年"，在日记中用大字写出策勉自己。"加油！""非加油不成！""不甘自弃"的警句隔三岔五地显现日记中。

在文学创作上，清华的人文环境十分宽松。同学们集文学社团、办刊物，那时他与吴组缃、林庚、李长之有"四剑客"之誉。二十二三岁的季羡林，时已在全国权威的文学杂志上崭露头角，与当时的名家们有或密或疏的过从，并得到沈从文、朱光潜和叶公超等好几位前辈的垂青和提携。

笔者以为，最为难能可贵的是，季羡林敢于把七十多年前他对现时健在或已故的文学前辈的印象、批评和盘托出：

鲁迅："焚烛读鲁迅《三闲集》，此老倔强如故，不妥协如故，所谓'左倾'者，实皆他人造谣。"（1932.10.2）

"今天读鲁迅《二心集》（其实从昨天就读起了）。在这集里，鲁迅是左了。不过，《三闲集》的序是最近作的，对左边的颇有不满，仍是冷嘲热讽，这集的文章在《三闲》序前，却称其[起]同志来了。真叫人莫名其妙。"（1932.11.13）

胡适："听胡适之先生演讲……说话态度声音都好。不过，也许为时间所限。帽子太大，匆匆收束，反不成东西，而无系统。我总觉得胡先生（大不敬！）浅薄，无论读他的文字，听他的说话。但是，他的眼光远大，常站在时代的前面我是承认的。"（1932.10.13）

周作人："今日读《中国新文学的源流》。我总觉得周作人的意见，不以奇特虎[唬]人。中庸而健康。"（1932.10.6）

郭沫若："……读完《创造十年》，我第一就觉得郭沫若态度不好，完全骂人，那是来（？）有历史性的文章呢？"（1932.12.1）

巴金："晚上杨雨辰先生请客，在座的有巴金（李芾甘），真想不到今天会能同他见一面。自我读他的《灭亡》后，就对他很留

心。后来听到王岷源谈到他,才知道他是四川人。无论怎样,他是很有希望的作家。"(1932.9.23)

后又因《文学季刊》再版时抽了季羡林的稿子,中间还夹杂着李长之,在日记中又发出"巴金之愚妄浅薄"的感叹。

季羡林还批评徐志摩的《轮盘》"太浓艳";郁达夫的《自选集》"简直不成话,内容没内容,文章没文章。";施蛰存的《善女人的品行》"除了文章的技巧还有点可取外,内容方面空虚的可怕。""李唯建、陆志韦的诗""真肉麻的要命。"对郑振铎、朱光潜、丁玲、臧克家、卞之琳等其人其作都发表了自己的看法。他十分在乎沈从文:

"看到沈从文给长之的信,里面谈到我评《夜会》的文章,很不满意。这使我很难过,倘若别人这样写,我一定骂他。但沈从文则不然。我赶快写给他一封长信,对我这篇文章的写成,有所辩解,我不希望我所崇敬的人对我有丝毫的误解。"(1934.3.6)

在教授方面对吴宓、金岳霖、杨雨辰印象较好;但后来遇到某事涉及己身,一时激动之下免不了又有微词。有前后"说法"不一的情况。亦属常情难免。

对上述其人其文的评判,七十年了,虽旧犹新。尽管有偏颇之处,但对读者仍不乏有启迪或引起思考的价值。

那时季羡林正年轻气盛,便有偏激的毛病。在日记中他也不时反省检讨自己。

"我自己心胸总不免太褊狭,对一切人都看不上眼,都不能妥协,然而说起来,又实在没有什么原因,倘若对自己表示一点好感,自己就仿佛受宠若惊,这岂不太没出息了吗?这恐怕是母亲的

影响，我父亲是个豁达大度的人。"（1934.3.22）

日记中不仅记录了丰富多彩的清华生活，还有内心深处的秘密，与朋友由喝酒、闲聊，聊到女人"以及一切想象之辞，于是皆大欢喜回屋睡觉。"甚至是由看旧小说《石点头》引起荒诞的性幻想，都一字不删。

季羡林敢于并乐于把七十多年前尘封的日记捧出，一字不删地出版，展示了他的襟怀。他在"自序"中说："我的日记是写给自己看的，能够出版是当时做梦也没有想到的。我看到什么就写什么，想到什么，就记什么，一片天真，毫无谎言。"因为一个世纪的沧桑，已使他进入一种化境："我七十年前不是圣人，今天不是圣人，将来也不会成为圣人。我不想到孔庙里去陪着吃冷猪肉。我把自己活脱脱地暴露在光天化日之下。"

《清华园日记》，七十年后读来，犹觉纯真难得！

（写于2003年）

广而告之
——为范用做广告

本文的标题有点滑稽,副题也有点"文不对题",严格地说应是为范用编的书做广告。

范用,原三联书店总经理,当代最资深的出版家之一。上上下下戏称他"范老板"。老板确实老了,背驼了,发白了,牙掉了,早已退休在家。但他的书铺子不倒,人文精神不衰,文人的品位依旧,其境界仍存高远。据笔者所知,范用十六岁到生活书店当小学徒,一辈子卖书、编书、写书、出版书,与书结下不解之缘。但他近水楼台不得月,直至退休,只为自己出了一本六十四开小薄本子《我爱穆源》,那是他怀着一颗赤子之心,给母校穆源小学(镇江)小朋友的十几封信。即是这本小册子,最初还是在香港友人的援手下在港地出版的。

书人范用,告退编席后,归隐的仍是书林。近三年来,耄耋之年的范老板雅兴大发,在冷板凳上接二连三地"焐"出了三本"闲书"：一是《泥土·脚印》（凤凰出版社2003年版）追忆六十多年来"为人作嫁"的风风雨雨和喜怒哀乐，以及对文坛前辈师友的缅怀。本月（2004年4月）三联书店一下子推出他编的两本书：《文人饮食谭》和《爱看书的广告》。民以食为天。范老板深谙此道，前一本让读者饱口福，吃饭；后一部是精神食粮，读书。食人间烟火长大，由书店小学徒熬到老板的范用是最有人情味的凡夫俗子。

且说《文人饮食谭》，那是遴选四十九位中国现代作家、文人谈饮食的散文随笔。由泛谈中国饮食文化与历史开端，再延伸到全国各地菜系的乡土风味，以及野味名品、经典小吃；最后是文人雅士们的"对酒当歌"和"品茗啜饮"。文章叙写文人笔下由形而下的"吃饱肚子，免于饥饿"，结合作者各自人生经验和社会感悟，升华到雅趣或悟道的艺术境界，登入文化层面。那一篇篇看似不衫不履，脱略形迹的小品随笔，或深刻厚重或轻灵风趣，融美食、美文于一炉，烹制成脍炙人口的佳肴，教你食不忍箸，情不退席。

我特别推崇的是《爱看书的广告》这本，专谈书的广告，该书可能是浩瀚书海中唯一的一位"孤家寡人"。全书汇20世纪三四十年代图书广告文字的经典、广告式样和名家对图书广告的独见卓识。当年的文化生活出版社、北新书局、新月书店和良友图书公司等广告文字，都是绝妙的文学创作，范用将其筛选后一一罗列，既可供一般读者欣赏，亦可资书业同道借鉴。且看新月书店为闻一多的诗集《死水》所撰的一则生动有趣的广告：

  王尔德说：艺术是一个善妒的太太，你得用全副精神去服侍她。如今国内最能用全副精神来服侍这位太太的要算闻一多先生了。《死水》如果和一般的作品不同，我们敢大胆的讲一句，只因为是艺术。闻先生的诗是认真做的，他的诗也应该认真去读。非这样读，不能发现《死水》里的宝藏。研究新诗的人不要忘了这里有一个最好的范本。

当年鲁迅、叶圣陶、巴金、施蛰存、胡风、老舍等文学前贤都亲自操刀，书写图书广告，已为文坛佳话。且看老舍写的几则，诙谐、幽默得令人捧腹，简洁、悬念逗你不得不一睹为快。一句话，叫你拍案叫绝：

《牛天赐传》是本小说，正在《论语》登载。
《老舍幽默诗文集》不是本小说，什么也不是。
《赶集》是本短篇小说集，并不是去赶集。
《离婚》是本小说，不提倡离婚。
《二马》又是本小说，而且没有马。
……

《爱读书的广告》中列举的广告式样，一点也不花哨，今天看来甚而有点"呆板"，但却设计美观，实用，展读顿感古朴之风迎面拂来，有一种特殊的艺术魅力。

末编的广告谈，介绍了中国现代图书广告一些史实、掌故，展示作者对书籍广告的真知灼见。广告是艺术。书籍广告文字，是一种文学创作。书卖一张皮，皮上的"内容提要"（广告）犹如一颗美人痣。诚如钱伯城所说："每看到一则书刊广告，竟会将充当成艺术品来欣赏，玩味其得失，评判其优劣。看到好的广告，就像读到一篇好文章，令人击节叹赏。看到拙劣粗浅的广告，则令人扫兴。"

　　范老板之所以钟情图书广告，缘自他与广告的不解之缘。

　　他在编者的话中说："我看书的广告，最早是在三十年代。那时父亲病故，家境困难买不起书，只能到书店站着看不花钱的书，看报纸杂志上书的广告。"读罢教人鼻酸。《爱看书的广告》的责编汪家明先生十分有创意，把这段话刊于书的封面，赫然起到了一种广告的作用。范用对广告的兴趣，还缘于他在1947年干了一件惊天动地令蒋介石勃然大怒的事，他神出鬼没地把读书出版社《资本论》的广告，堂而皇之地登在南京《中央日报》的头版上！他为此写了一篇《石头城里宣传马克思——中央日报〈资本论〉广告事件》一文，介绍始末。读者欲知详情，还是请看那本《爱看书的广告》吧！

（写于2004年）

书人书事

融人文情怀与自然风光于一炉
——《南京情调》之情调

时下介绍古城名都的书充斥坊间,其中不乏有特色者,但大半较粗糙。或流于编排的雷同,或失于选文欠精当,或对原版中的错讹缺少认真校勘。刚面世的《南京情调》无此瑕疵,可谓同类出版物中的精品。

南京,古称金陵,六朝胜地,十代名都,龙盘虎踞之所。她以沧桑的历史、丰蕴的文化和旷世的名胜饮誉中外。"斜阳衰草系情多",步李白"登金陵凤凰台"之后,历代文人雅士吟唱不绝,民国尤甚。

《南京情调》特色之一是"全"。选编者从海内外报章典籍中剔罗扒抉了中国现代史上鲁迅、陈独秀、胡适、朱自清、曾虚白、柳亚子、徐悲鸿、叶灵凤等六十四位社会名流文人骚客抒写南京的佳构;亦含罗家伦、曹聚仁、周作人、储安平和郑超麟的篇什,文末有作品原始出处。其次是"精",入选者多为名人或某重要历史事件亲历者。人限一篇,优中拔萃。编者对原版本中明显错讹、误植,作了必要的订正。其三是"雅当",作者或凭吊残阳,缅怀历史,或宣泄愁绪,寄托幽思,一吐胸中块垒:"商女不知亡国恨"的秦淮河,"三山半落青山外"的白鹭洲,"问君能有几多愁"的胭脂井,"无情最是台城柳"的玄武湖,乃至"钟山风雨起苍黄"的中山陵,一一留下他们的履痕心迹。项德言是孙中山先生奉安大典的组织者之一,他以隽永的史笔,教我们一睹奉安大典的盛况;陈独秀对江南乡试的描摹,使我们洞观科举制度的腐朽和荒诞;赵元任的《南京三年》,让我们体味到学子成才的艰辛;罗家伦的《中央大学迁校记》,令我们感受到亡国的切肤之痛;储安平的《豁梦楼暮色》又把我们带入"风雨纵横乱入楼"的忧思里。当然,亦有卢冀野的《冶城旧话》、黄裳的《旅京随笔》和叶灵凤的《岁暮的乡怀》之类的小品,都是现代散文中的绝唱。它广人知识,启人心怀。总之,作者们把对国民党腐败误国的忿怒和对古都草木的怜爱,有机地融入民国大事、石城市井风情之中,既有"臣子恨,何时灭"壮怀激烈的呐喊,又有桨声灯影的诗情画意。一部活脱脱的"旧京大观"。这融人文情怀与自然风光于一炉的特色,构建了别具一格的南京情调。再言之,每篇文章都配有与文字密切相关的历史照片,读来有种沉重的历史感。

《南京情调》从政治、历史、文化和市井诸方面立体地再现了中国近代史上南京的全貌。其文笔老辣,涉笔成趣;引经据典,恣意汪洋。欣赏性与史料价值俱备,是部读书人阅读典藏的好书。

(写于 2004 年)

店小风景多
——《笑我贩书》之我见

壬午春,江苏文艺出版社出版了《笑我贩书》,受到全国读书界朋友们的关注,甚而是追捧。究其因,盖该书独树一帜处甚多:奇在书名,怪在形式,实在内容,妙在神韵。

奇在书名。

书名《笑我贩书》,典藏玄机。此笑非笑(讥),此我非我。笑我者,范笑我也,作者之名;贩,卖也,简言之范笑我卖书鳞爪记。倘有人理解为笑(讥)我卖书,亦未尝不可。古有名句"多情应笑我,早生华发。"此书名是从关爱这部书的众多时贤中征集、遴选由主编蔡玉洗圈定的。范笑我何人?浙江秀州书局掌柜的。秀州,嘉兴古称,有人文秀州之誉。称书局有崇大之嫌,它只是嘉兴图书馆属下的一爿小书店,小到巴掌一席十六平方米。古人说:"花香不在多","室雅何须大!"更有西哲云:给我一根杠杆,可以撬起地球呢!

怪在形式。

《笑我贩书》，它是一件"三无"产品：无故事，无情节，无中心人物。但有真性情，它是作者撰写100多期小书店"简讯"的汇编选萃。以日记形式写就，每日三五行，每则一两百字。虽是断片，却是零珠碎玉。范笑我以"我"为中心，"我"的视听为线索，将散落在盘（店）中的大珠小珠贯穿起来，当作一条项链奉给读者。粗读，是书店的一笔流水账，琐屑不堪；细品，是一部实话实说的生活纪录片，作者用散淡简练幽默的文笔，摄下一组组短镜头，将瞬间变为永恒，声色俱灿。读之如啜清泉、品香茗之乐。

实在内容。

《笑我贩书》凡四十万言，内容"杂"而"实"（或曰扎实），记录了办书店的酸甜苦辣与所闻所见。秀州书局主要经营史志、人文一类图书，作者把获得的这方面信息通过《简讯》发出去，读者们通过书信的形式，或与其研讨书事或把自己的信息反馈给作者。书局的另一特色是为广大读者服务，以诚信为本，在作者、读者和编者之间架设通道，诗词家吴藕汀手中的《清诗纪事》缺页，书店代为向出版社联系，复印补缺。为读者代觅冷僻藏书等等，以及向出版社推荐有价值的文稿。九十多岁老作家黄源称赞书局"有似三十年代的上海生活书店和内山书店"。还有一位九十岁的老人，托人给他们送来一刀白纸，希望能获得他们编的《简讯》……

作者有浓厚的乡土情结，关注弘扬嘉兴的历史、人文。乐作文化寻根之旅，对嘉兴历史人物史料作细致的钩沉。清代以来的朱彝尊、蒲华、王国维、沈钧儒、沈曾植、茅盾、巴金、曹聚仁、李叔同、丰子恺、潘光旦、张宗祥以及徐志摩、郁达夫等都有吉光片羽见诸《简讯》。可贵的是《简讯》信息尊重历史，不为尊者讳，不为长者隐，敢于容纳不同的声音。

　　书中配发反映嘉兴人文、历史、书画墨迹图片 160 多幅，文图并茂，再现历史。如绍兴陈年花雕，开坛十里香。可视它为嘉兴地方野史一种，或可当作丰沛的民间文化史的另类。书局极善融通与读者的感情，他们把嘉兴历史上有代表性的山水风光、民俗乡情、名人肖像自制成藏书票以饷读者。

　　妙在神韵。

　　书店是公共场所，从某种角度看类似茶馆。入出者鸿儒白丁龙鱼混杂。该书将性别不同、品位高低、个性各异的顾客的声音行状记录于斯。国际风云的变幻，国计民生的喜忧，夫妇动武，婆媳斗法，邻里龌龊以至流行的社会民谣网罗其间。不妨举例一二：

- 某日一民警同志一次购《点石斋画报》、房文斋《郑板桥》等十余部古典艺术书籍。

- 一年轻夫妇，男的阅《清代瓷器鉴赏》，问女的说"买下吧"。女不语。离店半小时后，男的又匆匆赶来买走此书，兴奋得如吹皱一池春水。

- 一中年顾客买《高干沉浮录》，给服务员一名片上写"出生于高干家庭"。

- 一老年顾客买一本《给太太打分》，价五元，嘱开二十元发票。服务员问："退休了？""我是离休，不是退休！我参加革命已五十多年了，党龄也这么长了。"

- 一顾客买价一百六十元的《名壶竞绝》，只付五十元说是订金，扬长而去。服务员索款，他说："我认识你们图书馆馆长。"

……

　　作者"不作无病呻吟，但求弦外之音"。他只将在书店目睹耳闻的怪现状"克隆"下来，不事夸张，不作评论。大有仁者可见智，智者亦悟仁之妙。

九十高龄的冰心老人为书店题写招牌。萧乾生前曾以《一间门面的"文化交流中心"》为题撰文，在《大公报》赞誉这爿小书店。施蛰存、钱仲联、顾廷龙、金庸和他百岁的老师章克标，以及范用、姜德明、流沙河等一大批文化名人关注、支持它。

《笑我贩书》像一只蝴蝶飞进你的窗口。她的翅翼会带着你的思绪飞翔，去见识那花花绿绿的大千世界。

（写于 2004 年）

亦文亦艺亦史宜读宜赏宜藏
——关于《鲁迅的艺术世界》

一位出版同道对我说：出版人的职责，一切是为了书与人的相遇。作为一个出版人，将一本亲制的可人的书送到喜欢它的读者手中，这兴许是最快乐的一刻。

十五年前，因缘际会结识了海婴先生，得以为鲁迅编过散文集，为许广平编过文集。此当算编辑生涯中一件快慰的事。解甲归田后与书渐疏与人渐淡，正欲"金盆洗手"，不意四年后又充任《鲁迅的艺术世界》责编。这令我忆起海婴送我的"书缘缘于人缘"的那句话来。

2006年秋，海婴夫妇偕子令飞访问金陵，他在珠江路的咸亨酒店设宴，招待南京的三五个旧雨新朋，我有幸叨陪末座，恰与周令飞并列。这是我第一次见到令飞，他的睿智、强干和潇洒给我留下较深的印象。最令我感佩的是，正盛年的他为弘扬、普及鲁迅文化在不断地"呐喊"，把全身心的精力投到鲁迅文化发展工作中，创立上海鲁迅文化发展中心。演讲、出书、办展览、拍电视,整日奔波忙碌,真有点拼命三郎精神。席间我问令飞还有些什么新策划。他说他与周老(他始终如此称父亲海婴)在策划一本有关《鲁迅的艺术世界》的书。听他一番介绍之后,职业的敏感告诉我这是一本带有拓荒性质的书稿,不免心动手痒起来。次日,我向供职的原出版社领导通报此事。社长黄小初当即表示莫大的兴趣,旋与周令飞做了深层次的交流,并正式将此选题纳入出版计划。

令飞返沪后,物色了一位圈内朋友设计了一份策划书并拟出初选篇目。出版社审读后,觉得选目面较窄,又有欠科学、严谨,似不能反映出鲁迅艺术世界的博大、精深。细节决定成败。令飞提议改请上海鲁迅纪念馆王锡荣先生担纲。王先生本是鲁迅研究专家,学养较丰厚,出版过多部研究鲁迅的专著,接触过鲁迅的大量藏书,熟知鲁迅的知识结构,还为鲁迅编过美术作品集。天时地利人和。然锡荣先生是主持馆里工作的常务副馆长,琐杂的馆务不论,本已有研究课题在身。即令如此,王先生还是不拂令飞和出版社的美意,慨然应允。他认为鲁迅的艺术观,不止反映在艺术创作上,也不止反映在艺术设计上,还反映在艺术收藏上。故建议不妨做一本比较完整的画册(图录),统揽鲁迅本人的艺术创作、设计和典藏,带有"集大成"性质,以全面展示鲁迅的艺术世界的广博和深邃,以及卓尔不群的人文风貌。此识得到大家的认同。锡荣费时一月,做了一份策划书,并附较为详尽的书稿初目(后又做较大的调整)。这是一件较为庞大复杂的工程,似应由一个团队来做,但乏帮手。锡荣不得不放下已签约的合同项目,独自一人将其"扛"了起来。好在他精于此道,资料又宏富,整整一年他沉浸在鲁迅的艺术世界里。充分利用上海、北京两家鲁迅纪念馆、博物馆的馆藏

(海婴先生帮同协调），还通过其他渠道，广泛收集鲁迅艺术天地中相关的可用图像资料，通过几番梳理、筛选，最后敲实选定383件藏品。

全书分创作、设计和收藏三部分。创作含国画、线描、篆刻、书法、手工艺品；设计含徽标设计、平面设计、书刊设计；收藏含国画、油画、中国版画、外国版画、书籍插图、书法、笺纸、碑帖、汉画像、瓦当、古钱币、砚，乃至邮品等十九项。洋洋大观，包罗中外、涵盖古今。

锡荣费大量心血，收罗、查核藏品的背景资料，几乎对每件藏品都做了言简意赅的说明，或介绍其来龙去脉，或解读其背后的故事，或作点睛式的赏析，以及对其文献价值的品判。这些说明类似一则则微型导读，把读者引领入鲁迅先生当年生活的时代，一睹鲁迅的多姿多彩的一生。这些藏品蕴涵着鲁迅对民族的情感，对历史的尊重，对真理的追求，对邪恶的疾恨；反映了鲁迅与蔡元培、瞿秋白、内山完造、许寿裳、郁达夫的友谊，对柔石、李桦、殷夫等文学艺术青年的呵护指导；以及事母至孝，对许广平的挚爱，对海婴的舐犊之情……

睹物思人，读物知人。

读者可以从鲁迅先生那些匠心的美术制作画卷中，从那些白纸黑字的字行间，从那些留有先生体温的器物里真切地感受到鲁迅先生的人格力量和艺术魅力。

吴冠中、黄永玉、黄裳三位老先生，不顾年事高迈，挥笔撰文，除表达他们对鲁迅先生的尊崇，感戴鲁迅先生在文艺上的教泽外，一致颂扬鲁迅对中国现代版画事业的卓绝贡献。

该书由近年连续多次获国内、国际书籍装帧大奖的朱赢椿设计。他洞悉鲁迅的人文精神,以鲁迅创作的诅咒黑暗的猫头鹰像和篆刻"迅"做基本元素,大胆地采用黑色作底,画面既黑白分明、又红黑互映,给人以一种庄重肃穆于外,隽永深邃于内的震撼。正文部分针对每件藏品的形体大小、形状各异,在在都做个案处理,和谐中充盈着大气、雅气的书卷气。赏心悦目,古韵犹存。

　　海婴说编这本书是一个"创举",黄裳说此书的出版是业界的"盛事"。我想倘用"亦文亦艺亦史,宜读宜赏宜藏"十个字来品评它,似无夸饰之嫌。

(写于 2008 年)

书界和声

风雨二十世纪的背影
——读《曾经风雅》

张颐武

20世纪已经离我们远去，没有人能够留住时光的旅程。回首20世纪的中国，历史的大变动所产生的震撼始终席卷着个人的命运。"数千年未有"的大变局将中国"现代性"展开的历史变得格外的波澜壮阔，"大历史"对于个人命运的支配异常的强烈。我们常说的个人和国家民族命运的深刻的历史扣连，其实正是体现在个人命运深深受到大历史的支配上的。从这个角度审视20世纪的中国知识分子，可以发现他们在传统和现代之间、在政治与学术之间的复杂的选择，无不深深打上了"大历史"的烙印。而他们的私人生活也被时代所左右和拨弄。时代的潮起潮落，个人命运的起伏升沉都给知识分子的生活添加了一种难以预想的戏剧性。书斋的宁静的生活总是被大时代的风云所袭扰，个人的小世界其实还是中国的大历史的一个小小的却具有独特意义的缩影。到了今天，知识分子似乎越来越进入了一个专业的领域，有了自己在一个平和的学术生涯中实现自己的生活的可能性，福柯所言的"专业"知识分子的出现变成了今天的社会现实。而20世纪的风云变幻的时代则根本没有提供这样的历史条件。20世纪的知识分子不得不在一种严峻艰险的世事中不断作出有关个人命运的选择。读出版业前辈张昌华先生的随笔集《曾经风雅》时，我就有这样的感慨。

这部书是张昌华先生在自己的编辑生涯中和许许多多中国20世纪的代表性的知识分子"相遇"的见证，也是他通过自己的阅读、思考和直接的交往和这些知识分子的不间断的"对话"的记录。这里有许多是20世纪早期中国知识界的重要人物，如辜鸿铭、刘文典等，还有对于中国大学文化做出过关键性贡献的一些校长如蒋梦麟、梅贻琦、罗家伦等，也有如徐志摩、施蛰存、萧乾、吴祖光等著名的作家，也有如陈寅恪、吴宓、钱锺书这样的最具有代表性的杰出的学者。三十三篇文章，描写三十八位人物。可以说，这部书所勾勒的是一部20世纪中国知识分子的群像图，也是20世纪知识分子的生活和命运的一部"逸史"。这些人物的政治选择各异，思想脉络有别，生活方式不同，但他们都是中国20世纪知识分子中的佼佼者。这部书展开了他们的精神的旅程，让我们和文章的作者一起深入到一个个人物的世界中去。

这不是一部高头讲章式的皇皇大论，反而是从"背影"下笔，从"小处着手"，别有意趣。所谓"背影"自然不是那种正面的阐述，而是捕捉一鳞半爪的故事。张先生的文笔生动流利，从容不迫，娓娓道来。从这些知识分子的一些掌故入手，对于他们的人格、气质和生活方式作了生动的讲述，以一种片断的生活故事的展开为中心，力图从掌故中挖出人物的内心世界的丰富性，能够透过掌故看到中国知识分子在一个大时代里的种种复杂的历史选择。钱钟书先生曾经引过诺瓦里斯的话来讨论掌故对于历史的意义："历史就是一部大掌故。"看起来掌故零碎而杂乱，仅仅是一个人生活的一些背影而已，不像正统的人物传记那样从正面来表现人物的生活。但掌故的长处在于它所着眼的是人物的灵魂的刻画，而不是事实的堆砌；着眼的是人物的风貌中不可替代的"神韵"，而不是人物的史料的罗列。所以，往往从掌故中看到的是历史的活的形象，是历史的不可缺少的感性的生命。这部书的意义正是将这些20世纪中国知识分子的生活用散文的笔法加以描写，以掌故衬托人物的性格和精神气质，让人物通过私生活的细节展开了其精神的魅力和文化的韵味。

这部书从这些知识分子的"风雅"入手，通过这些人物的"风雅"来思考20世纪中国知识分子的命运。"风雅"是这些人的共同的表征。而这种风雅恰恰是传统的中国文化所陶冶的一种境界，也是西方文化的精华所熔铸的一种追求。这些随笔展开了中国20世纪知识分子独特的人生里，"风雅"所具有的力量。这种力量使得他们在一个严峻的时代里能够保持内心的尊严和高贵，能够显示出一种 和自信。虽然个人难以超越历史的限度，也无法洞见历史的 个人也难免在大历史的变幻中被如磐的风雨所伤害，但这些 内心中的一点来自自己的文化传承的"风雅"，足以让他们在中西古今文化的复杂的冲突和裂变中具有某种独立的价值。他们有坚信，有改变，也有人性的弱点和问题，但他们的命运都是20世纪中国大历史的一个难以忽略的章节。而他们的"风雅"也为我们留下了20世纪中国精神的一脉精华。这部书的价值正是在于通过这些知识分子的背影，写出了20世纪中国的命运的丰富和复杂。

这里看起来是为风雅留下背影，其实是给20世纪的中国现代性留下了它的精神的印迹，让我们记住这些"风雅"的背影的同时，再思20世纪的风雨和人生。

这些"背影"里有真的生命和真的历史。

（本文原载《文汇报》2007年12月4日）

风云变换人不变
——评张昌华的文化名人小传

窦金龙

新世纪已走过十年，在乱象叠生的当下，中国当代的知名作家们似乎不约而同地转向了历史，在一种巨大的历史求真冲动之下，纷纷祭出大部头作品，以试图"记录"历史、"书写"历史。[①]然而进入历史的方式多种多样，文学评论家郜元宝在一篇文章中讲道："中国作家太喜欢离开他们熟悉的某个角落而企图把握宏大的历史问题，结果大都以失败告终。"[②]在众多的书写历史的行为之中，张昌华的写作也可以算作其中有个人特色的一类，他近年来撰写出版了一系列文化名人小传，其中包括《曾经风雅》《民国风景》《故人风清》《百年风度》等等，在20世纪中国百年历史天空里，撷取其中闪耀的星斗，孜孜不倦地勾画出了一个灿烂的百年中国的星空，王侯将相、文人学者都在他的笔下鲜活起来，在他的写作天地里，一幅漫长的画卷铺展开来,随之展开的是百年中国沧桑变幻的历史,也是中国社会精英的灵魂变迁史。在历史纷繁复杂的种种表象之下,他的名人小传写作始终以"人"的标准一以贯之,将历史还愿为"人"的行为、选择、心气……形成了一片富有生命力的图景。

一、人物:名士风流

张昌华的人物小传系列到目前为止,已经写了近百位文化名人,涉猎范围非常广泛。有身世煊赫但命途坎坷、结局暗淡的民国公子和"旧王孙";有极尽个人操守、气节,民国时期特立独行的从政学人;有文人本色、英功盖世的神武将军;有毕生钟情于个人喜好,玩物却不丧志的京城遗老;有风采卓然、慈眉傲骨的大学者……

古有魏晋时期的名士,飘然欲仙、潇洒倜傥,在乱世中放荡不羁、吾行吾素,种种怪形异态绝非侪辈所能接受,但却让人真实地体会到一股风流态度,生命在他们手中真正得以最自由地舒展。民国虽不比魏晋,确也有着众多名士风流的吉光片羽。封建王朝倒塌,新的社会形态、文明进程尚在步履蹒跚、跌跌撞撞之中,新旧交替,外来的思想、事物也开始冲击着沉睡千年的帝国之根基,在那样一个时代中,势必会空前绝后地生出多少奇人异事:提倡男人留辫子、纳妾而女人要缠足的怪杰辜鸿铭;敢向洋人叫板、创造"弱国也有外交"神话的外交家顾维钧;高呼"蒋介石一介武夫,其奈我何"的狂人刘文典等等,这些或许已经是我们所耳熟能详的人物,除了这些"名人"之外,还有很多我们并不了解熟悉的风流人物，如"中国水彩画之父"李剑晨、聋哑作家周楞伽、"二流堂主"唐瑜、京城第一大玩家王世襄……读过小传之后便知道，他们在自己身处的时代、在自己所擅长的领域国界里所发出的光芒足以照耀一片天空，他们的名字从未被历史淹没，也不应该被历史淹没。张昌华便将他们的种种风流都重新呈现出来，记录过从，钩沉史料，为他们做匆匆的速写，以一瞥其风采。

如他所写的民国四公子之首的袁寒云，人称"袁门子建"。生在帝王之家，却从来无心问政，他只钟情与文友们对酒当歌，醉心于裙钗胭脂之中。与老师方地山，也全无师生礼法约束，亦师亦友，吟诗喝酒同风流。他是沪上青帮"大"字辈，论帮中辈分，比黄金荣、杜月笙、张啸林还长一辈；他还曾出面牵头成立中国文艺协会，并被推举为主席，包天笑、周瘦鹃、严独鹤、钱芥尘等沪上名流都出席其中。袁寒云的名士风骨还表现在他穷困潦倒，甚而三餐难继时，宁肯不惜脸面卖字乞生，也不向权贵们伸手。他的民族气节也为人称道，不当汉奸，不为日本人所利用。他这一生大起大落，风流潇洒，病逝后，送葬之人有黑白两道、官商巨贾四千余人，还有可称奇观的是数百名烟花女子为他披麻戴孝，感其恩情。张昌华把这样一位民国风流名士的行踪点滴记录下来，如此名士早已不再，如此风流也难以寻觅。这是一个时代的终结，也是历史车轮前进过程中遗留下的辙声，余音绕梁，让人追忆感念不已。

还有另一散淡之人，民国公子张伯驹，生于官商巨贾之家，但他不认官、不认钱，醉心诗词、书画、戏曲，成了京城第一大玩家。张昌华在书中引用章伯钧的话评价说："中国文化有一部分，是由统治阶级里最没出息子弟们创造的。张伯驹就在玩古董字画中，玩出了大名堂，有了大贡献。"③他把自己私人所藏国宝献给国家，为中国文化事业做出了巨大贡献，但在"反右"运动中仍被打成"右派"，而他却毫不在乎这种政治评价，以散淡之人自居，毫不理会政治风云，只经营自己琴棋书画的生活。也只有这样的名士公子，才能有如此的作为和心境。

张昌华的名人小传所选择的人物中，有很多如此这般的风流名士，这是历史的遗迹，是不能磨灭的中国精英们的身影和光芒。作者曾讲道："我想象中的民国范儿，应该是有品位、有风度、有趣味、个性张扬的人物，但在个人操守上是清白的，最起码是有道德底线的。"④为他们立传，则是对这种风流的追想和怀念，以别样的眼光进入历史，感受滚滚红轮之下，"人"所彰显的风姿，这也是中华民族的民族精神之魅力。

二、事迹：拾趣者说

张昌华的名人小传的传主自然有民国时的风流名士、奇人怪杰，也有我们现如今耳熟能详的学者名人，那些百年中国的文化界不能绕过的人名：胡适、蔡元培、陈独秀、傅斯年、章太炎……也都出现在他笔下。关于他们的生平撰述已经太多了，他们的人生履历都是"富矿"，但持续不断地挖掘，也有枯竭之日。张氏作传，很多时候都回避掉了著名传主的生平大事，那些人所共知的丰功伟绩已经不能再反复翻炒。他写人物，不对人物进行全面的评价和生平概述，而是攫取其中有"趣"的部分，用几个鲜活的特点或瞬间，把人物形象点缀得丰满可感。这里的"趣"并非是狭义上的八卦故事、花边新闻，而是那些非正式、非官方、非严肃的评价角度，可能与"高尚""伟大"无涉，但从这些角度进入一个"人"，才真正把活在历史中的那些名字还原成了一个个活"人"。

在他的系列小传中，关于季羡林的有两篇：《季羡林的〈清华园日记〉》和《季羡林及其师友们》。这两篇小传都没有直接正面地描写季羡林的人格、学问或成就，也没有把读者比较熟悉的那些小故事加入其中，两篇文章各取不同的角度，都很有"趣"。

《季羡林的〈清华园日记〉》这一篇主要概述了季羡林出版的20世纪30年代的日记，从这份日记以及季羡林对待这份日记的态度，侧面将季羡林这个人物形象树立起来。季羡林的《清华园日记》内容朴素、率真，甚至到粗糙、离谱的程度，活脱脱地把一个求学时期的青年学子的日记出版，绝对赤诚地袒露一个青年人的心迹。对国事、家事的批判，对文学前辈的印象、批评，都和盘托出，日记不仅记录了丰富多彩的清华生活，还有内心深处的秘密，与朋友的喝酒、闲聊，还有关于性幻想的描写，都一字不删地展露出来，如此纯真，实在是难能可贵。季羡林近百岁高龄，已是当代中国文化界德高望重的大师、前辈，却毫不掩饰自己的内心，真诚地面对自己和他人。张昌华正是撷取了这一点，来展示大师的人格、襟怀和气度。

而《季羡林及其师友们》这一篇，主要笔墨也没有放在季羡林个人身上，而是记叙了近百年来他与陈寅恪、胡适、汤用彤、胡乔木、吴作人这几位师、友交往的过从，把这些来往梳理成文，展示了季羡林先生丰富多彩的人际世界和色彩斑斓的人文情怀，对于季羡林这个人物形象的丰满和传记文章境界的开拓，都有很好的意义。其中季羡林与胡乔木的交往过从，写得尤其耐人寻味。季与胡是清华大学的同学，胡乔木在新中国成立后，官职越做越大，但他从没忘了季羡林这位老同学，对季的友情有增无减，多次走访。但季羡林却因为不想"攀高枝",一次都没有回访过,直至胡乔木逝世后才撰文纪念,平淡从容,温馨感人。在如今一些人给胡乔木简单地贴政治标签的时候,他却是胡的知己,发自内心地从情感上为其辩白,这一段写来感人至深。

还有写到夏志清的小传时,作者也没有把他塑造成一个在文学研究的学术史上地位显赫的大学者,而是把他写成一位"老顽童"。从没有架子,有幽默感,求学时做过一些荒唐事,但是又有一副"侠骨柔肠",也很念旧,甚而有时候像小孩子一样"记仇"任性。诸如此类的种种,选取的都是生活中有"趣"的片段,写出的是一位似乎长不大的可爱小老头儿。

张昌华的人物小传大多都是这样写成,不会按部就班地将人物生平大事加以罗列,而是捡拾生命历程中那些真实而现货的碎片和琐屑,用这些零零碎碎的拼图,拼出鲜活的"人"的轮廓。在历史的宏大背景之下,这些属于"人"的特点,让历史更富有生机和活力,更能渗入人心,形成会心一笑的共鸣。

三、历史:百年流水

20世纪的一百年,也是中国历史上政治变动最大最多的时期之一。从清王朝覆灭到北洋军阀的混战,从中华民国再到中华人民共和国,政权几经易手,更迭繁仍。中国的历史在这一百年里也常常被分割成为几个段落加以剖析阐释,政治、经济、军事、文化等等,方方面面都遭遇着接续或断裂的命运。在这风云变换的百年中,历史包含了太多沉重的内涵,被不同的话语塑造成不同的形态。然而,在这形态各异的"历史"中,"人"是一以贯之的线索,是没有切断也无法切断的脉络,我们不能将整个大历史讲述清楚,却可以把历史中的人提取出来,人物的百年流水,正是见证了百年历史,身世起伏也随着政治的风云变幻而摇曳生姿。

张昌华的传记作品的传主,大多都经历了20世纪的百年中国,历经几个"朝代",坐观百年中国的政治变迁。他所写的这些社会精英阶层的人士或许不能够完全代表整个中国的历史状貌,但也可以从一个侧面提供我们观察历史的入口,在这些人物身上管窥历史发展、政治风云,因有了切身的生命体验,虽然是主观经验,但从某种程度而言,或许也更加客观。

在《故人风清》一书中有一篇长文——《杨宪益的百年流水》,这篇文章与别篇不同,文章没有像其他小传一样,以人物不同侧面不同特质为小标题来结构全篇,而是以百年的时间顺序为脉络,分不同的阶段,叙写杨宪益一生的历程。名为"流水",看似流水账一般的记录,却是把一段颠簸起伏、精彩又坎坷的生命历程展示了出来,与此同时,百年中国的历史也随之展开。

杨宪益年少时就不在乎封建礼法,生有反骨,喜好自由。他出国留学后,关心政治,在海外积极参与各种救亡图存的爱国运动,热衷于运动、革命这些青年人喜欢的热血沸腾的活动,并在这一时期收获了未来与之相伴一生的英国女子戴乃迭的爱情。20世纪40年代回国后,种种因缘际会,让他参与到了中共地下党的工作之中,解放后,他便也置身于欢迎新政权的行伍之中。然而新政权并没有给他持久的愉悦,50年代后期,运动频繁,杨宪益也不断被"运动"着。直到"文革"开始,他与夫人分别被抓捕,70年代二人出狱。"文革"结束后,他的命运又发生了戏剧性的变化,杨宪益接受了道歉,并被政府委以重任。但他对自己的"走红运"有着清醒的认识，他开始远离政治，但因"文革"而带来的家散人亡的创痛永远无法弥合，在妻子过世十年后，他也离开人世。杨宪益的一生是和中国的政治变迁紧密联系在一起的，他在几个重要的政治分水岭，都做出过自己的选择，就像整个国家因为某些节点而改写了历史一样，他的选择也决定了他一生的起起伏伏。他只是个知识分子文化人，并没有长袖善舞、操控时局的能力，只能随着百年中国的流水而动，他只是这水上的一叶小舟，无法掌握自己的航向，只能跟随历史的大潮而漂向前方。

张昌华的人物小传中，有很多传主在 20 世纪 40 年代前后去往台湾，他们在海峡对岸的生命经验，或许也可以见证岛上的几度春秋、风云变幻。如文人将军孙立人的事迹和经历，作者也是极尽客观地呈现了这样一位功高盖主的将军在海峡那边后半生的命运沉浮，一个人的生命轨迹也足以见出政治风云和社会变迁。他们在另一块土地上见证了百年中国后半部的另一支血脉的历史。

张昌华写这样的世纪人物，也尽可能地做到了没有把个人好恶强加进去，叙述人物的事迹时，他没有对某一个政权做出过任何褒贬的评价，没有对某一次政治运动、革命妄下断言，也没有对传主人物的生命选择做出任何评点。政权无所谓好坏，过去的历史也无法被改写，既然没有判官的义务和企图，也没有自作聪明的一家之言，那就寻找在这历史中的人，这才是真正可以感知到的，不会被洪洪巨流吞没的温度，不会被漫天风沙遮蔽的身影。人物的流水见证历史的长河，以"人"为线索、为标准，尽管没有直言，或许自然可以丈量出历史的尺度，勾勒出历史的形貌。

张昌华的文化名人小传的写作现在已经有了颇为丰厚的成果，近百位文化名人在他的笔下复活，形形色色的人物，不同的风度翩然，总是让人神往、追忆。那蒙了一层灰尘的百年中国历史，也逐渐在这些复活的人物身上熠熠闪动。张昌华曾坦言道："我非史学工作者，缺少史学家的见识、严谨和科学。我只单纯地凭我所感兴趣的一些纷杂的史事，用文学语言将那年那人那事客观地叙述出来，与读者共同分享传主的风雅而已，绝没有'演义'。"[5]文学毕竟是感性的，是来自人心、来自灵魂的触摸和跃动，用心去体会个体生命，进而感觉到历史的温度，这些其实已经足够。

【注释】

①仅2011年之内就发表出版了王安忆的《天香》、贾平凹的《古炉》、方方的《武昌城》、格非的《春尽江南》（"乌托邦三部曲"最终篇）等书写历史的长篇小说。

②郜元宝：《当代文学和批评的七个话题（中）》，《上海文学》2011年第11期。

③张昌华：《故人风清》，广西师范大学出版社2012年版，第154页。

④张昌华：《百年风度》，广西师范大学出版社2012年版，第382页。

⑤张昌华：《曾经风雅·自序》，广西师范大学出版社2007年版，第2页。

（本文原载《扬子江评论》2013年第二期）

附

紫金文库

序《书香人和》

萧 乾

我有好多年轻朋友，昌华同志是其中的一位佼佼者。

记得好像是九四年的春节，他摸上我的门，向我组稿，提出选编《双叶丛书》的构想，即拟为夫妇作家出一本以家庭、亲情为中心的散文合集，并征求我的意见。我觉得这点子挺新。他请我与洁若加盟，我们欣然同意了。这就是后来的那本《旅人的绿洲》。丛书的装帧设计也很别致，受到读者的欢迎。此后，我们时有音问。他每每进京，常爱到舍下小坐一会儿，向我介绍他们出版社的一些情况。一次闲聊时,我问他写不写文章。他摇摇头,憨厚地一笑,继而说他自己的"文化水平低,充其量是个高中生,文章写得不好,写了与其让读者填纸篓,还不如一心一意编两本能在书架上站起来的书",样子有点自卑。我并不以为然,说:"当编辑的还是要写一点才好,那样才会体会到作者的甘苦。有了作品,作者就视你为朋友,好对话,也便于组稿。"我还举了当年商务、开明书店的叶圣陶、茅盾、巴金等前辈们又编又写的例子。他听了点点头。事后,我听说他当过兵,又教过二十年书,尔后靠写点文章做本钱才跳槽的,到了出版社才发现全社人员唯有他和一个驾驶员没有大专学历,自知先天远不如人,为了立住脚,才一心用在"为人作嫁"上,自己却把笔头丢了。那天临走时,他提出要和我合影留念,我当然同意。可是,为了照相的姿势,我俩推让了半天。他说我是前辈,又是大作家,要我坐着,他站着。我说作家与编辑是平等的,没有谁高谁低。争了半天,打个平手,同时照了两张相:一张他站我坐,一张两人都坐着。他的此举颇博得我好感。他是位懂得尊重作家的编辑,看样子为人朴实、真诚,是个值得合作的伙伴。

不久,他真的又拿起丢下十多年的笔,而且拿我开刀,写了篇《没齿不忘》的随笔,述说那天我们照相的事。他把剪报寄给了我,我很高兴,他是个颇懂得自爱、挺听话的小朋友。为《双叶丛书》的创意,我还写了篇《向出色的编辑致敬》,鼓励他一下。

打那以后,我常在报刊上见到他发表的文章,两三年工夫,在编辑之余,竟也写了这么多。我读了他的作品,有两个印象:一是所写的对象,几乎清一色的都是他的作者或相关的人物,写他们的文品和人品(看来他更侧重人品),都是有感而发的,因此,感情色彩较浓,文字朴实自然而流畅,也不乏俏皮,有一定的可读性。

其二，写的对象大多为"老字号"，七老八十者众，年龄最长者属苏雪林，已一百〇三岁了。文中有些人已经作古，他写的大多是与作者本人的交往，一手货。因此，有些文章是有资料价值的。唯感不足的是，"书香人和"，论人有余，品书不足。如多些对自己所编辑的书稿评介文字，那内容就丰富得多，书香味也浓了，此亦算是我对他的希望吧。

昌华同志说他这本集子的文章，都是在我启发下写的，又说从编辑角度我是他的前辈，故"恳请"我为这本书作序。其言辞恳切，盛情难却，故勉而为之写上这么多。

是为序。

一九九八年岁末于北京医院

序《走近大家》

黄 裳

我国史书一直收有儒林、文苑两传，分别收入当代卓有成就的学人与作家。过去传统的看法是儒林高于文苑，因而时时引起纠葛。最有名的例证是朱彝尊宁愿不吃冷猪肉，也不肯删去《风怀》诗，毅然收入《曝书亭集》，从而引起论辩，好事者且撰为专书《风怀镜》。成为有名的公案。

文人之间的纠纷，如清代章实斋与汪容甫的矛盾，章实斋与袁子才的攻讦，都是有关文人相争的有名事例。但文字材料不多，只靠后起学人的搜罗扒梳，才得多少知道真相之一二。如柴德赓先生论断此事，得资料于汪中儿子汪喜孙的家传者不少。可知除堂皇的传志之外，小说、笔记中呈现的蛛丝马迹，实在是不容忽视的。这种侧面的记录，有助于澄清事实，呈现真实相者，更是所在多有。

也许有人会说，这种鸡毛蒜皮的记录，着眼的不过是文人之间的小事，无关文坛的重要话题，然而正是这些看来无关大局的琐屑，正是反映文坛风气、文艺动向的不可或缺的组成部分。虽小可以寓大，是无疑的。

留心作家的佚文手迹，似乎是近来兴起的胜业。那要点似乎全在仔细留意，细大不捐。而作为一名编辑家，更有近水楼台的优势。但也事在人为，并非人人都能如此。回忆当年做记者时的往事，当一九四六年至一九四七年顷，在《文汇报》的编辑部里，郭沫若、茅盾以次的作家手稿，都被视作平常，茅盾每有所作，都用小幅宣纸、毛笔精写，宛如佳帖，大都付排后即弃去。放在今天，都是潘家园里的"奇货"了。五十年来，风气转换如此，真是可叹而又复可喜的。

作为卓有成就的编辑家，在工作中有其欣慰自然也有其苦闷。张昌华君曾引唐人诗，以新嫁娘自况，以求得舅姑与小姑的口味为难事，寄慨良深。其实何妨引用也是唐人诗，"妆罢低声问夫婿，画眉深浅入时无？"这"入时"可能是"时尚"，何必不是符合读者大众的要求与向往？下一转语，也许能得解脱而入无碍之境，未可知也。

二〇〇三年三月十五日

题《名家翰墨》

董　桥

这样的旧派读书人不多了。朱丝栏八行小楷苍秀得不得了，言事殷勤，言人体贴，言文玩字画总是按捺不住依依深情，每回收到张昌华来信我都高兴：换了新天的人间毕竟还留得住旧时月色。张先生替我校读出版的第一本书书名正是《旧时月色》。书印得好卖得也好，我案头偏巧存了一枚寿山山坑水白石，薄意雕一盆幽兰，清雅得很，匆匆拿去请篆刻大家徐云叔替我刻个闲章纪念书里旧情。陆放翁的诗我从小喜欢，人老了尤其喜欢那句"人间万事消磨尽，唯有清香似旧时"，我偷他五个字让徐先生刻"清香似旧时"。我好像拓过一张印谱给张昌华。他一定不会笑我多事：旧派读书人从来多事。

不多事张昌华也不会写出这部《名家翰墨》。多事是情趣，唐朝张鷟《游仙窟》里说的"无情明月，故故临窗；多事春风，时时动帐"。生事则是惹事，茅盾《清明前后》第三幕说疯疯癫癫一个女人，"谁知道她是什么路数，找上门来生事！"

张昌华是书生，是君子，是厚道人，跟他交往这许多年我清楚得很，只有人家负他他绝不负人。照我和他这一辈旧派人的处世标格，吃亏是福。大山大海无缘消受也无心消受，我们甘心守护一弯细流半园修竹。前几天张昌华托一位晚辈从南京给我捎来一盒雨花茶，说是色香味形都不逊龙井、碧螺，嘱我一定试品。明代李日华《紫桃轩杂缀》说，匡庐绝顶产茶，老僧拙于焙，既采，必上甑蒸过，隔宿而后焙，枯劲如槁秸，瀹之为赤卤，岂复有茶哉？戊戌春小住东林，他同门人一起焙茶，有"浅碧从教如冻柳，清芬不遣杂飞花"之句；既成，色香味殆绝，只恨焙得不多不能远寄澹中为匡庐解嘲："天下有好茶，为凡手焙坏；有好山水，为俗子妆点坏；有好子弟，为庸师教坏；真无可奈何耳！"李日华这样渊博这样有趣的雅士最好玩，朋友中可以领会《紫桃轩杂缀》者，张昌华是一个。可惜四库馆臣贬低这部笔记，说是"剽取古人说部而隐所自来，殊无足取"。他们看不到丁小明先生所说书中闲雅微澜之下隐含的碧海云霞。张昌华偶尔埋怨目下世风丕变，写一部书难出一部书更难。天下"凡手""俗子""庸师"也许真是太多了，都"找上门来生事"，怨谁？

幸好苍天眷顾，容许张昌华在方格垄亩间躬耕三十年，平平安安，快快乐乐，窗外风声再凶雨声再急说穿了不外是风，是雨；我们这把年纪了，都是风雨中走过来的人，留得住案头这些纸墨清香就好。张昌华跟我一样，一张旧纸都当宝贝。我写《一纸清供》说林青霞藏纸练字，给了我一刀上上佳宣，我裁半张试写几段经文，

书人书事

笔头纸上游泛顺风顺水，墨光也流丽，张昌华读了来信说也想试一试，我赶紧寄了两张给他，他的毛笔字漂亮极了。前年我爱上他写信用的洒金笺，向他一要他很快寄了几叠给我消受。旧派人才晓得此中乐趣。